L'ENRAGÉ

DU MÊME AUTEUR

Le Petit Bonzi, Grasset, 2005.
Une promesse, Grasset, 2006 (prix Médicis).
Mon traître, Grasset, 2008.
La Légende de nos pères, Grasset, 2009.
Retour à Killybegs, Grasset, 2011 (Grand Prix du roman de l'Académie française).
Le Quatrième Mur, Grasset, 2013 (prix Goncourt des Lycéens).
Profession du père, Grasset, 2015.
Le Jour d'avant, Grasset, 2017.
Une joie féroce, Grasset, 2019.
Enfant de salaud, Grasset, 2021.

SORJ CHALANDON

L'ENRAGÉ

roman

BERNARD GRASSET
PARIS

Jacques Prévert, « Chasse à l'enfant » in *Paroles* © Éditions Gallimard.

Photo de la bande : © JF Paga

ISBN : 978-2-246-83467-0

À TOUS CEUX
QUI CREVÈRENT D'ENNUI AU COLLÈGE
OU
QU'ON FIT PLEURER DANS LA FAMILLE
QUI, PENDANT LEUR ENFANCE,
FURENT TYRANNISÉS PAR LEURS MAÎTRES
OU
ROSSÉS PAR LEURS PARENTS

Je dédie ce livre

JULES VALLÈS, *L'Enfant*

1.

La Teigne

11 octobre 1932

Tous sont tête basse, le nez dans leur écuelle à chien. Ils bouffent, ils lapent, ils saucent leur pâtée sans un bruit. Interdit à table, le bruit. Le réfectoire doit être silencieux.

— Silencieux, c'est compris ? a balancé Chautemps pour impressionner les nouveaux.

Sauf à la récréation, la moindre parole est punie.

Le surveillant-chef empêche même les regards.

— Je lis dans vos yeux, bandits.

Cet ancien sous-officier marche entre les tables, boudiné dans son uniforme bleu.

— J'y vois les sales tours que vous préparez.

Sa casquette de gardien au milieu de nos crânes rasés. Moysan, Trousselot, Carrier, L'Abeille, Petit Malo, même Soudars le caïd, tous ont la tête dans les épaules. Notre troupe de vauriens semble une armée vaincue.

— Vous êtes des vicieux !

Chautemps frappe une table avec sa coiffe à galons. Il s'est approché de moi.

— La Teigne, baisse les yeux !

Je soutiens son regard.

Le coup va partir. Je le sais.

Il se racle la gorge. C'est le signe de sa colère.

— La Teigne !

Personne n'a le droit de m'appeler comme ça. Jamais. C'est mon nom de guerre, gagné à force de dents brisées. Moi seul le prononce. Je le revendique et les autres le craignent. Aucun détenu, aucun surveillant, pas même Colmont le directeur ne peut l'employer. « La Teigne », c'est mon matricule et ma rage. Mon champ d'honneur.

Chautemps s'approche. Je suis à table en bout de banc, le cinquième de ma rangée. Je ne vois que des dos courbés. Même en prison, les gars se font face à table, ils discutent comme au restaurant. Mais ici, à la Colonie pénitentiaire de Haute-Boulogne, on nous a installés les uns derrière les autres, des rangées de nuques, avec interdiction de se retourner.

— Regarde ton assiette !

Une gamelle en fer-blanc.

En Mayenne, nos porcs bouffaient dans le même métal. Je le défie. Mauvais sourire.

— Mon auge, tu veux dire.

Sans un mot, le surveillant saisit le broc cabossé posé devant moi et me le jette au visage. Une gifle de métal. Le pichet heurte ma pommette. Je suis trempé. Et maintenant, il est là Chautemps, grand ballot bras ballants, ne sachant plus quoi faire.

Lorsque le chef m'a demandé de baisser les yeux, j'ai saisi ma fourchette, une dent manquante, trois aiguisées. Faire mal. Le gardien a vu mon geste.

— Regarde ton assiette !

Je lui saute à la gorge. Le salaud est grand. Il fait ma taille, mon poids, mais j'ai 18 ans et il en a 50. Un animal qui attaque son maître. L'entraîne dans sa chute. Il bascule sous la charge, les mains en l'air, tombe sur le dos, tête violemment cognée au sol. Et moi je suis déjà sur lui, à califourchon, agrippé à son col d'uniforme. Je crie, mes yeux dans les siens. Je lui écrase la gorge avec mon bras. Je sors ma langue. Je la tourne en tous sens. Un chien qui lape.

— C'est ça, un vicieux, chef ?

Nos fronts heurtés, sa peur, ma joie.

— Réponds-moi chef, c'est ça vicieux ?

Du fond du réfectoire, les gardes accourent en hurlant. Leurs souliers ferrés sur le ciment. Je ramasse la casquette de Chautemps, je l'enfonce jusqu'aux yeux sans lâcher ma proie.

Lui le chiourme, moi le garde.

— Déconne pas La Teigne ! Lâche-moi !

Sa voix étranglée. Ses yeux fous. Son visage presque bleu.

Les trois surveillants se ruent sur moi, je mords ma victime. Je croque son cou. Le festin du loup. Mais la couenne d'un homme résiste aux dents gâtées. Elle est souple, dure, elle ne se laisse pas arracher. Je n'ai pas de chair en gueule. Le goût du sang, rien d'autre. Sous les coups de matraques, ma mâchoire renonce. J'ai un troupeau de gardes sur le dos. Ils me redressent, me passent les menottes. Un surveillant frappe ma nuque d'un coup de nerf de bœuf et me crache au visage.

— Salopard, va !

Je tremble. Tous tremblent. Deux coups de sifflet.

Le réfectoire qui bruissait est rappelé à l'ordre.

C'est fini. J'allais être jeté en cellule de punition, condamné au pain et à l'eau. Ou traîné devant le prétoire pour être envoyé à Eysses.

— Si tu continues, tu vas te retrouver à Eysses !

Le pénitencier des enragés. La pire des menaces.

Soudars le caïd y était resté trois ans, avant d'être placé ici. Il était discret sur son séjour, mais il l'arborait. C'était sa médaille de dur. Un hochet en guimauve, en fait. Le colon était trop tendre pour l'établissement impitoyable de Villeneuve-sur-Lot. L'administration pénitentiaire l'avait transféré à Belle-Île pour bonne conduite.

Le chef des surveillants s'assied péniblement. Il reprend ses esprits, bras passés autour de ses genoux repliés. Jamais je ne l'ai vu terrassé. Lui qui se dit le cousin de Camille Chautemps, le président du Conseil, ressemble à un gamin après une chute de vélo. Son regard est perdu. Son cou saigne. J'ai encore sa casquette de gaffe sur la tête.

Un gardien me l'arrache.

*

Ambroise Chautemps s'est arrêté à ma hauteur, très grand, bras croisés. Il s'est raclé la gorge. Il me défiait, menton haut et sourcils froncés.

— Regarde ton assiette !

Le surveillant-chef connaissait mes crises. Mes délires, comme il disait. J'en avais parlé au médecin. Et il le lui avait répété. Je rêvais de tuer pour ne pas avoir à le faire.

Je prenais mon inspiration et je m'imaginais passer à l'acte. Les cris, les regards, la peur. Je m'entendais frapper. Une poignée de cheveux arrachée, une oreille écrasée d'un coup de poing. J'avais le goût du sang en bouche, le salé, le métal, tout ce haut-le-cœur. Même les larmes des autres sur ma langue. Après une telle bouffée de colère, j'avais froid, je tremblais. J'avais peur aussi. Sans bouger de mon banc, sans me lever du lit, sans quitter des yeux ma gamelle, je venais de blesser un détenu, de tuer un gardien, de détruire le réfectoire, de m'évader.

Cette fois, j'avais dévoré Chautemps.

Je respirais fort, ma main tremblait, serrée en poing sur la table. L'autre enfouie dans ma poche, à triturer le ruban de ma mère en chapelet.

Il m'a fallu quelques minutes pour revenir à moi. Comprendre que rien ne s'était passé. Me rassurer. Me dire que c'était pour de faux. Le silence régnait. Le surveillant m'avait vu le regarder. Mes yeux fous. Ma bouche ouverte. Je venais de lui bouffer la gorge et il le savait. Il sentait que je plantais ma fourchette dans sa nuque lorsqu'il avait le dos tourné. Que je le perçais à coups d'épissoir volé à la corderie. Que je lui éclatais le front sur le rebord d'un bureau en riant. Il devinait mes pensées. Quand il me regardait, il voyait sa croix.

Il s'est penché vers moi.

— Bonneau, baisse les yeux !

J'ai baissé les yeux.

Trousselot, Carrier, Soudars, L'Abeille et tous les autres aussi.

— Silence Malo !

J'étais assis en bout de banc. Ma place habituelle. Chautemps a repris sa ronde au milieu des colons. En ville, c'est comme ça qu'on nous appelait. Lui nous avait surnommés « les vicieux ». Renfrognés, nous étions une menace. Souriants, un danger pire encore. Il pensait que nous étions en train de l'endormir pour fomenter quelque mauvais coup. Et il avait raison. Nous n'étions jamais en repos. Même les yeux dans ma gamelle, je complotais. Je lui tenais tête, je répandais son sang. Je défiais aussi les autres surveillants. Je punissais les gamins idiots qui suivaient les ordres comme des brebis. Je corrigeais tous les Soudars, les caïds, les forts en gueule, les forts en poings, ceux qui touchaient les petits dans les douches, ceux qui me défiaient, ceux qui me parlaient mal.

J'ai pris ma cuillère tachée pour racler le fond de ragoût. Je n'étais plus qu'une nuque et un dos. Un vaurien maté, le front contre le bord de sa gamelle. Un docile.

*

Sept des nôtres s'étaient évadés deux jours plus tôt. Et j'avais voulu prendre ma part de colère. Même coincé au réfectoire, faire mal me faisait du bien. Les camarades avaient profité d'une sortie pour s'enfuir, avec les gardiens, des paysans et des pêcheurs aux trousses.

Le chef d'atelier en avait parlé avec un instituteur. Trousselot les avait écoutés. Il était de corvée de serpillière, il avait pris tout son temps, aux aguets, penché sur son balai.

Après deux jours à errer dans la lande, les pupilles avaient fracturé la porte de l'ancien château de Nicolas Fouquet, qui avait servi de quartier disciplinaire à la colonie. À son époque, le vicomte avait acquis Belle-Île comme on achète une miche de pain.

Aujourd'hui, le fortin appartenait à un dentiste parisien qui n'y habitait pas. Conduits par le colon Délivas, les sept ont envahi le bâtiment vide. Ils ont volé un pistolet, une paire de fleurets et un sabre. Ils ont aussi pillé la cave, bu le vin fin à la bouteille. Alertés par des voisins, les gendarmes ont tiré des coups de fusil en l'air pour les déloger. Alors les colons se sont enfuis dans les bois, avec du pain et une motte de beurre. Et c'est six jours plus tard qu'ils ont été retrouvés, cachés dans une grotte de la côte. Ils sont sortis sabre au clair, disant préférer mourir que de retourner à la colonie. Par ordre de la citadelle, les militaires ont promis d'escorter les évadés à la prison de Lorient. Alors, Délivas le caïd et les autres se sont rendus, sous les pierres, les mottes de terre et les crachats des voisins.

— Il y aura un procès pour les meneurs et Eysses pour leurs complices, a ajouté le chef.

Il s'est retourné vers Trousselot qui tapotait pensivement le carrelage avec sa serpillière.

— Qu'est-ce que tu fous, toi ? Active un peu, feignant !

C'est comme ça que nous avons appris cette évasion.

*

Le même soir, les gaffes étaient nerveux. Ils nous ont fait mettre en rang le long des baraquements. Il faisait froid, un début d'averse.

Chautemps a hurlé.

— Vous allez monter aux cellules l'un après l'autre !

Les plus jeunes sont passés les premiers, agrippés à la rampe de la rude échelle extérieure qui mène à l'étage. Quinze marches ajourées, le bois rendu glissant par la pluie.

— On suit !

Il attendait qu'un détenu arrive en haut pour appeler le suivant.

Chaque enfant montait au pas, frappant durement les marches de ses galoches.

— On en a jusqu'à demain avec vos conneries ? a grogné quelqu'un dans la file.

Chautemps a foncé sur nous. Il a sorti son nerf de bœuf.

— Qui a parlé ?

J'avais reconnu la voix grave de Marc Auzenet. Tout le monde a baissé la tête.

Le chef serrait les dents.

— Je punis au hasard ou je vous laisse tous dehors ?

Silence.

— Loiseau, c'est toi ?

Le jeune colon a ouvert des yeux immenses. Les caïds comme Auzenet l'appelaient « Mademoiselle ». Un visage de porcelaine, des yeux très bleus, il flottait dans son uniforme. Jamais il ne se plaignait de rien. Il baissait la tête, longeait les murs, acceptait toutes les corvées et n'avait qu'un seul bonheur : souffler dans sa clarinette à la fanfare. Camille Loiseau était orphelin. Son crime ? Avoir été abandonné par ses parents à l'âge de 12 jours, enveloppé de langes et déposé de nuit devant l'entrée de la cathédrale Saint-Corentin, à Quimper. C'est pour ça qu'il avait été enfermé ici à 12 ans jusqu'à sa majorité. Et qu'il vivait les yeux baissés.

Chautemps s'en prenait au plus faible d'entre nous.

Le gardien a soulevé le menton du gamin avec sa matraque torsadée.

— Hein, Gueule d'ange ? On se cache derrière les grands pour faire ses manœuvres ?

Loiseau a baissé la tête.

— Tu veux passer la nuit dehors, c'est ça ?

Le petit a secoué la tête. La pluie tapotait son crâne rasé.

Le chef a regardé notre troupe. Raclement de gorge.

— Ça serait bien si la fillette était punie à votre place, hein ?

J'ai baissé la tête.

— Ça arrangerait le salopard qui refuse de se dénoncer ?

Chautemps a remonté notre file. L'eau coulait de sa visière. Je savais qu'il observait chacun d'entre nous. J'avais froid.

— Sauf que ça ne va pas se passer comme ça.

J'ai levé les yeux. Le chef avait passé son bras autour de l'épaule fragile du petit colon.

— Ça ne va pas se passer comme ça, parce que Loiseau va gentiment nous donner le nom de celui qui a fait le malin et on va tous aller se coucher.

Il étreignait le gamin, il l'étouffait. Il s'est penché vers sa tête baissée.

— Tu me donnes le nom, Loiseau ?

Silence.

— Je ne t'entends pas, Loiseau.

Soupir.

Le garde a chantonné.

— Loiiiiiiiseau ?

Et puis il l'a giflé. Sans prévenir. Un coup en vache.

Le gosse a caché son visage avec ses avant-bras. Un geste d'habitude.

Couinement de souris.

— C'est Auzenet, chef.

Chautemps s'est dégagé. Il a contemplé sa cohorte. Il souriait, une main passée derrière l'oreille.

— Je n'ai pas bien entendu.

— C'est Auzenet, chef, a répété Loiseau d'une voix tremblante.

Auzenet s'est retourné vers le gamin, comme on sursaute à un coup de feu. Il a voulu faire un pas vers lui, je lui ai empoigné le bras.

— Sale mouchard ! a gueulé Auzenet.

Et puis il a croisé les mains derrière sa nuque. Il s'est mis à genoux. Le mutin se rendait.

L'autre échelle était déserte. Tous avaient déjà regagné leur couchage. Chautemps a donné trois coups de sifflet pour appeler à la rescousse. Deux surveillants sont arrivés en courant du 2e quartier. Quelques lèche-bottes, qui ont eu un certificat de bonne conduite, les appellent des moniteurs. Depuis la réforme, c'est leur nom. La Colonie pénitentiaire a été baptisée Maison d'éducation surveillée, et les gardiens, des moniteurs. Surveillant, ça faisait trop prison. Moniteur, ça chante la colonie de vacances.

Ils avaient même remplacé leurs képis policiers par des casquettes. Les deux se sont mis au garde-à-vous. L'un d'eux était ivre. Il avait le pas trouble et les yeux chavirés. Chautemps a désigné Auzenet.

— Celui-ci dort à la belle étoile.

Les gardiens se sont emparés du caïd et l'ont relevé. Il ne s'est pas débattu.

Puis il nous a fait monter l'escalier, en silence et l'un après l'autre.

Les plus jeunes dormaient dans les combles, en dortoir de huit. Lits de fer, commodes, draps et couvertures pliés le matin. Les plus âgés avaient droit à une cellule, grillagée. Une cage à lapins bouclée de l'extérieur. J'étais seul dans mon clapier et ça m'allait.

Auzenet serait menotté à la rampe, sous l'orage. Pour quelques heures ou pour la nuit. Il venait d'être isolé une semaine au quartier disciplinaire. Il lui fallait une correction de plus.

Juste avant l'extinction et la fermeture de nos loquets, j'ai entraîné Moysan et Carrier vers les dortoirs. Le chef était resté en bas avec Auzenet le puni. Il allait remonter à l'étage. Faire vite. J'ai enfilé un béret et plaqué mon écharpe sur le nez. Loiseau se déshabillait, mal dissimulé par la porte de l'armoire. En nous voyant, les autres se sont tournés contre le mur.

— Hé, mouchard !

C'est moi qui ai parlé.

Le clarinettiste a sursauté. Il était encore en slip. La peau sur les os. Des griffures dans le dos et des bleus sur les jambes. Il s'est couché sur la terre battue, roulé en boule. Il savait ce qui l'attendait. Je ne lui ai donné qu'un coup de pied. Ni dans la tête ni dans le ventre. J'aurais pu tuer un autre que lui. Dénoncer un camarade et le laisser une nuit sous la pluie, ça se paye. Mais lorsque Loiseau s'est laissé glisser à terre, j'ai vu tomber un moineau du nid. Un oisillon translucide, peau tendre veinée de bleu, avec ses cheveux ras en plumes rares. J'ai vu un corps abîmé et vieilli, couvert d'hématomes. Un malade, un efflanqué. Un petit Judas quand même, mais qui ne méritait rien d'autre que mon pied au cul.

— Il s'en tire bien, a grogné Moysan lorsque nous avons regagné nos cellules.

André Moysan était tambour dans la fanfare de la colonie. Il cognait sur son instrument avec rage, comme il frappait ceux qui étaient sur son chemin.

— C'est tout ce qu'il va prendre ? a interrogé le grand Carrier.

— Oui, c'est tout, j'ai répondu.

Camille Loiseau avait 13 ans.

Auzenet est resté menotté jusqu'à deux heures du matin. Il s'était effondré contre les marches de l'échelle. Le chef a été appelé. Il a eu peur du malaise. Dans le passé, Haute-Boulogne a enterré des colons, elle affirme aujourd'hui protéger les pupilles.

De retour au 2e quartier, lorsque le caïd m'a demandé si je lui avais rendu justice avec le mouchard, j'ai répondu oui. Mais dès le lendemain, Loiseau avait repris sa place à l'atelier de couture, là où les caïds viennent choisir leur « petite femme ». Il n'avait aucune trace sur son visage, ni bras en écharpe ni jambe folle. Auzenet ne m'a plus posé de question. Et Loiseau ne m'a pas dénoncé.

*

Pendant une semaine, nous avons espéré revoir les évadés du fortin Fouquet, mais rien. Personne n'a plus jamais parlé d'eux. Une fois pourtant, nous avons aperçu leurs fantômes. Sur un chemin sinueux, émaillé de fougères, de ronces et de rochers, qui menait à la citadelle. Avec quelques autres j'étais de corvée d'ordures à la grande porte, de l'autre côté du mur. C'est Auzenet qui avait remarqué le cortège. Il m'a donné un coup de coude.

Une procession blanche, une marche de pénitents. Tous étaient courbés en avant, un sac lourd attaché dans le dos par des courroies. Certains portaient le béret, d'autres le chapeau de paille pointu des Canaques. Un seul était tête nue. Leurs sabots raclaient le sol.

— Une, deux ! Une, deux !

Le cri de leurs gardiens montait jusqu'à nous. Ils marchaient d'un même pas.

— Tu veux tâter de mon gourdin, Vigny ?

Auzenet m'a regardé. Discret clin d'œil. Clément Vigny faisait partie des sept mutins.

C'était la corvée des punis, avant qu'ils ne soient emmenés en prison ou transférés dans une colonie plus dure. De l'aube jusqu'au coucher du soleil, ils extrayaient le sable d'une crique située à deux cents mètres de la citadelle, et le transportaient par des chemins pentus à l'abri des murailles. C'était une main-d'œuvre gratuite pour l'entretien du ballast ferroviaire. D'autres charriaient des galets marins dans des hottes, pour empierrer les routes de France.

— Tu vois, je préfère encore la corvée de tinette des copains et l'épandage de leur merde dans les champs, avait souri Auzenet.

Quelques jours après son arrivée à Belle-Île, il avait été condamné à ce « supplice des cailloux », comme on l'appelait. Une semaine à remplir des sacs de sable et à les convoyer. C'était un mois de juillet. La tranche de pain gris n'avait pas suffi. Certains s'étaient évanouis de faim et de fatigue, écrasés par leur charge. Et tous avaient avalé leur quart d'eau du puits avant la fin du travail. Quelques-uns avaient même bu des gorgées de mer. Ils ont été malades. Le troisième jour, pour tenir, le caïd et trois de ses copains ont bu leur urine. Ils s'étaient juré de garder le secret, jusqu'à ce que l'un d'entre eux soit surpris par un gardien en train de pisser dans son gobelet.

— Tu es vraiment un porc ! avait hurlé le gaffe, matraque levée.

Le lendemain matin, ils leur ont supprimé les timbales.

*

Une seule fois, j'ai tenté de passer le mur. Une muraille de six mètres qui encercle la colonie et nous cache l'océan. Nous étions trois. J'avais 13 ans et je venais d'arriver à

Haute-Boulogne. L'idée était de profiter des travaux, de se glisser dans une benne de gravats et de bois qui partirait à l'extérieur. Mes copains l'ont fait, j'ai hésité. S'évader ? Mais pour aller où ? Nous sommes sur une île. Notre échappée s'arrêterait à la plage de Port-Guen ou sur les rochers, avec les gendarmes à nos trousses. Voler un canot ? Puis quoi ? Chavirer en rêvant aux lumières de Quiberon ? Quand bien même. Nous voilà dans un canot, à souquer vers la terre. Et puis ? Notre affaire réussit ? On marche vers Auray ? Vers Vannes ? Avec nos têtes de forçats et nos blouses de travail, ces bourgerons blancs qui nous font ressembler à des plâtriers ? Ah oui ! Bien sûr ! Dérober quelques vêtements qui sèchent dans un jardin, enfiler une casquette, trouver un vélo, filer jusqu'à la gare, prendre un train sans billet en se cachant sur le marchepied ? Et quoi encore ? Arriver à Paris, se fondre dans la foule, rejoindre les Apaches et les fripouilles des Batignolles. Refaire sa vie à la dure. Et après ? Pour un jambon volé à l'étalage, c'est le sifflet des gendarmes, la course-poursuite, la lourde chute sur le pavé mouillé, le coup de pèlerine plombée avant les coups de bâton. Et puis tiens, quel est ton âge, gamin ? 13 ans ? Tu vas connaître la Colonie pénitentiaire maritime. Belle-Île ? T'en viens ? Tu fais un peu le fier ? Alors ce sera Eysses, le donjon des criminels. Voilà. J'ai renoncé. Eux ont été capturés dans la lande le soir même.

Les récifs, les courants, les tempêtes. On ne s'évade pas d'une île. On longe ses côtes à perte de vue en maudissant la mer. Même si certains ont tenté le coup.

Je m'en souviens encore. J'étais là depuis deux ans. Profitant d'une sortie avec une chaloupe, trois grands s'étaient retrouvés avec un seul surveillant marin. Ils l'ont frappé, attaché à fond de cale, et ont dérobé une barque pour rejoindre le continent. Ils ont été arrêtés à peine le pied à terre. Une autre fois, quatre détenus âgés de 15 à 18 ans se sont mutinés à bord du *Sarien*, un canot-école. Le meneur s'appelait Goazempis. Un petit voleur. Ils ont tué le gardien Burlut à coups de rames, avant de le pendre au mât avec la drisse du foc. Cette fois, l'île entière s'était mise à leur recherche. Ils ont été cernés et sauvés de peu du lynchage. Leur rêve a pris fin à la prison de Lorient. Ils ont eu de la chance. Un jour, l'aumônier nous a dit que la baie de Quiberon était le cimetière des colons qui avaient échappé aux maladies.

Chautemps, Le Goff, Napoléon, Le Rosse, Chameau, Toupet, Le Rat, tous ces cogneurs en uniformes, ces matons à la moustache grasse, hurleurs, suant l'alcool, ces salauds nous en font voir. Éducation correctionnelle, comme ils disent. Ils veulent nous instruire, nous ramener au bien. Pour nous inculquer le sentiment de l'honneur ils nous redressent à coups de trique et de talons boueux. Ils nous insultent, ils nous maltraitent, ils nous punissent du cachot, une pièce noire, un placard étroit, une tombe. Ils nous menacent le jour et la nuit. Ils nous malaxent, nous brisent, nous pétrissent comme de la pâte. Ils concassent les mauvaises graines. Ils nous veulent tendres et lisses comme du pain blanc. À la salle de police les chenapans, les nuisibles, les voyous. À la taloche les dégénérés, les vicieux, les incorrigibles. Au mitard les infâmes. Briser les tout-petits, étrangler les plus grands, les rêves des uns, la colère des autres. Transformer ces gibiers de potence en futurs soldats, puis en hommes, puis en plus rien. Des spectres qui erreront dans la vie comme dans les couloirs d'un bagne, serviles, honteux. Qui iront à l'usine les épaules basses, comme à confesse. Qui jamais ne se révolteront. Qui s'étourdiront au bal du samedi, à la rencontre d'un jupon. Et qui l'épouseront sous le coup du vin, l'urgence d'un ventre plein. Vie en lambeaux, sans grâce, sans lumière. Puis qui mourront, un matin pour rien, avec le masque gris d'un enfant de Belle-Île.

La Colonie pénitentiaire maritime et agricole de Haute-Boulogne avait été construite sur le glacis de la citadelle Vauban, une muraille noire jetée à pic sur des criques abruptes, pour anéantir les jeunes canailles. Pour nous écraser sous les charges, affamer nos corps, essorer nos esprits. Les moniteurs disent qu'ils veulent faire de nous des matelots, mais leurs ateliers de timonerie, de voilerie, de corderie, ne sont que des usines à épuiser. Ils veulent nous transformer en paysans avec la ferme de Bruté, mais leurs travaux des champs ne sont que des punitions pour nous éreinter. Et recracher des ombres, qui se jettent sur leur paillasse à la nuit. Mais à quoi bon nous exténuer, puisque nous sommes prisonniers d'une île ? Le haut mur d'enceinte, les cinq baraquements funestes, les dortoirs grillagés, les réfectoires silencieux, rien sur terre n'a la brutalité de la mer. Même nos gaffes, avec leurs casquettes de garde-barrière, leurs pantalons trop courts, leurs uniformes fripés, leurs boutons manquants, leurs moustaches luisantes de mauvais vin et roussies de tabac, ne sont que les laquais de l'océan. C'est lui notre haut mur. Notre véritable prison. L'océan, c'est notre gardien le plus cruel. Celui qui nous surveille, qui nous épargne ou qui nous assassine.

2.

Le feu de l'enfer

11 juin 1933

Le Dr Verhaeghe m'observait. J'étais assis sur le lit, en slip, pieds nus sur le sol.

— Comment as-tu fait ça, caïd ?

J'ai haussé les épaules.

— Je ne suis pas un caïd.

Geste las du médecin.

— D'accord La Teigne, comment tu as fait ça ?

Je n'ai pas relevé le mot. Je l'ai regardé.

— Comment j'ai fait quoi ?

— Les vomissements, la fièvre ? Comment tu as fait ?

Dans le box à côté, derrière la chambre des contagieux, une infirmière bandait le tibia de Petit Malo, colon charpentier de l'atelier menuiserie. Il s'était blessé avec des planches trop lourdes pour lui. La soignante venait de Sauzon. Avec sa blouse blanche à manches longues, son tablier blanc et son long voile serré sur le front, elle ressemblait à une religieuse. Nous ne connaissions pas son nom. On l'appelait la Rousse, à cause des taches brunes sur sa peau claire et des mèches qui dépassaient. Elle travaillait deux fois par semaine à la Colonie pénitentiaire. C'était la seule qui nous parlait comme à des enfants.

— Tu as joué avec des plantes vénéneuses ?

La Rousse m'a posé la question dos tourné, occupée à refaire les pansements.

Je ne lui ai pas répondu.

— Tu t'es fait une tisane avec une mauvaise baie ? a insisté Verhaeghe.

Certains pupilles s'empoisonnaient pour être malades. D'autres se frottaient les yeux avec du jus d'orties. À la cuisine, un gars s'était tranché le pouce. Il avait été bandé et condamné à soixante jours de cachot. Moi, j'avais mangé en cachette trois vieilles patates crues, avec leur peau tachée. Depuis le matin, j'avais des diarrhées et mal à l'estomac.

— Et tout ça, pile le jour où on te transfère à la section agricole pour aider à la fenaison.

Il a souri.

— C'est ballot, non ?

Je n'ai pas réagi.

— Tu sais ce que coûte la mutilation volontaire ?

Je savais, oui. Le prétoire, la salle de police, le quartier disciplinaire.

— Je n'ai rien fait, Monsieur, je vous le jure !

Il ne me croyait pas. Quatre colons, envoyés comme moi à la ferme de Bruté, s'étaient rebellés, renversant leur lit et refusant de sortir du dortoir.

— On n'est pas des bouseux, on est des marins ! avait hurlé un rebelle.

Moi non plus, je n'étais plus un paysan de Mayenne. Je ne voulais pas me retrouver la gueule dans le foin et au cul des vaches. J'étais tout juste bon à dormir sur une meule.

Nous avions déjà notre dignité de matelots, même en pain d'épices. Des même pas mousses, des navigateurs pour rire, qui manœuvrent à terre, sur un trois-mâts d'exercice. Une goélette de vingt-trois mètres, échouée, prisonnière du béton dans un grand préau, pour répéter les gestes des gens de mer. Ils voulaient faire de nous des soutiers, à coups de brimades et de triques de cornouiller ? Alors qu'ils nous jettent à fond de cale. Qu'ils nous attachent à la vergue, en vrais mutins. Mais qu'ils ne nous louent pas à un propriétaire terrien. Même à un richard travaillant pour la colonie. Nous sommes des détenus, des colons, pas de la main-d'œuvre gratuite. Ni saisonniers ni garçons de ferme. À 7 ans, je ramassais les œufs et je nourrissais les porcs. Mais j'ai 18 ans. Et ma famille m'a abandonné. La colonie m'a pris sous son aile ? Elle veut éloigner son pupille de la corruption des rues ? Le réhabiliter par le travail ? Qu'elle ne se gêne pas ! Le grand métier, qu'elle me l'apprenne, nom de Dieu ! La terre, j'en viens mais je ne sais rien de l'océan. S'ils veulent me dresser, qu'ils l'ordonnent à la houle, aux vents et aux courants.

Certains colons marins embarquaient des semaines sur le dundee *Araok*, traquer la sardine au large de l'Espagne. Moi je ne suis sorti en mer que deux fois, à bord du *Devoir*, un misainier-école à voile rouge censé nous apprendre la mer. Je n'ai jamais respiré le grand large. Jamais vu de mouettes piquer sur les filets ventrus. À peine ai-je eu le temps d'entendre claquer la misaine au vent, sans jamais m'éloigner des côtes. La colonie maritime faisait de nous des matelots de pacotille. Levés à 5 heures pour rejoindre les postes. Nous mimons les manœuvres. Les gabiers à leurs mâts, simulacre d'appareillage, de mouillage, virement de bord, visite du gréement, de la voilure, réparations, entretien pour rien. Déjeuner par bordées, une demi-heure en silence. Ensuite, salle de cours avec les maîtres de bord. Règlements sur les feux, les abordages, les systèmes de balisage, la timonerie. Et retour sur le pont pour d'autres travaux. Ravaudage de filets de pêche abîmés tout exprès la semaine précédente, vérifications des canots hissés sur les bossoirs, puis branle-bas pour l'équipage et en rang par trois vers le réfectoire.

En mer, le mousse risque sa vie. Il tangue, roule sur le pont, s'écorche les mains sur les filins trempés, un vrai marin. Mais ici, dans la cour, à califourchon sur l'espar de ce vaisseau fantôme, je ne crains rien d'autre qu'une chute sur le ciment. Une éraflure aux genoux. En mer, la tempête malmène les pupilles. Ils en reviennent fiers, pleins de bravoure, tanguant du mal de terre. Mais dans la grande cour, le drapeau de notre goélette pend le long du mât d'artimon. L'étendard tricolore ne claque que lorsque le vent du large nous nargue par-dessus le mur. En mer, après le lavage du pont, chaque colon a droit aux rations des novices de la marine d'État : 150 grammes de viande, 20 centilitres de café, 25 centilitres de vin le dimanche et 3 centilitres de rhum. Nous, ici, n'avons rien. Du pain trempé dans un bouillon, des légumes et de l'eau. Mais je m'accroche. J'espère un jour être appelé par notre maître d'équipage, un ancien officier de marine marchande.

— Bonneau, bon pour le large !

Trois ans qu'ils m'ont affecté à la corderie. Je travaille moins pour notre école que pour les cordages de l'Administration pénitentiaire. Mais je m'en fous. En attendant de prendre la mer, mon boulot c'est de torsader les brins de torons, pas de lever la fourche.

Jamais je ne retournerai aux champs.

L'infirmière rousse a aidé Petit Malo à descendre du lit. L'infection avait diminué mais il boitait encore un peu. La septicémie avait été évitée. Le médecin était retourné à son bureau, il écrivait sur une feuille de papier.

— Vous marquez quoi ? j'ai demandé.

Il n'a pas levé les yeux.

— Intoxication alimentaire. Deux jours d'infirmerie.

J'ai été soulagé. Il venait de tomber dans le panneau.

— Ne me remercie pas.

Mon air étonné.

— Vous remercier de quoi ?

Il a joué avec son stylo, le faisant passer d'un doigt à l'autre.

— De t'éviter une sanction disciplinaire.

J'ai voulu protester, il a placé son index sur ses lèvres.

— S'il te plaît, ne me le fais pas regretter.

J'ai regardé mes galoches.

La Rousse s'est approchée de moi. Elle s'essuyait les mains avec une serviette.

— Tu n'étais pas de corvée de patates hier soir ?

Silence.

Le Dr Verhaeghe a observé l'infirmière. Il a hoché la tête et souri.

— Eh bien voilà ! Une intoxication alimentaire, c'est bien ce que je disais.

*

Le toubib ne m'a pas dénoncé. Je ne l'avais jamais agressé. Pas même en rêve. Je n'ai pas assez de haine pour abîmer ce bonhomme aux cheveux blancs. Pas assez de rancœur pour éclater ses lunettes rondes, déchirer sa blouse, tordre son stéthoscope glacé. Le Dr Verhaeghe ne m'avait jamais fait de mal. Quand il m'appelle La Teigne, il me flatte presque. Même s'il était obligé de signaler les tentatives de suicide et dénoncer les tire-au-flanc, il ne pouvait y avoir de sang entre nous.

J'ai passé deux jours dans un vrai lit. Pas un clapier en bois grillagé, mais un box propre, fermé par un rideau. Le médecin est venu me voir le premier soir, et l'infirmière le matin suivant. Elle a empêché Chautemps de me reprendre. Il voulait que j'aille à la ferme de Bruté le jour même, que je rejoigne les ramasseurs de foin. La Rousse lui a montré la prescription du docteur, repos, bouillon, beaucoup d'eau fraîche. Et deux nuits d'infirmerie. Il a lu l'ordonnance comme une mauvaise nouvelle. J'avais remonté le drap sur ma bouche, je le tenais à deux mains. Un bouclier rêche, qui sentait le propre et la Javel. Chautemps avait enlevé sa casquette. Il se découvrait en présence de personnages plus importants que lui, le directeur, le médecin, l'aumônier, le premier-maître, le maître-instituteur, les chefs d'atelier. Il était impressionné par les titres et les blouses, même celle de l'infirmière. Pour lui, passé de l'école primaire aux enfants de troupe et des tranchées de Verdun à notre surveillance, la blouse blanche était l'un des uniformes du savoir. Il enviait, pestait, mais il respectait.

Il a relu deux fois les recommandations du médecin, sourcils froncés. Il déchiffrait un message codé. Petite moue. Le chef n'était pas convaincu.

— Intoxication alimentaire de quoi ?

Ce n'était pas à moi qu'il parlait.

L'infirmière a eu un geste vague.

— Allez savoir. Son repas, peut-être ?

L'autre a souri.

— Seul malade de tout le réfectoire, évidemment.

La Rousse a posé sa main sur mon front.

— Bonneau est peut-être plus fragile que les autres.

Chautemps a éclaté de rire.

— La Teigne, fragile ?

Elle n'a pas répondu, main toujours posée sur mon front. Elle m'a murmuré.

— Ta fièvre est redescendue.

Le gardien a remis sa casquette. Il a ouvert la porte.

— Moi je dis que ce voyou s'est intoxiqué pour éviter Bruté.

L'infirmière a protesté d'un regard. Il a souri.

— Si ce diable-là le pouvait, il vous arracherait les yeux, Madame.

Il lui a tourné le dos.

— Vous êtes trop bonne avec ces enragés.

Et puis il a quitté l'infirmerie. Ses pas ferrés dans le couloir, son raclement de gorge.

J'ai baissé le drap sur mon torse. L'infirmière me regardait étrangement.

— Tu m'arracherais les yeux, Bonneau ?

— Avec plaisir, j'ai répondu.

C'est sorti comme ça. Coup de poing parti trop vite. Bras d'honneur du mec sans répartie. Je respectais le médecin, je l'estimais elle aussi. Mais Bonneau ne devait pas trahir La Teigne. Je n'ai pas droit aux sentiments. Les sentiments c'est un océan, tu t'y noies. Pour survivre ici, il faut être en granit. Pas une plainte, pas une larme, pas un cri et aucun regret. Même lorsque tu as peur, même lorsque tu as faim, même lorsque tu as froid, même au seuil de la nuit cellulaire, lorsque l'obscurité dessine le souvenir de ta mère dans un recoin. Rester droit, sec, nuque raide. N'avoir que des poings au bout de tes bras. Tant pis pour les coups, les punitions, les insultes. S'évader les yeux ouverts et marcher victorieux dans le sang des autres, mon tapis rouge. Toujours préférer le loup à l'agneau.

La Rousse a souri.

— Je ne te crois pas, mon garçon.

Elle a rempli d'eau le gobelet qui était sur la table de nuit.

— Mais si ça peut te faire plaisir.

Et puis elle a quitté mon box.

*

Je n'avais pas évité la fenaison, juste repoussé cette épreuve de deux jours. Le Goff est venu me chercher à l'infirmerie et m'a escorté militairement à travers le jardin, jusqu'à la chapelle. J'étais sa prise de guerre. Il ne m'avait pas menotté mais il tenait mes poignets joints dans le dos avec sa main valide. L'autre, la droite, avait été emportée par une grenade française en octobre 1916, à la bataille pour Douaumont. Avec un morceau de joue et son œil. Après avoir dégoupillé son engin, un grenadier ami avait été blessé par une balle allemande. Il est tombé, lâchant l'explosif. Et Le Goff s'était rué pour balancer la grenade hors de la tranchée. Mais trop tard. Seize ans après, le héros m'escortait, avec l'importance du Poilu qui vient de capturer le Kaiser Guillaume pour le remettre à Clemenceau.

Comme le sergent Ambroise Chautemps, en plus de l'étoile verte réglementaire sur les pattes de col, le Première classe Pierre Le Goff avait épinglé la Légion d'honneur au-dessus de sa poche de vareuse. Et aussi la Croix de guerre. Du rouge et du vert, pour casser le gris-bleu de son uniforme. Jamais il ne sortait sans ses décorations. Sa joue, son œil, son bras, ses médailles, Verdun. Il rappelait aux « jeunes éduqués », comme il disait, qu'il avait eu une autre vie, avant de patrouiller entre les cellules. Il avait maté le Boche, il ne craignait pas le colon. Un jour pourtant, après une bagarre pour cause de viande avariée, je l'ai vu se cacher derrière une armoire. Chautemps frappait les détenus à coups de nerf de bœuf. Chameau m'avait plaqué à terre et s'était assis sur moi. Le Rat hurlait les noms des meneurs à Napoléon qui les notait et lui, le héros de 1916, s'était planqué. Ce jour-là, lorsque les gardiens m'ont emmené au couloir cellulaire, j'ai vu la peur sur son visage. Et la honte aussi.

Alors que Le Goff me remettait à l'aumônier, le saluant militairement de façon ridicule, j'ai pensé à ce grand blessé qui avait eu peur de mourir. Couché dans les barbelés, malmené par la civière, amputé à la scie, rapatrié à l'arrière, entassé avec d'autres dans un dortoir de douleur, rendu à la vie civile et criblé de médailles, il craignait toujours la mort. Et là, à Haute-Boulogne, face à des gamins détenus qui le dépassaient en taille, des caïds au couteau caché dans la manche, des petites frappes nées pour le mal, il suait l'angoisse.

Le manchot est resté à la porte de la chapelle. Le curé m'a fait agenouiller. À cause de mon séjour à l'infirmerie, j'avais manqué la messe du dimanche. L'Abeille était là aussi, qui avait séché la Pentecôte. Il était maigre, la peau jaune et de gros cernes noirs sous les yeux. Jaune et noir, la couleur de l'insecte. Lui ne faisait que passer, condamné seulement à quatre ans de Maison pour « trouble à l'ordre public pendant l'exercice du culte ». C'était un 15 août, à Vannes. Il avait bu un litre de cidre en plein soleil. Sur le parcours d'une procession religieuse, cigarette aux lèvres, mains dans les poches et casquette sur la tête, il avait chanté à l'abbé d'aller trousser les anges.

L'aumônier ne nous a pas regardés, il ne parlait qu'à lui-même.

— À la Pentecôte, l'Esprit Saint vient vous dire qu'il existe une sortie, une issue possible, une perspective d'avenir, qu'il y a toujours une deuxième chance.

J'ai souri.

Une sortie, une issue. Je la cherche depuis six ans. Quelle deuxième chance ? Quelle perspective d'avenir ? Ce n'est pas à nous que le curé s'adressait. Il ânonnait. Voix sans timbre, yeux baissés. Il ne voulait pas nos regards de brebis égarées plantés dans le sien.

Il rêvait sûrement d'une autre assemblée, le père Bricout, d'une autre église. Il se voyait en chaire à Saint-Géran, prêchant le Christ-Roi devant les Palantins les plus pieux, les plus braves. Maris travailleurs, épouses dévouées, enfants honnêtes. Mieux, il officiait à la cathédrale Saint-Pierre de Vannes, devant des centaines de fidèles agenouillés, entourés d'enfants de chœur, de cierges et d'encens. Il n'était plus le père Bricout mais Monseigneur Bricout, nommé cardinal par Pie XI. Devenu peu à peu le confident du pape. Le bras droit du vicaire du Christ, en attendant la sainte mort et la béatification.

Nous connaissions l'orgueil du chapelain. Même les surveillants s'en moquaient derrière son dos. Il répétait que sa place n'était pas ici. Que cette charge était provisoire. Qu'il serait bientôt appelé à une tâche autrement plus exaltante. Il avait 56 ans. La sortie, l'issue possible, la deuxième chance. Il parlait encore de lui.

— Peut-être avez-vous aussi trahi, peut-être avez-vous failli, et vous vous êtes enfermé sur vous-même, dans votre culpabilité, dans le défaitisme. Aujourd'hui le Christ vous dit qu'il existe une issue possible, une deuxième chance.

Enfin, il a levé les yeux sur L'Abeille et moi. Deux futurs bagnards, leur béret sur les genoux. Des déclassés, des parasites, comme nous appelait le directeur. Des drôles de paroissiens qui moquaient ses paroles. Ses ouailles, diable au corps. J'avais joint les mains pour la prière, le ruban gris perle de ma mère entre les doigts.

Ni L'Abeille ni moi n'étions confessés, il a bu son coup de vin et communié tout seul.

— L'Eucharistie n'est pas une récompense pour les gens parfaits, elle est une force pour avancer dans notre vie humaine et chrétienne. Et la communion avec Jésus nous appelle à être davantage en communion avec nous-mêmes et avec les autres !

— Amen, on a répondu.

En arrivant à Belle-Île, je n'avais jamais été à la messe. J'ai cru que ce mot était du breton.

Le cardinal a ouvert les bras. Sa messe était dite.

Jamais il n'avait levé la main sur nous. Des caïds se faisaient sucer par les petits, des matons avaient pour eux des gestes louches, d'autres nous surveillaient étroitement sous la douche ou nous faisaient nous mettre nus à la moindre punition. Pas lui. Avec l'infirmière, c'était le seul qui offrait sa compassion aux nouveaux. Il ne les protégeait pas. Simplement, il leur demandait de garder leurs douleurs pour eux, de cacher leurs larmes et de prier très fort.

*

Le Goff m'avait placé en tête de notre troupe. Nous étions trente mousses, deux par deux, direction la ferme. Et cinq gardiens pour nous conduire. Debout, adossé à la portière ouverte de sa Peugeot 201, François-Donatien de Colmont surveillait notre départ. Depuis qu'il avait rasé sa barbe, ne gardant qu'une moustache sévère et une barbichette blanche, nous l'appelions « Le Bouc ».

— Il s'est fait la tête à Charles Maurras, avait rigolé Le Goff, un matin.

Le surveillant avait parlé trop fort. Il a rougi, s'est vite repris. Le soir, Auzenet qui sait tout, nous a expliqué que ce Maurras était un acteur de cinéma. Il avait même joué dans *Le Mauvais Garçon*, avec Maurice Chevalier, un film qu'il aurait vu à Paris, sur les boulevards, juste avant d'échouer ici. Il était entré en douce, pendant la séance, dans l'obscurité, grâce à une ouvreuse qui était folle de lui. Auzenet n'avait que 9 ans lorsque le film est sorti. Il n'était même pas parisien, il venait de Brest. Mais personne n'a osé protester.

Dès que nous mettions un pied hors de la colonie, Le Bouc nous imposait sa présence silencieuse. Lorgnons sur le nez, costume trois-pièces, col cassé, cravate en soie, guêtres en velours brun, il rappelait à tous qu'il était la loi et l'ordre, partout sur l'île.

Passer le porche est toujours un bonheur. Même pour aller s'échouer à la ferme. Derrière le mur d'enceinte, la route étroite, les herbes folles, la mer, l'ombre de la forteresse, odeurs, couleurs, lueurs de liberté.

— Faites entendre vos galoches jusqu'à Locmaria, a hurlé Chameau.

Il s'est mis en marche, frappant le sol d'un pas de parade. Derrière lui, Le Goff et Le Rosse montaient à l'assaut et nous les suivions au soleil en balançant les bras. Une armée de vauriens. J'avais pris ma sale gueule. Béret enfoncé, blouse fermée, brodequins cirés. Pour traverser la ville, on fronçait les sourcils, mâchoires serrées et lèvres méprisantes. C'est nous, les colons de Haute-Boulogne. Nous qui détroussons les riches, qui pillons leurs logements, qui volons la barque du pêcheur. C'est nous la mauvaise herbe. Le chiendent. La vermine. Cachez vos filles, vos porte-monnaie, vos bijoux mesdames. Le pire de l'humanité défile dans votre ville. D'ailleurs, la presse le récite bien. Chaque article sur la Maison d'éducation surveillée est une condamnation à mort. Pas de l'établissement, mais des détenus qui y travaillent. Dès qu'une poule disparaît d'une arrière-cour ou qu'un sac a été dérobé dans une carriole, c'est Haute-Boulogne que les journaux accusent. Et ça me va. Leur haine me nourrit. Lorsque je sors pour rejoindre le canot-école, je me régale de l'effroi des braves gens. Les plus âgés détournent les yeux ou changent de trottoir. Mais ceux de notre âge sont prêts à en découdre. Lorsqu'elle est seule, la mauviette tourne le dos. Mais en bande, ils font front. Assis sur leur vélo, ils nous provoquent. Pas un cri, pas un mot, mais des sourires de comptoir, des défis de fin de bal, de ces crâneries qui déclenchent les bagarres. Lorsqu'ils ont une amoureuse avec eux, ils l'enlacent en riant. Ils s'exhibent. Ils nous rappellent qu'ils sont libres et nous embastillés. Un jour, un couple s'est longuement embrassé sur notre passage. Le type nous tournait le dos, la demoiselle était adossée à un mur. Pendant tout le baiser, elle nous a regardés. La langue d'un homme dans sa bouche et ses yeux accrochés aux nôtres. De la première rangée de colons jusqu'à la dernière. Et puis le couple a ri fort lorsque nous l'avons dépassé. Ils s'amusaient de leur bonne blague. Je m'en fichais. Les cheveux de la fille, ses mains nouées dans les cheveux de l'autre, son chemisier fleuri, ses bottines à talons carrés. Son regard pour moi a agité mes nuits.

Quatre kilomètres au pas de marche. La ville, la campagne alentour. Quelques familles inquiètes, des touristes curieux, une mère qui a entraîné sa fille peu pressée de nous perdre de vue. Seule l'Harmonie de Haute-Boulogne ne faisait pas fuir les bourgeois. Lorsque la fanfare de la section maritime défilait dans Palais, pour le 14 Juillet, les trottoirs souriaient aux pupilles. Une cinquantaine de musiciens. Cinq tambours militaires, une grosse caisse, des clairons, des trompettes, des cors, des clarinettes, marinières repassées, vareuses d'équipage, bonnets à pompon, jugulaires ajustées, leurs déguisements d'enfants sages faisaient oublier les forçats. Les curieux massés sur les trottoirs savaient que ces musiciens étaient amendables. Ils étaient les moins vicieux d'entre nous, les moins sanguinaires, les « sachant lire et écrire », l'élite et l'honneur de la Maison de Belle-Île. Alors ils les applaudissaient presque. Tellement certains que cette parade triste était la preuve de leur redressement.

Deux gendarmes à vélo nous ont croisés. Ils ont salué militairement la voiture bordeaux du directeur, qui dépassait notre colonne. Et aussi Le Goff le médaillé, qui a levé le menton et porté sa main ouverte à sa casquette. Déjà, au loin, j'ai vu le clocher du Souverain, qui domine la ferme. Nous allions devoir travailler à Bruté pendant trois semaines et revenir dormir à la colonie. Aller le matin, retour le soir, du foin entre les dents, la fatigue plein les jambes. Dîner de rien, se coucher exténués puis se réveiller à 5 heures 30, salut aux couleurs dans la grande cour, mise en rangs devant le porche d'entrée. En avant ! Les bagnards repartent à l'ouvrage. Et on fait claquer nos souliers dans la ville qui tremble.

*

La deuxième semaine, un gardien de Bruté m'a bousculé. Je me reposais, assis contre une balle de foin, le ruban de soie grise passé au poignet. Il m'a surpris de dos.

— Tu te crois en vacances ?

Il m'a agrippé et jeté au sol. Il me dévisageait, mains dans les poches.

— C'est toi, La Teigne ? Tu es un dur toi, on m'a prévenu !

Je me suis relevé.

— Et toi ? T'es qui toi ?

— Tu ne me parles pas comme ça, bourrique !

Il s'est approché, menaçant. J'ai soutenu son regard.

— Moi je suis un marin, je reçois des ordres de Chautemps, de Le Goff, de Napoléon, pas d'un cul-terreux !

Il a levé la main. Je lui ai pris le poignet.

— Bonneau !

Le Rat arrivait en courant. J'ai lâché le paysan. Il m'a giflé.

— Ici Bonneau, a grondé mon surveillant.

Il a claqué sa cuisse de la main. Je n'ai pas bougé.

— Vous ne les tenez pas vos voyous, a balancé le moniteur paysan.

— Bonneau, a répété Le Rat.

J'ai ramassé mon béret, je me suis avancé.

J'ai raconté. Oui, je me reposais, mais l'autre n'avait pas à me jeter à terre. Et moi, j'obéissais à lui, au Rat, à Le Goff, aux surveillants de marine, pas à n'importe qui.

Bref éclat dans le regard du Rat. Il était flatté, je le savais. Je venais de lui faire allégeance.

Et puis il s'est raidi.

— Ici Bonneau, tu es aussi à Haute-Boulogne.

Il avait les poings sur les hanches.

— Mêmes chefs, même discipline.

L'autre me regardait durement.

— Quand tu désobéis à Monsieur Tual…

Il s'appelait Tual.

— C'est à moi que tu désobéis.

L'autre se rengorgeait.

— Compris, Bonneau ?

J'ai soupiré.

— Compris, chef.

Il m'a demandé de présenter mes excuses à Tual et m'a collé une semaine de plus dans la ferme. Sur le chemin du retour, je n'arrivais pas à garder la cadence. Mes bras balançaient mal. J'étais plus épuisé chaque jour. Même l'appel dans la neige, les manœuvres au matin, la gymnastique sous la pluie, les pires corvées étaient moins épuisantes qu'étaler leur saloperie de fourrage. Et puis cela me rappelait trop la ferme de mon oncle.

Le lendemain, j'ai remarqué un amas de foin, laissé à l'extérieur, contre le mur de l'entrepôt de stockage. Je faisais des aller-retour avec ma brouette pleine lorsque j'ai rêvé d'y mettre le feu. Je l'ai imaginé très fort. Le fourrage était humide, j'ai dû m'y reprendre à trois fois avant que tout s'embrase. Et cela a explosé. Comme un silo à grains saturé de gaz et de poussière. Les flammes se sont attaquées au bâtiment, à la montagne de foin qu'avaient déversée nos milliers de brouettes. J'étais vengé de Bruté. C'était magnifique.

Ce jour-là, j'ai terminé ma journée de travail sans toucher terre. Mes souliers étaient en plumes, mon dos au repos. Sur la route du retour, je n'étais plus un forçat mais un vengeur. Et la colonie tout entière allait m'applaudir.

C'est ce rêve qui m'a donné l'idée.

La semaine suivante, Armand Viallard et moi sommes tombés d'accord. Le pupille travaillait à l'atelier de ferblanterie et Lucien, son jeune frère, à la ferme de Bruté. Lorsqu'ils étaient plus jeunes, leur père les battait, leur cousin venait les déshabiller au milieu de la nuit, leur mère buvait. Alors ils se sont enfuis ensemble. Une première fois, ils ont été arrêtés pour vagabondage et remis à l'Assistance publique. Ils se sont évadés et ont été surpris volant un saucisson et un pain de deux kilos à un livreur de cantine. Jugement ? Déportés à Belle-Île, et enfermés jusqu'à 21 ans, leur majorité.

Je n'ai jamais rien eu contre Viallard, mais les autres colons le persécutaient. Son frère aussi était malmené à la ferme.

— Des pédérastes, avait craché Jean Soudars.

Des caïds en profitaient. Ils les avaient obligés à se mettre en ménage, mais moi je m'en foutais. Je me foutais de tout le monde, des Viallard comme des caïds. De ceux qui beuglaient comme de ceux qui pleuraient.

Mon boulet me suffisait.

— Tu crois qu'on peut le faire ? Je lui ai demandé.

Viallard m'a dit oui. C'est lui qui fournirait le papier et deux allumettes chimiques volées à la buanderie. Lucien allumerait le feu, tard dans la soirée, une fois que nous, les marins, aurions repris la route. Tual était l'un des bourreaux de Lucien. Lorsqu'il était en ronde de nuit, le salaud faisait déshabiller le jeune frère dans son bureau. Et le faisait mettre à genoux.

— Tu es toujours d'accord pour écrire le message ? m'a demandé Viallard.

Il savait à peine lire.

Oui, j'étais toujours d'accord. Si Tual ne m'avait pas humilié, j'aurais fermé les yeux sur ses saloperies, comme tout le monde. Mais il m'avait rabaissé. Et je ne l'acceptais pas.

Le grand frère avait soudoyé un apprenti timonier, presque majeur, contre une semaine de ration de pain et quelques faveurs. En échange, l'autre lui avait procuré un rouleau de papier vergé, assez long pour en faire une bande d'un mètre. C'est là-dessus que les apprentis pilotes apprenaient à dessiner et à lire les cartes marines. Il m'a aussi donné un crayon gras, dérobé dans la besace de l'économe.

*

« *TUAL, TU MÉRITES LE FEU DE L'ENFER* »

Nous avions décidé que l'intimidation serait placardée sur un chariot, loin des flammes.

J'étais content de cette formule. Et elle protégeait les frères. Aucun des deux n'aurait pu écrire ces mots. La revendication était trop compliquée et les lettres trop bien dessinées pour avoir été tracées par des détenus sachant à peine écrire. Je n'avais d'ailleurs aucun lien connu avec eux. Personne ne nous avait jamais vus ensemble. C'est sur le chemin de Bruté, entre nos dents, que nous avions décidé Armand et moi de nous venger. Les Viallard étaient insoupçonnables et je l'étais aussi. Remonter la piste serait impossible.

D'autant que j'avais serré la main de Tual. Je m'étais excusé auprès de lui, corps cassé, les yeux baissés, les pieds joints et le béret entre les mains. L'affaire était entendue.

— Le crime parfait, avait souri Armand Viallard.

Oui, le crime parfait.

*

L'incendie a été terrible. L'entrepôt avait brûlé toute la nuit. Au matin, des nuages jaunes et gris bouchaient le ciel au-dessus de Bruté et l'odeur de fumée empestait jusque dans nos cellules. Nous étions en rang devant le porche pour marcher vers la ferme, mais l'ordre est venu de la direction. Travaux des champs annulés.

— Chacun retourne à son atelier, a commandé Le Rat.

— Qu'est-ce qui se passe ?

Le gardien a regardé le colon.

— Tu le sauras bien assez tôt.

Nous étions cinq cordiers, escortés par Le Goff vers notre atelier. Il était fébrile. Tous l'étaient. Le Rat, Napoléon, Toupet l'emperruqué de blond et les autres surveillants.

François-Donatien de Colmont, le directeur, a traversé le quartier à grands pas, suivi par Chautemps comme son chien. Et aussi par Tual. Le gardien de la colonie agricole n'avait rien à faire chez les marins. Je ne sais même pas s'il avait déjà franchi le porche de Haute-Boulogne. Lorsque je l'ai vu, j'ai baissé la tête.

Les trois sont entrés chez les élèves timoniers, suivis par cinq moniteurs et deux pompiers habillés en tenue de feu, casque en laiton doré sous le bras. Colmont tenait mon affiche roulée dans sa main, une matraque de papier. En marchant, il battait sa jambe avec le tube noir de suie. Le papier était racorni, déchiré, brûlé sur les bords.

Dans l'atelier, à voix basse, les détenus ne parlaient que de l'incendie.

— Le Goff a dit que c'était criminel, m'a glissé Soupault.

J'ai demandé ce qui avait brûlé.

— Tout Bruté, il ne reste plus rien, m'a répondu l'autre.

Je me suis mis à trembler. C'était impossible. L'entrepôt de fourrage était loin des ateliers, des dortoirs, des bâtiments principaux. Le petit frère n'avait pas pu incendier la cour, la terre battue, le gravier du chemin principal. Soupault racontait n'importe quoi.

— On dit qu'il y a des morts, a encore ajouté le Lyonnais.

Je me suis mis au travail comme un automate. Installé sous le toit d'un baraquement, l'atelier m'a semblé encore plus immense.

— Cent mètres de long, nous avait expliqué un ancien de la corderie.

J'ai repris ma place, la tête bourdonnante. Je m'attendais à voir Le Bouc arriver droit sur moi. Je l'ai imaginé, hurlant mon nom et me montrant du doigt. J'ai rêvé aussi un gendarme, revolver sorti. Alors je lui ai jeté ma réserve de chanvre au visage, il a reculé, je l'ai désarmé et j'ai tiré. Sur lui d'abord, et puis sur Colmont, sur Tual qui s'échappait, sur Chautemps, Le Rat plaqué contre le mur.

Tuer pour de faux était ma respiration. Ma stratégie pour survivre.

— Bonneau !

J'ai sursauté.

Le contremaître cordier a désigné les amas de fils qui encombraient mon poste.

— La drisse va se tresser toute seule ?

J'ai enroulé les chevelures de chanvre autour de ma taille et puis j'ai reculé, lentement, jusqu'au bout de l'atelier, chaloupant entre les torons tendus à l'infini, les tours et les roues. Pensivement, je tordais à deux mains les brins destinés à la navette. Les détenus affectés aux rouets avaient le même tour de main rêveur. Pareil du côté des carrés. L'incendie occupait les esprits. L'heure était à l'inattention. Un moment de distraction, et trois pupilles ont même tourné les poulies et le crochet dans le même sens, au risque de décorder. Le chef s'est rué sur leur chevalet, démêlant les fils avec son toupin en forme de croix. Il n'a même pas crié. Il savait l'atelier tendu et n'a pas voulu jouer davantage.

— Tu sais quoi, toi ? m'a demandé un jeune de Saint-Nazaire.

Rien. Je ne savais rien. Seulement que nous étions promis au couloir cellulaire si nous étions surpris à bavarder au lieu de nous concentrer sur notre ouvrage.

Avant le déjeuner, nous avons été rassemblés dans le grand préau, comme pour la parade du dimanche, sans l'uniforme bleu. Tous les pupilles étaient là. Les gaffes aussi. Mais je ne voyais pas Viallard dans la troupe des ferblantiers. Il n'était pas non plus avec les préparateurs de sardines ou ceux de la conserverie. Lorsque le directeur est entré dans la cour, prenant place sur l'estrade de bois, Chautemps a claqué dans ses mains. Nous avons enlevé nos bérets, rectifié la position. Lui et Le Goff se sont instinctivement mis au garde-à-vous.

François-Donatien de Colmont avait sa gueule de drame. Il nous a observés longtemps, sans un mot. L'année dernière, il avait été fait chevalier de la Légion d'honneur. Mais jamais il ne portait sa médaille à l'intérieur de la colonie. Il laissait cette fierté aux hommes qui avaient connu le feu. Le Goff nous l'avait dit. Il avait aussi expliqué que son chef ne portait la barrette que lors des réceptions officielles, les repas de notables, les commémorations ou les comices agricoles. Ainsi, il faisait honneur à la Maison d'éducation surveillée.

Ce matin pourtant, il était arrivé avec la Croix et son ruban rouge au revers.

Il se mettait en scène.

Sa voix forte.

— D'abord, les faits.

Il avait passé les pouces sous ses revers de veste.

— Cette nuit, un vandale a incendié l'entrepôt de foin de Bruté.

Rumeur dans les rangs.

— Cette odeur, c'est ça. Un an de récolte parti en fumée.

Silence total.

— Et selon les pompiers, la paille devrait encore se consumer une semaine.

Le directeur est descendu de l'estrade, les bras le long du corps. Il a remonté nos colonnes, il inspectait ses troupes.

— À moins d'une saute de feu, le désastre devrait rester circonscrit au hangar.

La colonie agricole n'avait pas brûlé.

— Et heureusement, nous ne comptons aucune victime.

J'ai soupiré.

— Le coupable de cet acte infect, nous l'avons débusqué.

Stupeur sur les visages. Je regardais mes galoches.

— Il s'agit d'un être vil, déjà connu pour certains actes contre nature.

Chacun regardait son voisin par en dessous. Des yeux en interrogeaient d'autres.

— Ce voyou s'est fait prendre sur le fait. Il était assis et contemplait son œuvre.

Le Bouc est remonté en chaire.

— Mais ce n'est pas tout.

Il s'est retourné, désignant du doigt la porte de la chapelle. Elle s'est ouverte et Armand Viallard en est sorti, menotté dans le dos, escorté par le curé et trois gendarmes. Le groupe s'est arrêté. Monsieur de Colmont avait réglé la scène comme une cérémonie tragique.

— Le criminel avait un complice, son frère.

Nouvelle rumeur dans les rangs.

— Oui messieurs, le pupille Viallard a avoué aux gendarmes.

Il a croisé les bras, toisant le prisonnier.

— Oui, le pupille Viallard s'est confessé à l'abbé.

Je ne pouvais pas lever la tête.

— Il a aidé son frère à fomenter ce forfait.

Le directeur nous a regardés, désignant son prisonnier du doigt.

— Mais celui-ci n'était probablement pas son seul comparse.

J'ai cessé de respirer.

Il a eu un geste méprisant de la main.

Il congédiait le fautif et son escorte.

— Voilà donc le pupille Viallard qui nous quitte.

Colmont a brusquement ordonné :

— Regardez-le !

Nous nous sommes tournés vers le triste équipage. Les gendarmes étaient gonflés d'importance. À les voir bomber le torse, on aurait pu croire qu'ils venaient de capturer le chef du *Gwenn ha du*. L'année précédente, à Rennes, le groupe autonomiste breton avait détruit ce qu'il appelait « le monument de l'annexion », célébrant l'union de la Bretagne et de la France. La duchesse Anne pieusement agenouillée devant le roi Charles VIII.

À l'occasion de l'un de ses sermons, notre chapelain avait durement condamné cet attentat. Mais pas Le Goff.

À la messe, assis dans la rangée, le surveillant s'était signé discrètement et il avait souri. Le héros de Verdun venait du Finistère, il priait et jurait en breton.

Pourtant, ce n'était pas un poseur de bombe que les gendarmes promenaient encordé, seulement Armand Viallard, 16 ans, gamin de l'Assistance, notre mère publique. Un voleur de pain, attendu au tribunal de Vannes pour complicité d'incendie volontaire. Et qui serait déporté au Centre pénitentiaire d'Eysses. Là où son frère de 13 ans serait aussi conduit.

Les militaires se sont mis en marche dans la cour des ateliers, comme à la revue. Direction : le corps de garde et la porte d'entrée. Leur détenu n'était plus qu'un dos courbé.

— Regardez-le bien !

Le Bouc avait les mains sur les hanches.

— Regardez la brebis galeuse quitter le troupeau qui l'avait accueillie !

Le sermon était terminé.

Il est descendu rapidement de la chaire, tandis que Chautemps tapait dans ses mains.

Direction le réfectoire, en rang par trois.

Les frères n'avaient pas parlé. Aucun d'eux ne m'avait dénoncé. J'étais à la fois soulagé et inquiet. Quelque chose n'allait pas. Une menace pesait quand même sur moi. Depuis l'entrée du directeur dans le grand préau, les moniteurs me surveillaient. Le Goff, surtout, qui épiait mes réactions. Et lorsque Colmont nous a vivement ordonné de regarder partir notre camarade entravé, c'est moi qu'il observait. Moi et moi seul.

J'étais installé en bout de table, dans le réfectoire, lorsque Napoléon s'est approché.

— Suis-moi, Bonneau.

J'ai reposé ma timbale. Joué l'étonnement.

— Maintenant ?

Il a levé le menton, glissé une main sous sa vareuse et plaqué l'autre dans mon dos. J'ai regardé l'insigne qu'il portait au revers de son uniforme, une tête de mort en bronze sur une croix de feu dorée et deux glaives croisés.

— Maintenant, a répété Napoléon.

La porte de l'atelier de matelotage était ouverte. L'immense pièce servait de timonerie et de salle d'honneur, mais aujourd'hui, elle avait été transformée en prétoire. Chautemps, Le Goff et deux maîtres timoniers entouraient le directeur, assis derrière une table à cartes. Un pupille était à genoux dans le couloir, visage tourné contre le mur, dans la position du puni qui attend son tour. Tous me regardaient durement. Cette fois, c'était pour de vrai.

Napoléon m'a poussé dans le dos au milieu de la pièce.

— Entre, Bonneau, a soufflé Colmont.

Mon affiche était étalée devant lui. Posée à l'envers.

D'un geste de la main, il a désigné un pupitre. Dessus, il y avait une feuille et un crayon noir gras.

— Assieds-toi.

J'ai retiré mon béret. Je me suis assis. C'était la première fois que j'entrais ici. Partout sur les murs, les étagères, les établis, des cartes marines, des manuels de navigation, des boussoles, les pavillons des nations maritimes.

Un tribunal me faisait face.

— Sais-tu pourquoi tu es là, Bonneau ?

Le Bouc me regardait par-dessus ses lunettes. J'ai pensé au chat tigré du Cheshire, à l'histoire d'Alice, qu'on nous avait racontée à l'école.

— À moins que tu préfères que je t'appelle La Teigne ?

J'avais pris ma gueule d'innocent. Il me dévisageait. Je ne répondais pas.

— Bonneau ?

Le crayon était taillé en stylet pointu mais je n'ai rien tenté, rien rêvé. L'heure était trop grave pour permettre à mon esprit de lui crever un œil.

— Non, monsieur le Directeur.

— Non quoi ?

Il m'encerclait mot à mot.

— Je ne sais pas pourquoi je suis là.

Il a souri, les mains posées sur ses cuisses. M'a demandé si j'avais entendu parler du feu de Bruté, si j'avais compris que les coupables avaient été arrêtés, et aussi qu'ils devaient avoir un complice. J'ai hoché la tête à chaque question. Oui, je comprenais.

— Alors c'est bien, Bonneau. C'est un bon début.

Il s'est tourné vers le pupille mis au piquet.

— Lajoux ?

L'élève timonier s'est relevé, détaché du mur. Je le connaissais vaguement. Ce n'était pas un caïd, plutôt un commerçant. Il troquait tout ce qu'il pouvait. Même les caresses. Dans quelques mois il serait majeur et quitterait Haute-Boulogne pour la marine marchande. La Colonie pénitentiaire lui avait appris un métier.

Le directeur a demandé à Lajoux de répéter ce qu'il avait dit aux surveillants. Et le puni a récité quelques phrases, comme apprises par cœur. Le ferblantier Armand Viallard lui avait demandé un rouleau de papier vergé. Il l'avait échangé contre une semaine de pain.

— Et contre quoi d'autre, jeune dépravé ?

L'autre a baissé les yeux sans répondre. Il était au bord des larmes.

— Tu as honte, j'espère ?

Lajoux a hoché fort la tête.

— Continue.

Il a pris sa respiration. Même débit de paroles, une leçon récitée.

— Viallard m'a dit que le papier était pour Bonneau, de la corderie.

Il s'est tu.

— Et c'est tout ? a interrogé Le Bouc.

— Oui, c'est tout. Pour Bonneau, de la corderie.

Monsieur de Colmont s'est levé, il s'est dirigé vers une fenêtre. Il regardait le ciel.

— À aucun moment il ne t'a parlé de mettre le feu à Bruté ?

L'autre a dit non de la tête.

— Je n'entends pas.

— Non, Monsieur, a répété Lajoux.

J'étais assis au pupitre, les mains à plat sur la table. Lajoux avait dénoncé Viallard, puis moi pour un vol de papier. Peut-être ne savait-il rien d'autre.

Le directeur a repris sa place.

— Vous avouez, Bonneau ?

— Rien du tout, j'ai répondu.

Il s'est raidi.

— Vous pensez que Lajoux a inventé tout cela ?

J'ai haussé les épaules.

— Répondez, Bonneau, pensez-vous que c'est un mensonge ?

J'ai regardé Lajoux. Colère dans les yeux.

— Pourquoi tu me mêles à ça, connard ?

— Adressez-vous à moi, a tonné Colmont.

Je me suis tourné vers lui.

— Pourquoi vous me mêlez à ça, Monsieur ?

Chautemps a bondi de sa chaise, il s'est rué sur moi main levée.

— Insolent !

— Chautemps ! a grondé son chef.

Le surveillant est retourné à sa place, vexé. Il m'aurait égorgé.

Ils en avaient fini avec Erwann Lajoux. Rien ne le reliait directement à l'incendie. Il ne serait puni que pour le vol de papier. Décision du directeur. Puis Le Goff l'a raccompagné.

Je restais seul face à l'accusation.

— Tu as passé ton certificat d'études chez nous, n'est-ce pas, Bonneau ?

Oui de la tête.

— Tu avais 13 ans, c'était ta première année à la colonie maritime ?

Oui encore.

— Tu sais donc lire, écrire, calculer. Tes moniteurs affirment que tu te piquerais d'histoire et de géographie ?

Hochement de tête.

— Et même un peu de politique, m'a-t-on dit ?

J'ai baissé la tête.

— Ne fais pas le modeste.

Il s'est penché sur la table.

— Dis-moi, Bonneau, tu préfères le Cartel des gauches ou les Ligues nationalistes ?

Mon regard vide.

— Je n'y connais rien, Monsieur.

— Mais tu parles beaucoup pendant les pauses. Des oreilles me l'ont rapporté.

Il a déplié une note froissée sortie de sa poche. Il l'a lue.

— Récemment, tu as soutenu devant deux cordiers que le ministre Édouard Herriot avait été nommé colonel de l'Union soviétique par Staline.

Cela avait été une rumeur.

— Où avais-tu été pêcher cela ?

Je n'ai pas répondu. Je venais de comprendre. Pour disculper Viallard l'illettré, Le Bouc inventait Bonneau l'agitateur. Les autorités avaient besoin d'un meneur.

— Tu as déjà été mêlé à un incendie, non ?

Je ne pouvais le nier.

— Tu avais quoi ? 12 ans ?

— 13 ans, Monsieur.

Il a consulté sa note.

— 13 ans, c'est ça.

Petite moue du directeur.

— C'est même cet exploit qui t'a conduit chez nous.

— Ce n'était pas un exploit.

Il a souri.

— Oui, je sais. Selon toi, tu avais aidé à réparer une injustice.

Je n'ai pas répondu.

— Les frères Rolin, tes complices, ont été condamnés à six et quinze. Tu as eu de la chance.

J'ai haussé les épaules.

— Je n'avais rien fait.

Il a hoché la tête.

— Bien sûr, comme aujourd'hui. La Teigne au mauvais endroit et au mauvais moment.

Colmont m'a observé. J'étais une énigme. Il s'est ébroué.

— Allez Bonneau, prends le crayon posé devant toi.

Je savais que ce moment viendrait.

J'ai mimé l'étonnement.

Le Bouc a croisé ses mains derrière la tête et allongé ses jambes sous le bureau.

— Le Goff, dictez à Bonneau, s'il vous plaît.

Le manchot a ajusté son bandeau, un cache-œil gris sale.

— Prêt, Bonneau ? a interrogé Le Goff.

J'ai joué l'ahuri. Prêt ? Prêt à quoi ?

— Vous allez écrire.

Je gagnais du temps. Je savais ce qu'ils attendaient de moi. J'ai suivi le gardien des yeux. Il a marché dans la salle comme un professeur au tableau.

— Tual, tu mérites le feu de l'enfer, a récité Le Goff.

— Quoi ?

Je risquais ma tête.

Le Goff a interrogé son chef du regard.

— Reprenez votre dictée.

J'avais prévu le piège. En fabriquant l'affiche, j'avais mélangé lettres majuscules et minuscules. Rajouté un large socle aux « r » et dessiné des hameçons à la base des « f ».

Cette écriture ne me ressemblait pas.

Je restais bouche ouverte et crayon levé.

— Je répète, a dit le manchot : « Tual, tu mérites le feu de l'enfer. »

J'ai observé le gardien, lui debout, le directeur assis, les maîtres d'ateliers figés. Je me suis penché sur la feuille, j'ai mouillé la mine du crayon avec la langue et j'ai écrit : « Thual, tu mérite le feu de l'enfer. »

Le Manchot est passé derrière moi. Il m'a arraché le papier et l'a apporté au directeur.

Le Bouc a lu. Son mauvais sourire.

— On ne sait plus écrire le nom de sa victime ? On fait des fautes de grammaire ?

Il s'est calé sur sa chaise.

— On fait le malin, Bonneau ?

J'avais soigneusement reposé le crayon sur la table. Je n'ai pas répondu.

— Ton père ne t'a pas appelé Jules pour rien, hein ?

Cent fois j'avais entendu cela. Et aujourd'hui encore. Bonneau, Bonnot, la fameuse bande. Mon père était un paysan mayennais. Je ne sais même pas s'il savait qui était l'anarchiste, mais l'ombre de cet homme me suivait depuis toujours, de mon premier placement en famille d'accueil à ma condamnation pour vol, rébellion et outrage.

— Tu finiras comme ce criminel, mon garçon !

C'était leur phrase à tous. Gendarmes, juges, surveillants, moniteurs.

Lorsque j'avais 11 ans, un garde-pêche d'Aron, en Mayenne, a même cru que je me moquais de lui. Il m'avait surpris en train de traquer le gardon sans autorisation, dans l'étang de la Forge. J'étais avec deux coquins de Belgeard, un village à côté. Nous avions essayé de nous échapper mais le garde avait été plus rapide. Je ne voulais pas abandonner ma canne. Je l'avais fabriquée moi-même. Un bambou, un fil de nylon, un bouchon de liège, un plomb fendu et un hameçon bricolé avec une aiguille à coudre. Je me suis laissé prendre.

— Quel est ton nom, petite fripouille ?

— Jules Bonneau, j'ai répondu.

Le garde a éclaté de rire.

— Et je suis qui, moi ? le chef de la Sûreté nationale ?

J'ai essayé de me dégager.

— Non, Monsieur, ça ne s'écrit pas pareil.

*

Je n'ai rien avoué. Ils m'ont sanctionné quand même. Chambre de discipline.

— La Teigne, tu es bon pour le Grand Bal, avait grincé Chautemps.

En six ans, je n'avais jamais été condamné au Bal. C'était une longue piste ovale en ciment, large de trente centimètres, élevée au-dessus du sol, dans une salle couverte et entièrement nue. Les gardiens l'appelaient « la planche ».

J'y suis arrivé à 8 heures du matin. Cinq punis marchaient déjà. Il ne s'agissait pas de dépasser l'autre ou de gagner la course, mais de tenir jusqu'au soir. Et c'était pour de vrai.

Lajoux-la-balance était déjà là. L'apprenti timonier marchait difficilement. Chacune de ses foulées semblait une épreuve. En m'apercevant, il a détourné la tête.

— Lajoux, on n'est pas aux champignons, on avance !

On m'a demandé d'enlever mes godillots, mes chaussettes. J'ai pris place pieds nus dans le manège. Ne pas bousculer le pupille devant moi, ne pas ralentir celui qui me suivait, ne pas perdre l'équilibre et glisser sur le parquet. Deux surveillants nous regardaient à peine. Affalés sur leurs chaises, ils attendaient l'heure du repas. Marcher, marcher, marcher. Un, deux, dix, cent, mille tours de piste. Un numéro de cirque. Ils nous exténuaient. J'avais la rage.

Vers midi, le gardien Fontan a sonné la pause. Le leader du Bal, un caïd qui avait frappé son voisin de cellule, s'est laissé tomber à plat ventre sur le sol. Les autres se sont écroulés avec lui. Moi, j'ai résisté. Je suis sorti de la piste en vainqueur, debout et fier, comme on descend un escalier tendu de rouge. Et je me suis assis sur le parquet. Nous avions deux baquets d'eau pour soulager nos pieds. D'un pincement d'ongles, j'ai percé les ampoules blanches et la poche noire qui abîmaient mon talon. Le liquide a coulé.

Personne ne parlait. Nous reprenions notre souffle et nos esprits.

Après un plat de lentilles, un demi-oignon et un morceau de gruyère, nous sommes remontés sur l'étroit parcours. Je marchais dents serrées, poings fermés joints sur le torse. Au milieu de l'après-midi, je me suis imaginé Eddie Tolan vainqueur du 100 mètres aux Jeux olympiques de Los Angeles. Sa photo, découpée dans un journal, avait circulé dans les clapiers. J'ai accéléré, jusqu'à heurter le colon devant moi. Un premier choc. Un autre. J'ai démarré. Un sprint, en m'écrasant contre le dos de l'autre.

— Bonneau ! a hurlé un garde.

J'en avais assez. J'ai tenté un dépassement sur la gauche. Coup de coude dans les côtes. Le gars devant est tombé lourdement sur le côté.

— Bonneau !

J'en ai profité pour m'affaler à mon tour. Entraînant les poursuivants dans ma chute.

J'étais couché par terre, sur le dos. Le reste du Bal éparpillé sur le parquet.

— J'ai glissé, chef !

— On remonte ! On continue ! a encore crié le surveillant.

Je me suis déplié lentement. Ma tête cognait. J'avais soif. Tout mon corps était douloureux. Je suis remonté sur la piste et j'ai repris ma course. Les dents serrées, le ruban de ma mère prisonnier de mon poing, la bouche ouverte et les pieds brûlants.

— Je te tiens à l'œil, Bonneau !

Je m'en foutais. Je marchais. Sur la piste en béton, dans ma tête, dans mes rêves, je marchais vers le corps de garde, vers le mur, vers la mer, vers plus rien qui m'enserre. Je marchais de plus en plus vite, loin de la colonie, et personne ne pouvait plus me suivre. Tu entends Le Bouc ? Maintenant je cours ! Et toi Chautemps ? Je m'enfuis ! Tu me rattrapes Le Goff ? Dis-moi, curé, qui va avoir le courage de se jeter dans mes pattes ? Toi le médecin ? Toi Le Rosse avec ton bec-de-lièvre ? Toi, Toupet, qui rajuste tes cheveux blonds à chaque éternuement ? Vous les gendarmes, qui traquez les gamins évadés sur les plages ? Qui va m'empêcher, hein ? Qui va me rejoindre ? Je marche, Messieurs. Je cours.

Je cours et je vous emmerde !

J'avais été condamné à deux jours de Bal, des laudes jusqu'aux vêpres. À une journée de « pain sec sans pain », comme disait Le Goff, six jours de pain sec et six jours de cachot. J'ai pleuré tous les soirs, en secret, de colère et de douleur, le visage enfoui dans mes draps. Ils avaient voulu que j'avoue. Je ne l'ai pas fait. J'ai nié jusqu'aux larmes. À aucun moment ils ne se sont dit qu'ils m'avaient peut-être fait courir pour rien, isolé pour rien, affamé pour rien. À part une dénonciation, ils n'avaient aucune preuve contre moi mais il leur fallait un coupable. Et faire un exemple, aussi.

Au premier soir du Bal, l'infirmière a demandé à voir les punis. Après avoir noué le voile sur sa tête, elle m'a enduit la plante des pieds d'une pommade grasse. Tout en désinfectant la plaie, elle m'a appris que l'incendie de Bruté avait fait la première page de *L'Ouest-Éclair*. Après avoir écarté la piste criminelle, l'enquête de gendarmerie avait conclu à une *« combustion spontanée »* due à la fermentation du foin.

J'étais assis sur le lit, la Rousse a déplié le journal.

— Tu veux toujours m'arracher les yeux ?

Non. J'avais honte. J'ai secoué la tête.

— Tiens, lis ça.

J'ai regardé l'article. Elle avait entouré un passage au crayon bleu.

— *« Sous l'effet de l'humidité, des bactéries et moisissures se sont développées au sein du stock et ont progressivement augmenté sa température jusqu'à son point d'inflammation. »*

Elle a souri.

— C'est contrariant d'être puni pour quelque chose que tu n'as pas fait, non ?

Je l'ai observée. Elle n'était dupe de rien.

— Tu ne trouves pas ça injuste, Bonneau ?

Je n'ai pas répondu. Elle jouait avec moi.

— En tout cas, la colonie s'en tire bien. Ni révolte, ni incendie criminel.

Sa main tendue, pour m'aider à me lever.

— Et puis, l'honneur de monsieur le Directeur est sauf.

L'infirmière ne m'a ni vraiment soigné ni même soulagé, elle m'a rafistolé. Elle m'a réparé pour que je puisse remonter en piste. Et une fois encore, ça m'allait. Lorsqu'elle m'a raccompagné à la porte de l'infirmerie, j'avais mal. Je boitais. Elle a posé une main légère sur mon épaule.

— Et ton honneur à toi, Bonneau, il est où ?

— Il est de continuer le Bal sans pleurer, Madame.

3.

L'œuf et le bœuf

À 7 ans, j'ai volé trois œufs dans un poulailler de Mayenne.

Augustin, mon père, était saisonnier agricole. Il avait été blessé pendant la guerre et n'était plus destiné qu'aux menus travaux. Certains agriculteurs l'employaient par charité chrétienne. D'autres en geste de solidarité. Ils aidaient le fils du pays ou l'ancien combattant, mais son salaire n'était qu'un secours.

Lorsque ma mère est partie, j'avais 5 ans. J'ai peu de souvenirs d'elle. L'odeur humide de son cou, la fumée de ses cigarettes, sa voix rocaille. Et le ruban en soie grise qu'elle nouait dans ses cheveux. Le matin de sa fuite, elle me l'a attaché au poignet. Je dormais encore. Bien plus tard, j'ai su qu'elle nous avait quittés pour l'accordéoniste italien d'un bal musette.

Le lendemain, mon père m'a emmené chez ses parents. Ma mère m'avait abandonné, mes grands-parents ne m'ont pas accueilli. Ils m'ont installé dans un coin de la cuisine, près des escaliers qui menaient au cellier. Dans un renfoncement du mur, mon grand-père a bricolé une sorte de chambre. Un matelas, des draps, une couverture, une commode.

À table, le morceau de lard était à lui, les légumes pour sa femme et le reste pour moi.

— La viande à celui qui travaille, disaient-ils.

Ce n'était pas méchant. C'était comme ça. C'était normal.

Leur vie entière, ils avaient cultivé la terre d'un autre. À la mort du patron, ses fils avaient tout vendu. La ferme, les champs, les cultures. Mais ils avaient épargné la longère que mes grands-parents occupaient en échange de leur travail. Le propriétaire leur avait légué cette chaumière, avant de mourir. Leurs noms sur un testament. La signature de ma grand-mère au bas du document, la croix tracée par mon grand-père, la fierté d'une vie.

J'avais faim toute la journée. Surtout l'hiver, sans fruits ni légumes à chaparder. À l'automne 1921, j'ai enjambé une clôture de ferme avec un gars du village. C'était la fête des moissons. Tout le monde était réuni au champ de foire. Lui a volé une pelle dans l'étable et moi, trois œufs dans le poulailler. C'est sa pelle qui nous a fait prendre, bien trop lourde pour lui. Il la portait sur l'épaule en fusil, sifflant une musique militaire. Nous étions en train de nous séparer au carrefour, chacun chez soi, de chaque côté du calvaire.

— Hé, vous autres !

Un paysan du coin. Je l'avais déjà vu battre son fils en plein champ.

Mon copain a laissé tomber la pelle dans le fossé. Il est parti en courant.

— Bonneau !

Le gars m'avait reconnu. J'étais fait. Alors qu'il avançait vers moi à grands pas, j'ai frappé ma poche de short du plat de la main. J'ai cassé les œufs. Le jaune et le blanc ont coulé le long de mes jambes nues. Un seul regard. Il avait compris.

— Voleur !

Il m'a secoué les épaules puis soulevé par une touffe de cheveux, une punition réservée à ses enfants. Tirer trois crins de leur tempe les obligeait à marcher courbés.

D'abord, il m'a demandé de l'emmener sur le lieu du vol. Ensuite, me traînant comme un crabe, il m'a conduit jusqu'au propriétaire des poules.

Accoudé à la buvette de la fête, celui-ci trinquait avec mon grand-père.

Le père de mon père m'a giflé. En public. Il m'avait recueilli, il m'élevait, il me nourrissait et je lui faisais honte. Je salissais le nom des Bonneau. Il m'a saisi par le bras et m'a demandé de présenter mes excuses. Au paysan, d'abord. Ensuite, au village tout entier. Il y avait peut-être cinquante personnes. Des adultes, des enfants. Je leur ai demandé pardon à tous. Et puis mon grand-père a appelé Barnabé le garde champêtre.

— Qui vole un œuf…, disait-il souvent d'un air entendu.

Barnabé a soigneusement noté mon nom sur son carnet noir de police.

— Jules Bonneau, il va falloir que tu marches droit.

Il m'a observé étrangement.

— Ou bien, ton nom entrera dans l'Histoire du crime.

Mon grand-père m'a lâché. Il m'avait remis à plus important que lui. Mon sort était entre les mains de la Justice. Le propriétaire des œufs se poussait du col. Il hochait la tête alentour. Répondait aux questions murmurées. Rendait les regards. Oui, c'est bien à lui que cela était arrivé. Il prenait des mines. Se demandait s'il y aurait un écho dans *Le Républicain de la Mayenne*. Pour *L'Hebdomadaire des campagnes*, c'était tout de même un sacré fait divers. Il paraîtrait d'ailleurs que c'était une bande organisée, puisqu'un second voleur était en fuite. Il aurait abandonné son larcin lors de l'intervention courageuse de Donatien Croizier.

— Avec un « z » à Croizier, a précisé le héros du jour.

Barnabé terminait son procès-verbal, le front contre son carnet.

Bonneau le voleur, Maurelle l'éleveur de poules, Croizier le vengeur. Peu à peu, la mince foule se dispersait. Chacun était soulagé. Justice serait faite.

Maurelle était retourné à la buvette, remercier Croizier d'une bonne bière. Mon grand-père expliquait à ceux qui restaient que je n'étais pas toujours facile. Même à l'école, je posais problème. Je déchirais mes pantalons aux genoux en jouant dans la cour et je répondais à l'instituteur. Tout ça à cause de ma mère qui était partie. Oui, partie. Comme ça, du jour au lendemain. Et non, elle n'avait plus jamais donné de nouvelles. Elle venait de Château-Gontier, une fille de la ville. Vulgaire. À la messe, elle mettait des chaussures rouges. Elle ne s'était jamais faite à la ferme. Mes grands-parents s'en étaient toujours méfiés. Oui, c'est cela. J'avais tout hérité d'elle et rien de leur fils. Un homme, leur fils, un vrai. Diminué par la guerre mais brave. Et qui faisait aujourd'hui ce qu'il pouvait.

Lorsque mon grand-père est resté seul, il a regardé du côté de la buvette.

— Vous arrêtez le gamin, Barnabé ?

Le garde a souri.

— Pour trois œufs ?

Il a refermé son calepin noir avec l'élastique.

— Vous allez le reprendre chez vous. Je sais qu'il a compris la leçon.

Mon grand-père a hésité entre me raccompagner et boire un dernier verre.

Croizier et Maurelle l'appelaient.

— Tu restes là, toi. On rentre dès que j'ai fini de réparer tes conneries.

Et puis il a filé vers le comptoir, où il a été accueilli par un bock servi frais.

Le garde champêtre s'est redressé.

— Ah j'oubliais !

Il a rouvert son calepin.

— Une dernière formalité.

Il m'a tendu le carnet. J'ai tendu la main. Je tremblais. Il souriait.

— Tu sais signer ?

Je savais, oui. J'avais même enrichi mon nom d'une boucle qui s'enroulait autour.

J'allais prendre son crayon lorsqu'il l'a retiré.

— Pourquoi as-tu volé ces œufs ?

J'ai baissé la tête. Son regard trop gentil me faisait peur.

— J'avais faim, Monsieur.

Il a soupiré, hoché la tête. Il avait les lèvres tristes.

J'aimais bien Barnabé. Un matin, j'avais fait la tournée des fermes avec lui. Il m'avait même permis de battre le tambour à midi, pour annoncer les nouveaux horaires de l'autocar pour Mayenne. Il m'appelait pauvre gosse ou petit vagabond. Plusieurs fois, il m'avait surpris le long de la rivière ou dans les vergers au lieu d'aller à l'école. Un jour, il a partagé sa pomme avec moi. Je n'avais pas de goûter. Je lui avais dit.

Il m'a tendu son carnet, son crayon.

— Allez, signe, petit bandit.

J'ai ouvert le carnet. Il n'avait rien écrit sur la page. Pas un mot, pas un nom. Simplement, il avait dessiné une poule rigolote. J'étais sidéré.

— Qu'est-ce que je dois faire ?

— Ben tu signes, je te l'ai dit.

J'ai hésité, le crayon posé sur le papier quadrillé.

— Je signe de mon nom ?

Il a souri.

— Non. Tu dessines un œuf.

Je ne lui ai pas fait répéter. J'ai mouillé le crayon entre mes lèvres et j'ai tracé un joli ovale. Un bel œuf de poule. Ma première réparation judiciaire.

*

Mon grand-père avait raison. J'avais volé des œufs, j'allais voler un bœuf. Un cuissot de chevreuil qui dépassait d'un torchon, sur une table de mariage. Une montre à gousset, posée sur une pierre le temps d'une baignade. Une couverture qui séchait sur une corde à linge. Le coutelas d'un chasseur. Un béret neuf, un pichet en métal poinçonné, une blague à tabac, tout ce que ma main frôlait. Et puis j'échangeais un objet contre un autre. Le couteau contre trente billes en terre colorée. Un briquet à essence en laiton, décoré d'une tête de femme, contre une paire de chaussures de ville rapportée de Laval.

Jusqu'au 19 avril 1927, je n'ai jamais été pris. Chaque fois je suis passé à travers les soupçons. Une anguille. Même en classe, après avoir dérobé la trousse d'un élève, j'avais réussi à m'en débarrasser à temps, pour faire punir quelqu'un d'autre.

C'était un mardi. J'avais séché l'école. Avec les frères Rolin, deux jeunes du bourg, nous étions allés à Mayenne à bicyclette. Ils avaient emporté une demi-bouteille de vermouth pour se donner du cœur. Et aussi un litre d'essence dans un vieux bidon d'huile. L'affaire était grave. Ils allaient se venger d'un mauvais coup fait à leurs parents un an plus tôt.

— Brûlez ce salaud ! avait hurlé leur grande sœur pour les encourager.

J'aimais bien la sœur Rolin. Elle était gentille avec moi. Lorsque nous sommes montés sur nos vélos, elle m'a envoyé un baiser. Je me suis retourné, et je l'ai saluée de la main.

C'était pour elle que je suivais ses frères.

Nous voulions nous marier.

Je ne l'ai jamais revue.

Leur mère avait été petite main dans un atelier de couture. Elle ravaudait les accrocs, ajustait les manches ou cousait des ourlets avant que les vêtements soient confiés aux lavandières. Un soir, l'atelier a constaté la disparition de trente draps de lit à rapiécer, confiés par l'hôtel de la Barre Ducale. La veille, vers midi, Suzanne Rolin avait quitté précipitamment son établi. Elle saignait de la bouche et du nez, comme à son habitude, et avait mal au ventre depuis le matin. Son mari était venu la chercher. Il était chiffonnier. Il avait laissé sa carriole chargée de hardes devant la porte de l'atelier. C'est tout.

Le patron avait appelé les gendarmes, son beau-frère était adjudant. Pour lui, Victor Rolin avait profité de l'occasion pour fourrer les trente draps au milieu de ses guenilles. Il en était certain. Personne n'avait vu la femme emporter les draps, ni le mari les cacher dans sa charrette à bras. Arrêtés au matin, interrogés à la brigade, ils avaient nié. Elle pleurait, lui voulait en découdre pour laver son honneur. Il a fallu le menotter à un banc.

Les frères et leur grande sœur avaient assisté à tout. L'arrestation, la perquisition sauvage. Les militaires avaient retourné le taudis jusqu'aux combles. Ils ont vu leur mère faire une crise de nerfs, lorsque son poudrier blanc s'est brisé sur le sol. Son cadeau de mariage. Ils ont suivi leurs parents tenus en laisse, sont montés avec eux dans le fourgon cellulaire, les ont accompagnés dans les rues de Mayenne, jusqu'à la gendarmerie. Pour la première fois de leur vie, les frères s'étaient donné la main en marchant dans la rue. Comme des petits.

Malgré les cris, la colère et les larmes, les époux Rolin ont été jugés et condamnés sans preuve. Elle à cinq ans de prison pour vol sans violence, lui à trois ans pour complicité.

« L'Affaire des draps » avait fait un titre dans *Le Républicain*. Au moment de leur procès, le nom des Rolin avait été piétiné. Le journal avait traité le père de *« chiffonnier inquiétant »* et appelé la mère *« la comédienne »*, celle qui avait joué la maladie pour s'enfuir avec les étoffes.

C'était l'année dernière.

Après deux semaines de prison, Suzanne Rolin est morte à la maison d'arrêt de Laval. Personne n'avait songé à la soigner. Mais cette fois, aucun journaliste n'était au rendez-vous. Quelques jours plus tard, une couturière a retrouvé les draps dans l'atelier, au fond de la remise, cachés par un matelas à tapisser. Tout était là. Les trente pièces, soigneusement rapiécées par leur mère innocente, pliées et empaquetées pour la livraison. Cette fois encore, la presse fut absente. Pas un article. Les Rolin avaient été condamnés par les juges de papier journal. Et se dédire n'était pas dans leurs mœurs.

Le mari a été libéré sans excuses. Il est devenu fou. Les frères et la sœur ont été confiés à leur oncle, un agriculteur du pays de Moulay. Et ils sont restés vivre chez lui.

*

Les frères Rolin étaient sauvages. Lucien, 16 ans, René 13 ans, deux fauves. Et Marcelle avait une jambe trop courte pour marcher comme nous. Lucien jouait à être Jean Valjean. René se prenait pour Lucien. À 18 ans, Marcelle mettait des talons et se maquillait. Pour eux, justice était un gros mot. Ils avaient vu leur mère mourir, leur père sombrer. Ils ne croyaient plus en rien. Ils avaient trop souffert. Personne ne pourrait jamais les ramener à la raison. Lorsque j'ai suivi les frères à vélo, je n'étais qu'un cancre d'école buissonnière. Mais leur colère allait faire de moi un criminel.

Et vous savez quoi ? Ça m'allait bien. Mon père buvait, ma mère s'était enfuie pour mieux que nous. Je vivais chez des vieux dans une ferme au milieu des champs. À l'école, j'apprenais des chiffres qui ne me servaient à rien. Le nom de pays où je n'irais jamais. L'instituteur nous parlait de morale. C'était quoi, la morale ? Laisser le bouillon à un enfant et garder la viande pour soi ? Que faisait-elle pour moi, la morale ? Et l'instruction civique ? Et le *« tu aimeras ton prochain comme toi-même »*, psalmodié par notre curé, j'en faisais quoi ? Il me déteste, mon prochain. Il m'avait tiré les oreilles lorsque je pêchais le gardon dans le lac. Il avait traité ma mère de femme légère lorsqu'elle était partie. Il avait laissé mon père, ce héros de guerre, s'épuiser à ramasser les pommes de terre de salopards qui s'étaient cachés à l'arrière du front. Voilà, mon prochain. Vous comprenez ça ? Savez-vous ce que c'est d'avoir été abandonné pour un accordéoniste ? De ne garder de sa mère qu'un ruban de soie ridée ? Savez-vous ce que c'est de voler trois œufs en espérant les gober dans un buisson ? Que savez-vous de la faim, Messieurs de la Justice ? Et du froid ? Avez-vous déjà eu des semelles en carton pour masquer le trou de vos chaussures ? Savez-vous la honte d'un pantalon troué ? Savez-vous la douleur des nuits sans parents ?

Personne n'en sait rien. Personne, jamais, ne parlera de cette solitude. De cette misère. De l'immensité d'une nuit sans toit lorsqu'on dort sous le ciel. De la rosée du matin, qui perle sur la veste d'un pauvre.

Ils étaient comme moi, les enfants Rolin.

Lorsque nous sommes arrivés à Mayenne, ils m'ont proposé de renoncer.

— C'est notre histoire, Bonneau, pas la tienne, m'a dit René.

Il était en classe avec moi, nous séchions l'école ensemble.

— C'est aussi ma vie, j'ai répondu.

Nous avons garé nos vélos rue Neuve-des-Halles, à quelques dizaines de mètres de l'atelier de couture. Et des Nouvelles Galeries, le plus grand magasin de la région.

Lucien marchait devant avec l'essence. René suivait avec le vermouth. Moi, je restais à la traîne. J'étais celui qui protégeait. Toujours, j'avais protégé. Avant que certains ne me traitent de teigne, d'autres m'appelaient la Sentinelle. Jamais je n'avais voulu être chef de rien, commandant de rien, officier de rien. J'étais un soldat.

Pareil ce jour d'avril, à Mayenne. J'ai suivi les frères dans les herbes, sous le pont de l'Impératrice. Nous nous sommes assis sans un mot. Lucien a tiré le bouchon de la bouteille d'alcool. Il a bu le premier, les yeux sur la Mayenne. Il a passé le flacon à René. Puis à moi. Le vermouth était amer, un mélange de sucre et de baies.

Nous nous sommes relevés vers 16 heures. J'avais envie de rire. Et de rentrer chez moi. L'herbe des berges était presque rose. J'avais des papillons devant les yeux. J'ai regardé Lucien remplir la bouteille avec un peu d'essence et l'enrouler dans une lanière de drap.

Il m'a regardé.

— Tu fais quoi ? Tu pars ou tu continues avec nous ?

Je continuais. Bien sûr. Pour son père, sa mère, pour les seins de sa sœur. J'avais attaché le ruban gris perle à mon poignet. Je voulais que ma mère soit là aussi. Je n'avais pas été assez important pour elle, je voulais qu'elle ait enfin peur pour moi.

Nous avons remonté la rue, trois brigands. Les frères marchaient les jambes arquées, j'ai fait pareil. Lucien avait enfoncé son béret sur ses yeux et préparé son cache-nez pour couvrir son visage. J'étais parcouru de frissons. Des pères, des mères, des enfants jouaient sur les trottoirs. Un jeune couple riait. Une vieille femme pestait contre une charrette à cheval. Le soleil peinait derrière les nuages. C'était la vie d'avant. Et j'allais la détruire. En me dirigeant vers l'atelier de couture, j'espérais que toute la Mayenne comprendrait ce que nous allions faire. Qu'ils arrêtent de sourire. Qu'ils nous voient faire justice. Je n'étais plus Bonneau, le bâtard. Ils n'étaient plus les fils des époux maudits. Nous étions les nettoyeurs de tranchées ennemies. Nous allions extirper le mal. Réparer une injustice. Rendre leur dignité à deux innocents.

René est entré le premier dans l'atelier en hurlant.

— Vive l'Anarchie !

Il a brandi son bidon d'essence.

— Tout le monde dehors, ça va péter !

Le patron n'était pas là, les couturières se sont précipitées dans la rue, bras levés en hurlant.

— Les anarchistes !

René a attendu que la boutique soit déserte pour vider son bidon sur les couvertures, les habits de bourgeois, une robe de mariée, des rideaux, une tenture fleurie, sur tous les autres draps que sa mère n'avait jamais volés. Dans la rue déjà, un sifflet de police. Des commerçants rentraient leurs étals en criant. La foule se dispersait.

Le cri strident d'une femme à sa fenêtre.

— Liberté pour Sacco et Vanzetti !

Lucien est monté sur une caisse de bois oubliée sur un trottoir.

Il a crié.

— Justice pour Suzanne Rolin !

Et il a embrasé la bouteille, avant de la lancer dans la vitrine du couturier.

Le magasin a explosé, comme sous l'effet d'un obus.

Du verre a frappé partout, des morceaux de murs, de la filasse enflammée, des lambeaux de tissus dansaient dans l'air en brûlant, jusque sur les trottoirs. Une fumée noire et grasse s'échappait de la boutique, un immense feu de cheminée.

Les gendarmes sont arrivés en courant, les pompiers, Lucien et René se sont couchés à plat ventre sur le trottoir, les mains sur la tête.

— File, imbécile ! m'a soufflé le grand frère.

Je n'étais pas entré dans l'atelier, je n'avais rien dit et personne ne m'avait vu. J'étais libre de marcher à reculons dans la fumée, les gravats, et de rentrer chez moi.

Alors j'ai joint les mains derrière ma nuque et je me suis allongé à côté de mon copain René. Je tremblais. Tout cela m'arrivait vraiment. C'était pour de vrai, et j'avais 13 ans.

*

Lucien Rolin a été condamné à quinze ans de prison par le tribunal du Mans. Son frère René à six ans. Je n'avais rien fait de mal, à part les accompagner. Je n'avais opposé aucune résistance aux gendarmes. Alors le juge ne m'a infligé que deux ans d'emprisonnement.

J'avais moins de 16 ans. Selon la loi, j'avais « agi sans discernement ». J'ai donc été immédiatement gracié, puis mis en cellule en attendant que ma famille me reprenne.

Mais mon père n'a pas été retrouvé, et mes grands-parents n'ont pas voulu m'accueillir. Ils se sont débarrassés de moi. En mesure de correction paternelle, mon grand-père a proposé à la Justice de me confier à une institution charitable. J'ai refusé. J'ai aussi rejeté la famille d'accueil et l'Assistance publique. Mais comme je ne pouvais pas être abandonné à la rue sous peine de vagabondage, la Justice a décidé de m'envoyer en maison de redressement, jusqu'à ma majorité.

Ils appelaient ça une Colonie pénitentiaire.

Je suis resté une heure dans le bureau du juge. Je venais d'un village de campagne ? Alors j'irais à Belle-Île, dans le Morbihan. C'était une prison agricole pour enfants. Je travaillerais dans une ferme, labourage et pâturage, mais j'aurais aussi des heures d'école. Je serais en plein air. Le travail des champs et de l'étable m'éloignerait de la corruption des villes.

— Tu es à un âge où l'on peut encore faire de toi un bon garçon, a lâché le magistrat.

Selon lui, le vice n'avait pas encore marqué mon visage. Le médecin m'avait déclaré sans tare héréditaire. Je n'étais pas encore à ranger dans la jeunesse coupable.

Il ne me parlait pas, il faisait des phrases. J'ai eu l'impression qu'il récitait.

À la fouille, j'avais réussi à sauver le ruban de ma mère. Je jouais nerveusement avec. J'ai demandé au juge s'il y avait des barreaux dans cette île, un mur, des habits de forçat. Il s'est levé, a allumé une cigarette en souriant. Il a observé mon air désolé et m'a expliqué que j'avais bien de la chance. Le siècle passé, on confiait les enfants sauvages aux Pères du Saint-Esprit. Pire, mineurs et majeurs étaient enfermés ensemble dans les prisons. L'assassin avec le voleur de pomme et le violeur avec sa proie. Aujourd'hui, les vrais criminels étaient séparés des mauvaises graines. Grâce à ces colonies, les enfants de justice avaient une seconde chance, et je devrais la saisir.

Dans un coin du bureau, un homme prenait des notes, carnet sur ses genoux. Je n'ai pas su s'il était journaliste, écrivain, ou s'il inspectait le travail du juge, mais j'ai compris que les belles phrases du magistrat lui étaient destinées. C'est lui qu'il tentait de séduire, pas moi qu'il voulait rassurer. L'inconnu hochait souvent la tête. Il acquiesçait silencieusement, offrant au magistrat de continuer sa démonstration. En sortant de la colonie, j'aurai passé mon certificat d'études, appris un métier. Je pourrai entrer dans l'armée la tête haute. Ou dans la marine marchande tiens, pourquoi pas ?

— Dans la marine ?

Il a souri. La colonie de Haute-Boulogne était divisée en deux, les marins et les paysans.

Je n'ai pas réfléchi. J'ai presque crié.

— La marine, c'est ça que je veux apprendre !

Mes épaules étaient retombées.

— J'en ai marre de la charrue.

Le juge a été surpris. J'étais passé de l'abattement à l'excitation. Il s'est tourné vers l'homme qui écrivait.

— Un bon point pour vous, a-t-il murmuré à l'adresse du magistrat.

Je n'étais qu'un sujet d'étude.

*

Je suis arrivé à la Colonie pénitentiaire le 16 mai 1927. Crâne rasé pour éviter les poux. Et aussi pour me marquer. J'avais été admis chez les marins. Ils manquaient de bras à la corderie et à la menuiserie. Et je me suis retrouvé à tresser des torons de chanvre.

Le 20 mai, j'étais mis au cachot pour la première fois.

Je dormais dans un dortoir de huit, au 2e quartier. J'avais mon lit près de la porte. Le premier soir, les autres avaient jeté mon matelas dans le couloir. Le soir d'après aussi. Et encore le jour suivant. Lorsque je suis rentré dans la chambrée pour la quatrième nuit, mon matelas était roulé dans un coin et ma couverture défaite. Cette fois, le drap était humide de pisse. Je l'ai porté dans le couloir, sans un mot. Puis j'ai violemment renversé le matelas d'à côté, volé le drap sec. Et retourné le matelas suivant, un autre, encore un, tous les sept.

Je ne rêvais pas. Je venais de répondre coup pour coup.

Et là, j'ai vu. J'ai compris qui était le caïd. Celui qui poussait les autres à maltraiter le nouveau. Il s'appelait Jean Soudars. Dans la pièce, personne n'avait bougé, mais lui s'est rué sur moi, poing levé en hurlant. Et je l'ai accueilli à coups de chaise. Le nez, la bouche, il s'est écroulé sans un mot, les yeux immenses. Lorsque les gaffes sont arrivés, Soudars était assis sur son lit, sonné, du sang plein les lèvres. Il m'a dénoncé en sanglotant, doigt tendu.

Les gardes m'ont emmené, j'ai craché sur ses pieds nus.

— N'en rajoute pas, Bonneau, a grincé le manchot.

Le gardien s'appelait Pierre Le Goff. Lui et les autres se doutaient. Soudars avait probablement reçu ce qu'il méritait, mais j'ai refusé de coopérer. Je n'ai pas raconté qu'ils avaient joué avec mon matelas, répondu à aucune question. J'étais assis dans la salle des gardes, menotté dans le dos et tête baissée, lorsqu'un responsable est arrivé.

— Regarde-moi, Bonneau.

Il m'a soulevé le menton avec son nerf de bœuf.

— Qu'est-ce qu'il t'a fait, Soudars ?

J'ai planté mes yeux mauvais dans les siens, sourcils froncés, mâchoires soudées.

— Tu as une dernière chance d'alléger ta peine, alors réponds !

Silence.

Le gardien-chef Ambroise Chautemps évaluait Jules Bonneau, son nouveau colon.

Il a rangé sa trique.

— Tu es une vraie teigne toi, hein ?

Pas de réponse.

— Maintenant tu baisses les yeux, a ordonné Chautemps.

J'ai été condamné à trente jours de quartier disciplinaire, dont trois au pain sec et à l'eau. Privé de cours, de messe, de récréation et de réfectoire. Repas au cachot et présence obligatoire à la corderie. Ils me punissaient mais m'obligeaient à travailler.

J'ai remonté le long couloir cellulaire avec une serviette et deux couvertures pliées dans les bras, escorté par Le Goff et celui que les autres appelaient Napoléon.

Murs sales passés à la chaux grise, plafond cloqué, humidité, odeur d'hommes et de rance. Un caveau. De chaque côté, une vingtaine de cachots.

Derrière une porte à judas, un détenu riait comme un dément. J'ai cru reconnaître la voix de Blin. Un apprenti couturier qui faisait tout pour se retrouver à l'asile. Le Goff a donné un coup de poing sur l'œilleton de fer, sans même s'arrêter.

Blin s'est tu un instant. Puis il a ri.

— T'aurais dû balancer Soudars, m'a glissé Napoléon, la main droite passée sous son gilet.

Il m'a fait un clin d'œil.

— Tu crois que ce salopard fait des cadeaux aux autres, lui ?

Le Goff a glissé une grosse clef dans la serrure d'une porte.

— Déshabille-toi.

J'ai enlevé mes souliers, mon pantalon. J'ai hésité.

— Le reste aussi ?

— Tout. Tu gardes seulement ta chemise.

J'ai voulu conserver le ruban, il l'a fourré dans ma poche de bourgeron.

Il a fait un tas de mon paquetage.

Même si un puni arrivait à ouvrir le loquet extérieur, à traverser le couloir, filer à travers les quartiers et escalader le mur, il ne ferait pas trois pas dans la rue le cul nu.

— La serviette de toilette reste dehors, au clou. Réveil à 5 heures 30 et dépose des couvertures dans le caisson devant la porte avant l'arrivée de la gamelle. Compris ?

J'ai hoché la tête.

— Et si tu as des questions, tu les gardes pour toi, a ajouté le gardien.

Il m'a poussé dans la cellule disciplinaire. Un placard. Trois mètres sur deux. Sol en ciment, une lucarne grillagée dans le fond. Et un matelas qui mangeait toute la place.

— La prochaine fois, La Teigne, un conseil d'ancien : ne te fous pas de nous.

Lorsque je suis retourné au dortoir, mon matelas n'avait pas été touché. Personne n'a plus jamais défait mon lit. J'avais cogné, j'avais encaissé, je n'avais pas dénoncé. Respect. À côté de ma table de nuit, j'ai même pu afficher une vieille photo de la Citroën 5 CV, qu'on appelait « la Petite Citron », à cause de sa couleur jaune. Cette voiture, j'en rêvais depuis l'enfance. J'en voyais une, toujours la même, la seule, passer dans les rues de Laval, avec un père, une mère et leur fils à l'arrière, assis bien droit au milieu. Ils roulaient souvent la capote baissée. Ils prenaient des airs. Surtout le gamin, quand il me voyait traîner sur le trottoir. Je marchais, il roulait. Un jour, il a craché dans ma direction. La mère était jolie, chaque fois avec un foulard différent. Le père avait des lunettes de course. Et leur gosse grignotait sans cesse, les lèvres barbouillées de chocolat. Lorsqu'il arrivait à un carrefour, le père actionnait son klaxon électrique. Hurlement de cuivre. Il faisait sursauter les fillettes. Et le fils riait fort, du gâteau plein la bouche.

En arrivant à Belle-Île, j'avais la photo de la voiture dans mon paquetage, découpée dans un vieux journal qui traînait. L'image était en noir et blanc, alors j'avais colorié sa carrosserie grise en jaune citron. J'aurai la même plus tard, quand je serai grand. Ce jaune-vert était une preuve de la liberté. Saisir la manivelle à deux mains, m'installer sur le siège, poser mes gants de conducteur sur le volant en cuir. Et puis rouler loin, le visage giflé par la vitesse. Laisser le haut mur dans mon dos, les matons, les salauds qui piétinaient le lit des nouveaux. Rouler dans la campagne, dans les forêts, au bord des lacs. M'arrêter où et quand je le voudrais. Et trouver une chic fille pour le siège d'à côté, qui aurait un foulard différent pour chaque jour de vent. Et puis quelqu'un derrière, un jour, sur le siège fait exprès. Une fille, un fils, je m'en fichais. Mais un enfant de l'amour, qui n'aurait jamais de ruban de soie grise au poignet. Qui ne prendrait pas un air supérieur. Qui ne ferait pas envie aux autres avec sa petite duchesse au chocolat. Et qui ne cracherait pas pour faire honte aux pauvres.

4.

Le jour d'avant

26 août 1934

Depuis quelques semaines, la colonie faisait la gueule. Les galoches traînaient plus encore dans les couloirs, les exercices étaient dissipés, le silence moins facile à obtenir. Il y avait, chez certains colons, une façon de rire qui ressemblait à de la rébellion, et de toiser les surveillants qui pesait comme une menace. Des maçons ont été surpris sommeillant sur leur mortier, des forgerons rêvant sur leur enclume, des sardiniers songeant à bien autre chose qu'à leurs boîtes de conserve. Même les charpentiers, qui clouaient les cercueils destinés aux copains, tardaient à ajuster les voliges de sapin. Rien n'allait plus. Trois tentatives d'évasion en quelques jours, Napoléon agressé par un caïd devant le réfectoire. Il y avait eu une révolte chez les colons maraîchers de Bruté, de l'agitation à la sardinerie, une tentative d'incendie aux cuisines. Par deux fois, des pupilles avaient refusé de sortir de leur dortoir. À l'atelier de couture, à la ferblanterie, à la buanderie, à la menuiserie, des détenus n'avaient pas repris le travail. Même l'atelier boulangerie s'était révolté. Le pain avait été saboté. Un mitron avait versé son poids de sel dans la farine de seigle. Pire encore, deux surveillants en étaient venus aux mains devant les pupilles, alors qu'ils surveillaient le promenoir cellulaire.

La nouvelle courait que François-Donatien de Colmont allait être remplacé par un autre directeur. La rumeur avait envahi la colonie. Et la déstabilisait. Les pupilles qui travaillaient en ville, dans les commerces, les fabriques ou chez les particuliers, avaient entendu dire que Colmont était devenu la bête noire des journaux. Trop politique. Il fallait que sa tête tombe. *L'Ouest Républicain*, qui se voulait « Le journal des populations agricoles et maritimes du Morbihan », avait écrit que Haute-Boulogne n'était pour Colmont qu'un hochet. Une breloque de plus dans son parcours pour la députation. Selon l'hebdomadaire, le candidat était en campagne électorale permanente et se souciait plus de répression que d'éducation morale. Il ne croyait pas en la rédemption par le travail et avait transformé la colonie en un bagne pour enfants. D'autres, tel l'éditorialiste du *Flambeau Morbihannais*, critiquaient sa gestion « dispendieuse » et les raisons mêmes de la Colonie pénitentiaire. D'où ce titre, un matin, dans le journal des Croix-de-Feu et Briscards : *« NOTRE ARGENT DISPARAÎT DANS LES POCHES DES VOYOUS QUI NOUS FONT LES POCHES. »*

De jour en jour, le départ supposé du directeur nous avait rendus fébriles. Certains détenus étaient persuadés qu'il fallait lui arracher des négociations avant la venue du nouveau responsable, suppression de certaines brimades, interdiction du Bal, retour du cidre à table pour les plus de 16 ans, allongement des pauses durant les heures de travail, extinction des feux trente minutes plus tard. Ces revendications étaient bruyamment murmurées. Elles s'ajoutaient à des dizaines d'autres, élaborées en secret, de quartier en quartier.

Les gaffes aussi étaient tendus. Même en notre présence, ils osaient parler salaire, vacances, retraite. Brusquement, ils se plaignaient de tout. Et cherchaient déjà leur nouvelle place dans la future organisation.

Selon Marc Auzenet, le nouveau directeur serait un ancien surveillant-chef de la prison de la Petite Roquette. Il l'appelait « La maison cruelle ». Le caïd m'avait assuré qu'avant de se retrouver à fond de cale pour Belle-Île, il était passé par les stalles cellulaires de sa chapelle parisienne, ces boxes en bois, qui séparaient les enfants à l'heure de la messe.

J'ai demandé :

— Et les cellules, elles étaient comment ?

— Comme ici, des cages à lapins. Tu dors dedans, tu bouffes dedans, tu chies dedans.

La Petite Roquette, Haute-Boulogne, Eysses, ces maisons de redressement prônaient « le salut de nos ânes ». Une formule du curé, qui en était fier. Mais tout le monde pensait qu'un Parisien serait plus dur que les gens d'ici et qu'il arriverait avec d'autres Le Goff et d'autres Napoléon dans ses bagages. Alors nos gardiens se préparaient au choc des nouveaux venus. Même si l'annonce officielle du remplacement n'avait pas encore été faite.

*

Ce dimanche, j'ai stupéfié la colonie. Après la parade, le lever des couleurs et la messe, j'ai profité de la promenade pour dire aux autres que tout cela était faux. Il n'était pas question que Le Bouc s'en aille. Quelqu'un se fichait de nous depuis deux mois. Peut-être même Colmont lui-même, qui nous divisait pour mieux régner. J'ai annoncé à tout le monde qu'il n'y aurait pas de changement de directeur. Mieux, la semaine prochaine à Vannes, il prendrait la parole dans un meeting de la Fédération républicaine, et brandirait la colonie pour preuve de sa réussite en matière de réinsertion. Il se moquait des critiques et comptait bien diriger Haute-Boulogne encore longtemps. Je l'avais lu dans *L'Ouest Républicain*. Et j'avais découpé l'article du journal pour le montrer à tout le monde. Stupeur.

— Mais où tu as eu ça ? a interrogé Moysan.

J'ai plié l'article et l'ai fourré dans ma poche de pantalon.

Vers midi, mon affaire était remontée jusqu'au directeur. Nous avons été rassemblés dans le grand préau, au clairon et au pas de course. Aucun mouvement de mauvaise humeur. Pas de blague. L'affaire était grave. Chautemps nous a fait aligner, main droite posée sur l'épaule de l'autre. Il frappait sa jambe à coups de nerf de bœuf.

— On est tête nue !

Les pupilles ont enlevé leur béret, leur bonnet, leur casquette. Et puis nous avons attendu. Deux cents enfants. Une heure sans bouger, avec Le Goff et Napoléon qui passaient entre nous pour rectifier les positions.

Lorsque Colmont est arrivé, c'est moi qu'il a cherché des yeux. Il est monté en chaire.

— Bonneau, hors du rang !

Je me suis faufilé entre mes camarades. Pas un seul n'a osé me regarder.

— Ici, Bonneau !

Avec sa baguette de bambou, il désignait la croix blanche des accusés, tracée sur le sol.

J'ai fait les quelques pas, tête basse.

— Retourne tes poches !

Quelqu'un avait bavé.

J'ai gagné du temps. Mes poches de vareuse, haut bas. Et puis les poches de pantalon. L'article est tombé à mes pieds.

— Le Goff ?

Le manchot a accouru. Il a ramassé le papier et l'a apporté au directeur. Celui-ci n'avait pas bougé, obligeant le gardien à monter les trois marches.

Colmont a déplié le document. Il a reconnu sa photo, l'article, le titre de *L'Ouest* : *« François-Donatien de Colmont, l'intransigeant de Haute-Boulogne. »*

Il a levé la tête.

— Où as-tu volé ça, Bonneau ?

— Dans votre poubelle, Monsieur.

Le directeur a été saisi. Il est descendu de son perchoir. S'est approché de moi.

— Tu peux répéter ?

Ne pas ciller.

— Dans votre poubelle, Monsieur.

Le directeur s'est tourné vers Chautemps.

— Dans ma poubelle ?

Le gardien a baissé la tête. Une fois de plus, il m'aurait égorgé.

— Tu as accès à mes poubelles, Bonneau ?

— Non, Monsieur.

— Tu as un complice donc ?

— Oui, Monsieur.

Colmont a paru étonné.

— Son nom ?

Je l'ai regardé.

— C'est embarrassant, Monsieur.

Il a croisé les bras.

— Peur de dénoncer un camarade, Bonneau ?

J'ai secoué la tête.

— Ce n'est pas un pupille.

Il a fait la moue.

— Et qui donc, Bonneau ?

— Un surveillant, j'ai dit.

Sidération.

— J'ai échangé l'article contre quelque chose.

Des détenus ont ri, d'autres avaient la bouche ouverte. Début de tumulte.

— Silence !

Le Goff a hurlé. Napoléon a secoué un enfant. Chautemps a claqué une nuque.

— Vous voulez son nom, monsieur le Directeur ?

Colmont était livide. Il a claqué deux fois dans ses mains. Réfectoire annulé. Pas de promenade ni de récréation cet après-midi. Dispersion et retour immédiat aux ateliers. Chaussures râpées sur le sol, toux, chahut, gloussements, bruits de pets avec la bouche, sifflets, cris stridents pour répondre aux mouettes.

Colmont m'a agrippé par le bras.

— Chautemps, perquisition de sa cellule !

Les gardiens m'ont poussé dans la cour, déséquilibré sur l'échelle extérieure, conduit jusqu'à la porte de ma cage. Le directeur fermait la marche. J'avais eu l'ordre de rester à genoux dans le couloir, front contre le mur et mains sur la tête. J'avais fermé les yeux. La petite table, le tabouret, mon armoire, ils retournaient tout. Lorsqu'ils ont soulevé le matelas, j'ai rentré la tête dans mes épaules. J'avais aménagé une poche à l'intérieur, entre le tissu, la bourre et le ressort.

— Alors ça !

C'est Le Goff qui a parlé. Il sortait les journaux un à un de leur cachette.

La voix du Bouc.

— Lève-toi, Bonneau !

Il était adossé au mur de ma cellule, sidéré. À ses pieds, le gardien jetait ses trouvailles. *La Croix*, *Le Figaro*, *l'Union catholique du Morbihan*. Un exemplaire de chaque. Ou des coupures soigneusement pliées.

Le Goff était à genoux, bras valide plongé tout au fond. *La Semaine religieuse du diocèse de Vannes*, *L'Avenir du Morbihan*. Trouvant *L'Action française* dans un repli, le gardien a jeté un coup d'œil embarrassé à son chef. Je m'étais procuré l'édition du 7 février 1934. Sur toute la première page : « *APRÈS LES VOLEURS, LES ASSASSINS.* »

— Je continue ?

Pas un mot de Colmont. Il guettait mes réactions.

Brusquement, le manchot a brandi un fascicule à la couverture tachée.

— Un livre, Monsieur !

L'instant que je redoutais. *Les Enfants de Caïn* avait été publié en 1925 par un journaliste. Il parlait de nous et de la colonie, « *une véritable école du mal* ». Louis Roubaud racontait tout. La violence, les corvées, les punitions, la crasse, la faim, le Bal, les pupilles qui tombaient malades ou fous. J'avais lu des passages en cachette à Auzenet et Trousselot. L'écrivain avait inventé l'histoire de « *la gamelle de soupe fumante avec la cuillère qui tenait debout dedans, comme dans un pot de colle pour placarder des affiches* ». Cela nous avait fait rigoler. Il exagérait, mais nous savions que c'était pour notre bien.

Aucun gardien n'avait jamais été mon complice. C'était Loiseau qui m'avait passé le livre et les journaux. Le manège durait depuis deux ans. Après la punition, mon coup de pied au cul du mouchard, je lui avais offert ma protection. Pas contre les saloperies exigées par les caïds, mais en échange de nouvelles de l'autre côté du mur. En plus de son travail de couturier et de lavandière chez des particuliers près de Sauzon, il aidait au ramassage des poubelles du Bouc. Je lui avais dit de faire attention. Subtiliser un journal ici ou là, mais rien de systématique. Et pas tout le temps le même titre. Un matin qu'il versait la poubelle de Colmont dans la benne, Chautemps s'est servi, lui aussi. Il a volé *L'Ouest Républicain*, l'a secoué contre sa jambe de pantalon, plié et glissé dans la poche intérieure de sa vareuse. Loiseau a respiré très fort. Il n'était pas le seul à faire son marché.

C'est en lisant *L'Action française* que j'ai appris les événements du 6 février, racontés par Léon Daudet. Dans *L'Ouest*, j'ai su que Philippe Pétain avait prononcé un discours lors des funérailles du maréchal Lyautey. Et aussi, que le maréchal Hindenburg venait de mourir, remplacé par le chancelier Hitler.

« Tes moniteurs affirment que tu te piquerais d'histoire et de géographie. Et même un peu de politique, m'a-t-on dit ? »

Les mots du directeur, l'année dernière.

Mains jointes dans le dos, il était en train de comprendre comment je m'informais.

Visage grave, voix forte.

— Fouiller dans mes poubelles est une chose interdite.

Il a brandi le livre.

— Mais ça !

Loiseau l'avait dérobé sur une table, dans le corps de garde.

— Ça, c'est du vol, Bonneau !

Le Goff ramassait les journaux éparpillés sur le sol.

— Et le vol, c'est le cachot !

Je m'étais adossé au mur.

— Redresse-toi !

Garde-à-vous. Claquement de talons. Je moquais son autorité.

— Le nom de ton complice !

Je n'ai pas rejoué la carte du gardien. Elle ne l'avait déstabilisé que quelques secondes. Oui, des matons troquaient du tabac, du pain, du cidre. Oui, certains visitaient les petits dans leur lit. Oui encore, ils pouvaient être achetés. Surtout lorsqu'ils avaient bu et que le colon faisait deux fois leur taille. Tout le monde le savait, tout le monde fermait les yeux. Gaffes et caïds se partageaient l'autorité. L'ordre régnait. Mais sans moi.

— Tu n'es pas comme les autres, La Teigne, répétaient certains détenus.

C'est vrai. J'avais horreur des forts comme des faibles. Surtout des faibles. Dans son livre sur la colonie, le journaliste avait voulu faire chialer le populo avec des histoires d'orphelins, de fils du divorce, de gamins abandonnés par leur marâtre, de resquilleurs de train, de vagabonds ou de voleurs de pain. Il y en avait ici, mais je n'étais pas de ceux-là. Je n'avais que faire de la pitié ou de la bonté. Seule ma vie, seule ma gueule. Seule mon ombre à moi sur le mur d'enceinte, qui essaye de grimper jusqu'aux tessons de bouteille pour rejoindre les goélands.

— Grand prétoire mardi, a annoncé Le Bouc.

J'allais m'en tirer avec trente jours de cachot. Ou même un transfert.

J'avais les poings fermés.

En attendant, j'allais payer.

Lorsqu'ils sont entrés dans mon clapier, j'ai compris. Trois surveillants du 3e quartier, des durs. Depuis qu'on les appelait moniteurs, le directeur ne voulait pas que nos gardiens cognent trop. Une baffe, un coup derrière la tête, une brimade, un bras tordu mais rien de plus. Pour les corrections sévères, il faisait appel à d'autres. Des gars qu'on ne recroiserait pas forcément dans les couloirs pour se venger.

Colmont est sorti de ma cellule, suivi de Le Goff, de Napoléon et du gardien-chef.

Avant de refermer la porte sur moi et les trois autres, il a lâché :

— Messieurs, La Teigne est à vous.

*

J'avais joué, j'avais perdu. C'était le prix à payer. Les trois gaffes s'entendaient bien. Ils avaient l'habitude de porter les coups ensemble. Pieds, poings, le premier m'a donné un coup de tête pour que je m'effondre. Ils ne cassaient pas, ils endommageaient. Ils me laissaient des souvenirs pour après. Des traces que les autres devaient voir. En punissant un pupille, ils mettaient en garde toute la colonie. Couché sur le côté, les genoux sous le menton, j'ai attendu. J'ai pensé à des bûcherons consciencieux. Pas un cri, pas une insulte, pas un mot. Ils frappaient comme on fait son travail. Cuisses, dos, bras, ils s'appliquaient et chaque coup porté résonnait de ma nuque à mon ventre. Au premier sang, ils arrêtaient, Auzenet me l'avait expliqué. Dès que je suis tombé, j'ai mordu violemment ma joue. Puis ma langue, exprès. La douleur m'a presque fait oublier leur brutalité. Dès que le goût métallique du sang a rempli ma bouche, je l'ai mélangé avec ma salive et je l'ai recraché en toussant. J'ai souillé le sol. Je jouais le malaise. Je sifflais la fin de partie.

Un dernier coup de pied dans les reins et ils se sont arrêtés. J'avais les yeux fermés. Jouer le mort les inquiète et permet de gagner du temps. L'un d'eux a versé un broc d'eau sur ma tête, mon visage, mon corps meurtri. L'un des cogneurs a remarqué le ruban gris que je serrais dans mon poing. Il me l'a arraché. L'a fourré dans sa poche. Et puis ils sont partis.

— Tu peux te relever, La Teigne ?

Voix de Le Goff. Toupet l'attendait dans le couloir en redressant sa perruque blonde.

Me lever ? Je pouvais, oui. Je me suis assis. Il m'a tendu une main. Je ne l'ai pas prise. J'étais orphelin d'un galon de soie. Aucune blessure au monde n'était comparable à cette perte. Je me suis mis à genoux, puis levé, une jambe après l'autre. Ils n'avaient pas abîmé mon visage, mais mon oreille gauche saignait. Le choc contre le sol, après le coup de tête. Je me suis assis sur le lit.

— Allez, on bouge, Bonneau, a murmuré Le Goff.

Il semblait gêné. Des colons m'avaient dit que le manchot supportait mal les coups. Il n'avait rien contre les punitions, le cachot, le pain sec, même le Bal. Mais frapper un enfant n'était pas dans ses habitudes. Il savait que mardi je passerais devant le prétoire et que je serais lourdement condamné. Cela lui suffisait. Mais le directeur avait été publiquement humilié, ce châtiment était sa vengeance.

Vengeance aussi, le long chemin qui m'a mené jusqu'à *La Ville de Palais*, la frégate ensablée dans le grand préau. Chautemps m'avait entravé les chevilles et lié les poignets. Ma progression était difficile et ma position grotesque. Je marchais. Un singe déhanché, cassé en deux, tête basse, risquant de tomber à chaque pas. Le Bouc savait que je passerais devant les pupilles qui sortaient du réfectoire. Et que personne ne me plaindrait. Fait moins le malin, Bonneau la grande gueule. Avec son crâne couturé, sa bouche en sang et ses paupières gonflées, pas belle à voir La Teigne. Les gardiens ont tenu à emprunter la voie royale. Ils m'ont exhibé. Traverser le jardin de l'administration, longer la chapelle, l'infirmerie, remonter la cour du 1er quartier, croiser le plus de colons possible.

Mais quelque chose avait changé. Lorsqu'un puni est montré comme un ours de foire, les pupilles détournent les yeux ou baissent la tête. Cette fois, remarquant mon oreille tuméfiée, plusieurs m'ont fait un geste de la main. D'autres ont claqué exagérément leurs souliers sur le sol. Un troupeau de mécontents.

— Tiens bon, Bonneau !

La voix aiguë de Loiseau, suivie par des cris d'encouragement.

— La Teigne, montre-leur qui tu es !

Une voix grave que je n'ai pas reconnue.

Je respirais à peine. J'étais transi. À la fois bouleversé et inquiet pour la suite.

— Merde au bagne !

Le Goff était fermé. Chautemps regardait partout à la fois. Toupet passait nerveusement les doigts dans son postiche tartiné de pommade. Les rangs par trois avaient disparu. Des dizaines de pupilles se croisaient dans le plus grand désordre. Ce n'était plus la récréation dominicale d'après le réfectoire, mais le chahut. Des bérets ont volé. Une pierre a été jetée à quelques mètres de moi. Coups de sifflet venus de la cour des ateliers. Puis le clairon. Sans attendre l'arrivée des renforts, les pupilles se sont calmés. Certains ont reformé les rangs. D'autres se sont assis le long des murs, mains bien en vue.

Nous sommes arrivés au préau dans le silence. Un maître d'équipage était sur le bateau, à hurler ses ordres aux pupilles agrippés aux haubans. La veille il avait plu. Tellement que les manœuvres avaient été annulées et reportées au dimanche. Le curé avait donné son accord, et béni le navire après la messe. Le chef a sauté à terre en me voyant arriver. Le Goff et Chautemps m'ont laissé aux piquets qui délimitaient le territoire marin. Seuls les matelots et le directeur avaient l'autorisation de monter à bord. Les cordiers et les timoniers étaient à la manœuvre. Lorsque je suis arrivé sur le pont, une vingtaine de colons étaient en équilibre jusqu'au plus haut des mâts, penchés en avant, ventres collés aux vergues, galoches sur les marchepieds, à carguer les voiles au plus près.

Ce jour-là, j'aurais dû être de l'exercice, mais j'ai rejoint un puni. Lui était ligoté au grand mât depuis le matin. Une bagarre entre détenus dans l'atelier des tailleurs. Il avait frappé le surveillant qui avait tenté de s'interposer. L'année dernière, son petit frère en avait eu assez d'apprendre le nœud en huit, le nœud de chaise, le nœud de taquet. Il avait fabriqué un nœud coulant tout simple et s'était pendu à une poutre du réfectoire.

Moi, je serais attaché à l'arrière du bateau, au mât d'artimon, contre la brigantine repliée, pour que tout le monde en profite, du fond de la cour jusqu'aux fenêtres des ateliers.

C'est Soudars qui m'a ficelé, sur ordre. Il était ravi. Ses yeux brillants dans les miens. Son sourire vainqueur.

— Bien serrés, les poignets !

— Oui, bien serrés, chef ! a répondu le caïd.

Ils ne m'avaient pas détaché les chevilles, il m'a désarticulé en arrière comme un pantin.

— Le mât jusqu'à 21 heures et nuit en cellule, a lancé Chautemps au maître d'équipage.

Puis, lui et Le Goff ont quitté le grand préau, cet océan de béton, qui avait capturé un bateau et deux enfants déguisés en marins. Ils sont partis sur la pointe des pieds, sans se retourner, sans voir leur Teigne ligotée à un mât. Mutin de pacotille qui ne pourrait pas même être jeté aux vagues meurtrières. Gamin de 20 ans, qui n'avait connu que les barreaux et le grillage et les cachots. J'avais mal aux bras, aux jambes. Mon œil gauche était presque fermé. Mon front, ma nuque, les tempes, tout cognait. Mes dents heurtaient ma langue mordue. Mes joues avaient le goût de la défaite. Je serrais entre mes mains l'extrémité du chanvre qui les emprisonnait. Cette corde rêche, tressée brin à brin, cette drisse, je l'ai rêvée douce. Une soie fatiguée. Une faveur grise dans les cheveux de ma mère.

5.

La grande évasion

Lundi 27 août 1934

La soirée avait été agitée. J'ai entendu le brouhaha depuis le quartier cellulaire. Des colons frappaient les murs en cadence avec leur tinette. D'autres imitaient des cris d'animaux par les fenêtres. Un pupille a été traîné de force de sa cour vers la salle de police.

Ses hurlements :

— Pas par les cheveux, mes salauds ! Ne me tirez pas par les cheveux !

Quelques cris aussi chez les punis. Coups de pied dans les lourdes portes.

— Mais qu'est-ce qu'ils ont ce soir ? a gueulé Chameau remontant le couloir.

Et tout s'est peu à peu assoupi. Quelques sifflets, deux coups de trompette, le calme après la bataille. Un silence résigné, fait de fronts bas et de poings serrés.

En attendant ma comparution devant le grand prétoire, j'ai été obligé de travailler et autorisé à prendre mes repas au réfectoire. Mais j'étais aux arrêts, seul à la dernière table.

Mes anciens compagnons de banc étaient ravis. Quatre dîneurs au lieu de cinq. Ils avaient leurs aises.

— On se tient droit. Et on serre les genoux ! criait Le Goff avant chaque repas.

Sans moi, ils pouvaient écarter les jambes, comme à la table d'un café.

À la corderie, j'ai peu travaillé. Je tournais autour des filins, comme un maître d'atelier. Je me penchais sur un rouet, inspectais une drisse tombée à terre. Le chanvre dégueulait de mes reins pour rien. Ma ligne n'avançait pas. Je ne tressais plus, je mimais. Et personne ne me disait rien. Aucun reproche. Mes chefs avaient reçu des consignes.

— Il va être transféré, oubliez sa gueule.

C'était ça, sûrement. Ils m'avaient rayé de leur liste. Ils vivaient les dernières heures de La Teigne. Le prisonnier de Haute-Boulogne allait être offert à d'autres. En attendant, ils évitaient les ennuis. Il ne veut pas travailler Bonneau ? Alors ignorez-le !

J'ai voulu tester mon hypothèse. J'ai quitté ma navette et suis allé m'asseoir sur un tas de filins. Le maître m'a tourné le dos et s'est rué sur un autre. Transparent, Bonneau.

À 18 h 45, j'ai pris ma place de dernier, dans la file de détenus qui raclaient leurs galoches. Béret à la main, tête baissée vers le réfectoire pour le dîner. Pas un souffle, pas un mot, des animaux en route pour la mangeoire.

Camille Loiseau s'est retourné. Il m'a cherché du regard et il m'a souri.

*

Quelques mois plus tôt, j'avais surpris un détenu majeur qui lui faisait du mal. Le salaud essayait de profiter du gamin une dernière fois, avant de faire son paquetage pour l'armée. Il l'avait coincé en haut de l'échelle qui mène au dortoir, caché par une porte de placard. Deux de ses complices faisaient le guet à l'extérieur en attendant leur tour. L'un et l'autre postés en hauteur, de chaque côté des marches, qui inspectaient la cour du 2e quartier. Ces deux-là persécutaient Loiseau, avec le Boche pour caïd. On l'appelait le Boche parce qu'il était lorrain. Ou alsacien. Personne n'a jamais su. Il avait un accent terrible, disait détester les Français et jurait en allemand.

Nous revenions de l'atelier, avec Moysan, L'Abeille et Trousselot. Le gros Guihaire est venu à notre rencontre. Sa mine dégoûtée.

— Le Boche s'en prend à un petit !

Il y avait des travaux de toiture dans notre quartier. J'ai ramassé un tuyau de plomb long comme le bras et grimpé les marches en courant. Les copains ont compris que j'allais à la bagarre. Ils se sont déployés au bas de l'échelle, sans un mot. C'est ça, Haute-Boulogne. Pas besoin d'expliquer. Nous étions une meute de loups. Avec ses codes. Quand elles m'ont aperçu, matraque en main, les sentinelles se sont enfuies. Elles connaissaient ma fureur. Le premier guetteur est rentré précipitamment dans le bâtiment, l'autre m'a bousculé en descendant les marches. Il a levé les bras. Pardon. Pas fait exprès. Et s'est enfui vers le préau.

Le Boche était adossé au mur, pantalon sur les chevilles, les yeux fermés et les mains sur les hanches. Loiseau était à genoux.

— Vas-y, joue-moi de la flûte, pédéraste !

J'ai frappé la rampe de l'escalier, violemment, à en tordre le tuyau. Le Boche a ouvert de grands yeux. Sa victime s'était dégagée, elle a rampé jusqu'au mur d'en face en tremblant.

— Je ne lui ai rien fait, Bonneau, je te jure !

L'autre essayait de remonter son pantalon. Il paniquait. Penché en avant, cul en l'air, blouse pendante, il tentait de recouvrir ses grosses cuisses, prisonnières du tissu rêche. Je l'ai cueilli. D'un coup violent dans la poitrine.

— La Teigne, putain !

Il a été projeté en arrière contre le mur. Son dos, sa nuque, sa tête ont frappé le ciment. Il est retombé. Puis s'est plié à quatre pattes. Il suffoquait. Je lui ai porté le second coup aux reins. Et j'ai foudroyé son épaule gauche, pour que son bras le lâche. Qu'il s'écroule à plat ventre. Son front a heurté le sol, sa mâchoire. Il a toussé du sang.

La voix aiguë de Loiseau.

— La Teigne, fais pas ça, merde !

Le gamin m'a tiré de ma colère. Ce n'était pas un rêve. J'étais au-dessus du salaud, jambes écartées de chaque côté de son corps. Je tenais le tuyau levé à deux mains. J'allais frapper sa nuque de toutes mes forces. Loiseau s'est précipité. Je l'ai regardé. Je me suis vu. J'allais tuer le Boche. Je n'ai pas bougé. Je suis resté comme ça, bras levés. Délicatement, le petit m'a enlevé le tuyau des mains.

— Donne.

Je me suis laissé faire. Je tremblais. Je respirais mal. Moysan m'a rejoint en haut de l'escalier, avec Guihaire. Sans un mot, le premier a caché la matraque sous sa blouse. Puis ils sont redescendus en courant.

J'ai ordonné à Loiseau :

— Frappe-le !

Il m'a regardé, effrayé. Je frottais nerveusement mon torse à deux mains.

Non. Il a secoué la tête. J'ai levé le poing. Je l'ai menacé.

— Frappe ou je le finis !

Je voulais que le gamin prenne sa revanche.

Alors il l'a fait. Un coup de pied dans le ventre, avec le recul du joueur de ballon. Et puis un autre, plus bas entre les cuisses, qui a fait hurler le Boche. Il n'y avait rien sur le visage de Loiseau, aucune expression dans son regard. Ni colère, ni joie, ni soulagement. Tout était désert. Le salopard ne parlerait pas. Ses complices non plus. C'était la loi de la colonie. Il allait se laisser vaguement tomber dans l'escalier pour justifier ses blessures. Personne ne serait dupe. Ni les gardiens ni les pupilles, mais lui protégerait son semblant d'orgueil.

Loiseau est parti à reculons dans son dortoir, ne quittant pas des yeux le colosse qui se relevait péniblement. J'ai mis un genou à terre, ma main dans ses cheveux blonds, je l'ai tiré en arrière. Ce n'était pas beau. Son nez était cassé.

— Tu m'entends, le Boche ?

Il a hoché la tête. J'ai murmuré à son oreille.

— Le petit s'appelle Loiseau, pas Mademoiselle.

Il n'a pas répondu. Un filet de bave rouge coulait sur son cou.

— Tu entends ?

Oui, une fois encore. Il cachait son sexe dans ses mains jointes.

— Et tu vas passer le mot. Toi, le Boche.

Son regard perdu.

— Si quelqu'un l'appelle Mademoiselle, je t'en tiendrai responsable.

Il a toussé, bavé quelque chose que je n'ai pas compris. Et je l'ai laissé là, couché à l'entrée des dortoirs, dans la position d'un enfant à naître, mains écrasées entre ses cuisses nues, le nez éclaté et la bouche sanglante. Je n'étais ni heureux ni fier. Je ne ressentais rien. Il y a quelques années, j'aurais tourné la tête. Pas mon problème, Loiseau. Des Loiseau il y en avait beaucoup, à Haute-Boulogne. Déchets d'orphelinat, raclures de l'Assistance publique. Longtemps j'ai voulu qu'ils crèvent ou qu'ils cessent de geindre. Leurs douleurs m'encombraient. Leurs regards traqués. Leurs dos offerts à la matraque. Les histoires d'orphelins me dégoûtaient. Celles des répudiés, des bouches en trop à nourrir, des gamins difficiles dont la famille s'était débarrassée comme on abandonne un chien. Comme tous ces malheureux, il était là par accident, Loiseau. Il n'avait rien à faire avec nous, qui étions dans l'antichambre des Maisons centrales, de Cayenne ou des bagnes d'Afrique. Les victimes comme Loiseau étaient la monstruosité de ce système. Il était innocent et je déteste les innocents. J'ai plus d'appétit pour le bourreau que pour sa victime. Je déteste les persécutés. Je déteste les yeux baissés. Je déteste les plaintes. Je déteste les dos courbés. Je déteste ceux qui s'en vont mourir les mains vides.

Et puis Loiseau m'a aidé. Ici, là, un jour, un autre, résistant à sa manière. Il avait détourné les journaux du Bouc, caché mon couteau sur lui avant une fouille, il avait volé pour moi, menti pour moi, risqué pour moi la punition. Nous étions deux contraires. Moi les poings, lui l'esquive. Je hurlais, il chuchotait. Lui l'ombre, moi la lumière. Nous ne nous devions rien. Mais à sa manière, chacun protégeait l'autre. Une alliance de survie. Presque une amitié.

Jamais de ma vie je n'avais pensé au mot *ami*. Jamais je ne l'avais employé pour personne. Je suis né sans proches, ni parents ni amis. Ni les baisers d'une mère, ni les ordres d'un père. Pas non plus d'enfant à mes côtés, de copain à l'école, de camarade aux jeux. À peine un voleur de pelle, un compagnon de fugue, un incendiaire, quelques garçons rendus mauvais. À la colonie, je me suis isolé. Je n'ai voulu aucun autre que moi dans mes pas. Seul, Bonneau. Seule, La Teigne. Encaisser les coups, les rendre, tenir jusqu'à demain. Et surtout, ne pas se mêler de la souffrance des autres. Ne pas la provoquer, ne pas l'apaiser non plus.

Regarder ailleurs.

Jusqu'au soir où j'ai levé le pied sur le clarinettiste. Où je l'ai vu à terre, livide, famélique et à moitié nu. Et où je me suis découvert honteux. J'ai pensé à moi, enfant. Mon rêve d'une main tendue. D'un gars qui me relève après la bagarre. Qui arrête le poing ivre de mon grand-père. Qui tende la jambe pour crocheter le gendarme à mes trousses. Sans prononcer le mot, j'avais rêvé d'un ami. Sans que Loiseau s'en doute, il l'était devenu.

*

À 19 heures, le clairon a sonné la soupe. Les colons se sont rangés en file devant chaque atelier pour la fouille. Vérifier que personne n'avait volé une lime, un tube d'acier, un outil qui pourrait devenir une arme ou une monnaie d'échange. En rang quatre par quatre, nous avons pris le chemin du réfectoire en claquant des galoches et des sabots.

Nous étions debout devant les tables. Cinquante bouches à mal nourrir. Moi, le puni, isolé contre le banc du fond. Chautemps a frappé une fois dans ses mains et nous nous sommes assis. Devant nous, une soupe claire, un ragoût de haricots, un morceau de gruyère et une pomme. Nous étions droits, les yeux fixant les nuques et la saleté du mur d'en face, mains posées de chaque côté de nos couverts.

Le chef a tapé une nouvelle fois. Chacun a pris sa cuillère. Nous pouvions commencer la soupe en silence.

Quelques tintements de couverts, des aspirations exagérées et un coup de sifflet. Presque tout de suite. Un seul coup, brutal. Le Rat rappelait quelqu'un à l'ordre.

— Loiseau, règlement ! a-t-il hurlé.

Son cri nous a figés.

Chautemps était à ma hauteur. Il s'est précipité vers le petit, assis deux rangées devant.

— C'est Loiseau, Monsieur ! a encore rugi le gardien, doigt tendu vers le coupable.

Chautemps a regardé le pupille, bouche immense. Il était sidéré.

— Mademoiselle se fout de nous ?

Camille Loiseau s'était retourné vers le surveillant-chef. Il tenait le carré de gruyère entre ses doigts tremblants.

Manger le fromage avant la soupe. Pourquoi le gamin avait-il fait ça ? La faim ? Un moment d'inattention ? Un geste rebelle ? Nos repas devaient se dérouler dans l'ordre imposé par le règlement, de la soupe au dessert. Et il était strictement interdit de picorer comme bon nous semblait. Le clairon appelant au rata, l'arrivée au réfectoire en rangs militaires, le claquement de mains, les cuillères tous ensemble, les fourchettes tous ensemble, le fruit tous ensemble, le claquement de mains, puis quitter la cantine en rang et en silence. Violer ce cérémonial était un acte d'insubordination. La preuve que nous étions encore dangereux, malfaisants et certainement pas prêts à franchir le mur dans l'autre sens.

Le Rat est arrivé le premier devant Loiseau, en courant. D'un violent revers de main, il a fait tomber son fromage par terre. Et puis il l'a frappé. Une baffe. Aller, retour. Le petit était en bout de banc. Il a glissé sur le sol, entre deux tables. Une poupée de chiffon. Toupet et Chameau se sont précipités à leur tour. Le premier a relevé Loiseau par les cheveux et l'a maintenu debout pour son collègue. L'autre lui a cogné les lèvres d'un coup de trousseau de clefs. Il lui a violemment claqué les oreilles à deux mains. Et Le Rat l'a frappé par-derrière, deux coups de pied dans les reins. Ils neutralisaient un chien enragé.

— Avec discernement, messieurs ! a commandé Chautemps.

Je m'étais levé. Contre toutes les règles. La moitié des détenus était debout aussi.

— Assis ! Tous assis ! a crié le chef.

J'avais encore ma cuillère en main, tenue comme une arme. À leur tour, L'Abeille, le gros Guihaire, Trousselot, Méheut, se dépliaient lentement. Le Boche, Soudars, Auzenet, les caïds quittaient leur banc.

Le Rat a relevé Loiseau par le col. Chameau lui a tordu le bras pour l'entraîner dehors.

Chautemps était monté sur une chaise. Il éructait.

— Asseyez-vous et faites silence !

Du doigt, il a désigné le puni.

— Loiseau !

Les gaffes le tenaient chacun par un bras. Il était de dos. Ils l'ont retourné avec brutalité.

— Deux jours de salle de police au pain sec et dix jours d'isolement !

Ma cuillère est partie d'un trait. Un lancer de couteau de cirque. Elle a frappé le chef à la tempe. Il a vacillé. Et il est tombé de sa chaise sur le dos. Trousselot s'est précipité sur Le Rat, poings levés. Coisnard s'est rué sur Chameau. Les deux colons hurlaient. Le Rat s'est affaissé d'un coup, frappé à la gorge. Passé de la haine à la terreur. Ses yeux sont devenus blancs, il a manqué d'air. Il a battu des bras et s'est effondré sur le dos. Coisnard a frappé Chameau pour qu'il lâche sa proie. Un terrible coup de pied au milieu des reins. Et un autre en plein front, lorsqu'il s'est affaissé. Levebvre, Jesson, Brillat L'Andouille, Petit Malo, les invisibles, les soumis, les plus exemplaires des détenus se sont lancés dans la bataille. Les trois gardiens étaient à terre, sous nos coudes et nos poings. Toupet s'est relevé, il a porté son sifflet à ses lèvres. Je lui ai donné un coup de pied dans la mâchoire pour faire silence. Le Goff est arrivé en courant. Il a regardé, il a compris. Ce n'était pas un simple chahut. Il est reparti chercher du renfort. Loiseau, lui, se traînait dans un coin du réfectoire, bouche en sang, comme un animal blessé.

Jamais je n'avais autant frappé de ma vie. Des hommes, des tables, des roulantes de cuisine, des meubles. Une ivresse. J'ai enfoncé mon poing dans la porte du placard à vaisselle. Toupet avait réussi à se dégager. Il boitillait en direction de la sortie. Je l'ai rattrapé, titubant dans le couloir, et je l'ai assommé d'un coup de broc sur la tête. Sa perruque blonde est tombée. Il a encore tenté de s'enfuir. Coups de talon dans les jarrets. Il rampait. Une limace. Toupet n'était pas le pire des gaffes. Je l'ai laissé se tortiller. J'ai fourré son postiche dans ma vareuse. Je m'étais emparé d'un trophée. Je ne pensais pas, je ne criais plus. Le réfectoire tanguait. Je voyais à peine. Une furie rouge. Mon cœur entier tenait dans mes poings. Mes tempes étaient douloureuses. Je claquais des dents. Je faisais trois gestes inutiles pour un mouvement nécessaire. Je ne courais pas, je dansais. Je grimaçais dans le tumulte. Je tirais une langue de gargouille. Tout était en train de disparaître. Les insultes, les brimades, les vexations, les humiliations, les coups. Le froid de l'hiver, la brûlure de l'été, l'odeur de nos corps sales, la faim, les punaises, les poux, la gale. Je nettoyais sept ans de bagne à grande eau. À coups de hargne. J'étais enragé. Je respirais. Je vivais.

Je suis retourné au réfectoire en courant. Loiseau se remettait doucement, allongé sur le côté. Il avait froid. Il tremblait. Je l'ai couvert avec la pèlerine noire de Toupet.

— Il ne fallait pas faire ça… Il ne fallait pas faire ça…

La même phrase inquiète, en boucle. Ses deux dents de devant étaient perdues. Il zozotait. Ce n'était pas la première fois qu'il prenait des coups. Après tout, il aurait pu vivre avec quelques bosses en plus et des dents en moins. Joue contre le carrelage, il regardait le réfectoire à hauteur de dégâts. Les tables et leurs bancs avaient été renversés, les gobelets, les assiettes en ferraille, les soupières en étain, les couverts, les corbeilles de pain, le lard, les haricots, tout était éparpillé sur le sol.

— Il ne fallait pas faire ça…

J'étais accroupi à ses côtés. Je lui ai passé la main dans les cheveux. Ce n'était pas mon habitude. Jamais je n'avais été caressé, rassuré, consolé. Depuis l'enfance, ma souffrance était solitaire et brutale.

— Il ne fallait pas faire ça…

Je me suis encore rapproché.

— Tu m'entends, petit ?

Hochement de tête.

— On a fait ça pour nous tous.

Il m'a regardé.

— Ça s'est passé ce soir mais cela aurait pu exploser hier, demain. On ne saura jamais.

Il a fermé les yeux.

— Mais c'est à cause de moi, a murmuré Loiseau.

J'ai souri.

— C'est grâce à toi, Camille.

Ses yeux immenses. Jamais, depuis qu'il était là, personne n'avait prononcé son prénom.

Nous avions fait deux prisonniers. Chameau et Le Rat, assis les mains sur la tête. On leur avait volé leurs trousseaux de clefs. Le chef s'était sauvé par une fenêtre. Tous les autres gardiens avaient déserté. Ils avaient abandonné le terrain et s'étaient regroupés à la grande porte en attendant les renforts. De notre salle à manger, il ne restait rien. J'ai hurlé.

— C'est vrai, nom de Dieu ! C'est pour de vrai !

Les détenus divaguaient par petits groupes. Certains se ruaient sur les rondins déchargés dans la cour pour en faire des gourdins. Alertés par le vacarme, les coups de sifflet, les hurlements, les autres réfectoires s'étaient soulevés. J'ai couru à la corderie avec Trousselot. Il nous fallait de la drisse, des liens pour les captifs. Et aussi vingt mètres d'aussière, une corde solide pour se réfugier sur les toits. Nous avons porté le lourd cordage à cinq, les uns derrière les autres. Des haleurs de barge le long d'un chemin. Des pupilles couraient partout. Certains avaient dévalisé les cuisines, d'autres la pharmacie. On se frayait un passage entre les détrousseurs de linge, les voleurs de pupitres, les casseurs d'ampoules électriques, les porteurs de meubles à brûler.

Nous avons abandonné notre fardeau de chanvre au pied du mur.

J'ai attaché Chameau et Le Rat moi-même, dans un coin du réfectoire.

— Bien serré ! a rigolé Soudars qui passait par là.

Il avait un pichet de vin dans chaque main et une miche sous le bras.

Je ne sais pas d'où est venue cette sirène d'alerte. Je ne l'avais jamais entendue à la colonie. Peut-être du port, peut-être du phare, d'un sémaphore ou d'un bateau. Son hurlement rendait notre révolte tragique. J'ai crié au milieu de la cour pour couvrir sa plainte métallique. Ajouter au bruit de l'émeute. Un détenu fracassait les portes à la hache. Sans un mot, les unes après les autres, comme un bûcheron devenu fou. J'ai commencé à casser des vitres. Toutes celles que je croisais. Lorsque je suis sorti dans la cour, des colons balançaient leur lit du haut des échelles. D'autres jouaient aux fantômes, couverts de poudre blanche et les bras écartés. Ils venaient de saccager le magasin aux farines. Gosselin pissait dans le jardin de l'administration en sifflant *La Marseillaise*. Moysan et Trousselot jetaient des pierres contre les fenêtres du greffe. Jesson s'était déguisé avec les habits du prêtre. Il nous aspergeait d'eau bénite en riant. Dans le grand préau, un garçon a escaladé le mât d'artimon de notre frégate-école pour en arracher le drapeau français et s'en servir de cape. Il traversait les quartiers en chantant : *« Tous à la Bastille, les maroufles »* !

Avec une dizaine de gars, j'ai foncé au 3e quartier. Celui des surveillants durs. Il n'en restait qu'un, couché sur le ventre, trois colons assis sur son dos. Il avait du sang dans les cheveux. C'était l'homme qui était rentré dans ma cellule pour me dérouiller, le plus méchant. J'ai demandé aux autres de se pousser. J'ai fouillé sa vareuse. Le ruban de ma mère était toujours là, au fond de sa poche, avec un ticket déchiré de la loterie nationale et des miettes de tabac. J'ai pris le galon de soie entre mes doigts et je l'ai trempé profondément dans sa blessure. Il a gémi. J'étais vengé. C'était une prise de guerre.

La sirène hurlait toujours. Un incendie a éclaté à la voilerie. Un autre dans l'atelier de menuiserie. Ombres rieuses dansant autour des flammes. Un surveillant a tenté de rejoindre les moniteurs à l'entrée du camp. Dissimulé par la fumée, il avançait en zigzaguant dans la cour, visage plongé dans son col de vareuse. Mais il avait oublié d'enlever sa casquette.

— Un cogne essaye de s'échapper ! À moi ! a aboyé un colon.

Une dizaine d'ombres noires se sont ruées sur lui. Je me suis précipité. Le gardien était couché sur le ventre. Je lui ai écrasé la nuque à coups de talon et suis reparti en courant.

À leur vacarme sur le sol, nous devinions que des dizaines d'objets passaient par les fenêtres. Métal cogné, verre brisé, gerbes d'étincelles, tout ce qui avait malmené nos jours était offert à l'obscurité. Des gravats encombraient les cours. Six punis du quartier cellulaire avaient été libérés. L'un d'eux, apprenti ferblantier, avait refusé de sortir de sa cellule et s'était recroquevillé dans un coin de sa cage. Il avait vécu la mutinerie de septembre 1928 et ne voulait pas revivre la répression qui avait suivi. Lorsqu'un colon a essayé de le tirer dans le couloir par les jambes, l'autre a sorti une lame de sa poche. Il s'était secrètement fabriqué une dague à l'atelier, en limant une boîte de sardines.

Au détour d'un couloir, deux colons étaient couchés l'un à côté de l'autre, visage en sang. Ils respiraient mal. Mouchards, caïds isolés, l'heure était venue de régler les différends.

J'ai retrouvé Soudars à l'infirmerie. Il avait fracassé la vitrine du meuble à médicaments. Il était seul. Lorsqu'il m'a vu, il a tenté de s'enfuir. Mes poignets étaient bleus de sa corde. Je sentais encore le mât dans mon dos.

Je l'ai coincé violemment contre le lit de consultation. Coup de poing à la tempe.

— Fais pas le con, Bonneau !

Coup de tête. Craquement d'os, son nez. Nouveau coup dans les dents. Il avait la bouche ouverte, j'ai senti sa morsure sur mon front. Sa mâchoire qui cède. Il s'est effondré sur le dos, au milieu des fioles de gardénal. Je lui ai donné un coup de pied dans la tête, un deuxième. Longtemps j'avais rêvé de cette scène. Je rythmais chaque sévice par un commentaire.

— Pour le coup de fourchette, pour le vol de sucre blanc, pour la dénonciation.

Une gifle, un souvenir. Mais en cette nuit d'émeute, aucun mot ne comptait plus. Prends ça, pourriture. Je voulais qu'il ait mal. Que tous les coups donnés lui soient rendus.

Il a hurlé. Un fauve. Il s'est tourné sur le côté, contre le mur. Et il a fermé les yeux.

Le sol de la pharmacie était couvert de rapports et de notes rédigés par le docteur Verhaeghe. Il les conservait sous clefs dans son secrétaire. Un mutin l'avait éventré.

J'ai fouillé les dossiers, les enveloppes. Ma vie tenait dans une pochette grise.

« Jules Bonneau. N° mat : 3 462 / 2e quartier

État d'agitation, anxiété, agressivité, mauvais contrôle de ses impulsions », avait écrit le médecin. Il avait alerté la direction sur des *« phases de bouffées délirantes »* liées à *« un discours désorganisé »*. Inquiétant, *« mais insuffisant pour être interné »*.

J'ai fourré les feuilles dans ma poche.

— On va récupérer nos fiches de police !

Le hurlement d'un colon, qui filait dans le couloir une meute à ses trousses.

Je les ai suivis jusqu'au bâtiment de l'administration. Le greffe avait été saccagé. Une dizaine de détenus vidaient les casiers métalliques sur le sol. Le tiroir des *« B »* était intact. Dans ma boîte, une fiche anthropométrique établie à Laval et un signalement de police. Ma petite gueule sur les photos. De face, de profil. Je me souviens encore que le flic avait trop brusquement plaqué ma nuque sur la tige en métal qui bloquait les têtes. Il y avait l'empreinte de mes dix doigts sur la feuille agrafée. Et aussi, dans la marge au crayon bleu : *« Complicité de vol, complicité d'incendie, rébellion à agent. »* Au moment de compléter ma fiche, le gros policier moustachu avait craqué. J'avais 13 ans. Je pleurais. *« Orbites : creuses. Sourcils : bas. Paupières : demi-recouvertes »*. Mais il avait renoncé à la forme de mes lobes d'oreilles, l'épaisseur de mes lèvres, la taille de mes orteils. Il avait aussi oublié de remplir les cases *« attitude, allure, langage »*. Et même : *« Race. »*

Dans la cour, des insurgés entretenaient un brasero avec des livres de comptes et des cartes marines. J'ai offert aux flammes les remarques du médecin et ces lambeaux d'identité.

En croisant le Boche dans le promenoir cellulaire, j'ai cru que j'allais devoir en découdre une deuxième fois. J'étais prêt, mon pantalon couvert de sang. Mais l'Alsacien m'a à peine regardé. Il portait un matelas sur la tête, le corps cassé en deux, et se hâtait vers la sortie.

Ni plan, ni but, ni calcul. Notre colère était en désordre. Les plus excités menaçaient de tuer les moniteurs. D'autres voulaient brûler la Peugeot du Bouc, cachée dans le garage.

— Touchez pas au concierge, c'est un brave gars !

Certains avaient déjà rejoint prudemment leurs cellules pour ne pas être mêlés au désordre. Ils étaient trop jeunes ou de « la classe », des majeurs bientôt libérables et ne voulaient rien risquer, à quelques mois d'être relâchés. Après les hurlements et l'excitation, quelque chose était retombé. Il y avait de la peur sur certains visages, une sombre inquiétude. Les plus angoissés s'asseyaient en rond dans la cour, les uns contre les autres, à côté du puits qui avait été comblé à cause des suicides. Ce n'était plus des insurgés mais des vaincus, prêts à lever les mains lorsque les vaches donneraient l'assaut.

J'ai compris que l'émeute était terminée.

— Aux échelles !

La voix de Moysan.

Depuis quelques semaines, il y avait des travaux sur un toit de notre quartier et aussi dans la cour d'isolement. Négligence, trois échelles en bois avaient été oubliées par les couvreurs, posées contre un atelier. Des gars commençaient à se masser au pied du mur.

— Le Bouc arrive avec les gendarmes ! a crié un pupille.

Il rassemblait des renforts à l'entrée principale.

Moysan et Méheut ont dressé une échelle contre le mur. Elle le dépassait largement.

J'ai hurlé :

— Moysan ?

Il s'est retourné. M'a interrogé d'un coup de menton.

— Et après ?

Il ne comprenait pas.

— Qu'est-ce qu'on fait après ?

— On s'évade ! a répondu le grand Carrier.

La deuxième, la troisième échelle ont été posées contre la paroi.

— Mais on s'évade pour aller où, bande de cons !

Mes paroles, perdues dans le tumulte. L'excitation couvrait tout. Les premiers colons se lançaient à l'assaut du ciel. Deux d'entre eux avaient pensé aux planches et aux couvertures, pour se protéger des tessons de bouteilles qui hérissaient le haut de la muraille.

— C'est une île, imbécile !

J'étais en colère.

— Vous savez ce que c'est, une île ?

Je tournais en rond au pied de l'échelle.

— Vous allez nager jusqu'à Quiberon ?

J'étais seul. Personne ne m'écoutait. Ils gravissaient les échelons les uns après les autres. Dix, vingt, trente détenus se rêvant déjà évadés.

— Vous êtes aussi cons que des mômes !

J'ai crié :

— Prenez au moins l'aussière !

Pas de réaction. Je me suis précipité vers le cordage. Au lieu d'aider à atteindre les toits, il servirait à franchir la muraille.

— Qui m'aide, merde ?

Des mains se sont tendues.

L'Abeille, Méheut, Moysan, de nombreux colons étaient coincés sur le faîte du mur. Ils avaient entendu les cris de douleur de ceux qui avaient sauté dans la nuit. Ils hésitaient à les suivre. J'ai fixé l'aussière au pied d'un lampadaire de la cour. Nœud de cabestan doublé d'une demi-clef. Ils ne m'auront pas appris leurs trucs en vain. La première échelle avait été basculée de l'autre côté, pour permettre aux gars de redescendre sans risque. Je suis monté. J'ai laissé filer le cordage le long de la paroi, jusqu'à l'herbe du chemin. Et je suis resté comme ça, à califourchon sur une palette de bois qui écrasait les tessons, regardant les ombres noires disparaître dans la nuit. Une main a tiré mon bas de pantalon.

— Bonneau ?

Loiseau juste en dessous, agrippé aux derniers barreaux. Son sourire édenté.

— Tu m'avais oublié ?

Pas du tout. Je ne voulais pas qu'il soit de cette aventure. Dans cette histoire, il était la victime. En restant tassé dans son coin de réfectoire il pouvait s'en tirer. Il n'avait rien dit, rien fait, ni cassé ni tenté. Il était le seul d'entre nous tous à être innocent.

Il a ricané.

— Tu crois qu'ils vont penser ça ?

Il s'est hissé, prenant appui sur une couverture protectrice.

— Retourne à la cantine, petit !

Il a secoué la tête, en brandissant un sac de marin en toile cirée.

— J'ai apporté la clef des champs !

Son matériel d'évasion, rassemblé discrètement depuis qu'il était arrivé à Haute-Boulogne. Il m'en avait déjà parlé mais je ne l'avais pas cru.

Le grand baluchon, fermé par des cordons huilés, avait appartenu au fils d'un patron de pêche du Guilvinec, échoué à la colonie après une bagarre dans un café du port. Un homme était mort. Gorge enfoncée d'un coup de pied de table. Paul Guillou n'y était pour rien. Le jeune avait défendu son père, mais son père avait tué. « Complicité », ont conclu les juges, il avait 14 ans. Et il est mort trois ans plus tard à Haute-Boulogne, d'une pleurésie mal soignée.

Avant que les gardiens ne vident la cellule, Loiseau et ses copains s'étaient partagé ses restes. Ruée sur les vêtements qui ne lui avaient pas été confisqués. Pantalons, pulls, chemises. Mais Loiseau, lui, avait dérobé le sac de matelot qui les contenait. Tous pensaient au froid de l'hiver. Et lui, déjà, à s'évader.

Dans son baluchon, une boussole, les horaires des marées, une carte marine dérobée à la timonerie, des jumelles, un briquet, des biscuits, un gobelet en métal argenté, une assiette fleurie de tôle émaillée, des couverts et une gourde d'eau, qu'il remplissait chaque semaine.

Il a souri.

— Hier matin, j'y ai mis un peu de vin.

Même blessé, il était retourné au dortoir pour récupérer ses biens.

J'ai secoué la tête.

— Tout ça ne servira à rien.

— Comment ça ?

Loiseau ne me quittait pas des yeux. Il a plongé la main dans le sac. Et il en a sorti une lanterne carrée.

— À rien ?

Une lampe de poche Wonder. Piquée dans le corps de garde avec deux piles de ménage. Il a baissé la poignée. Contact. Une belle lumière jaune. Celle que nous craignons la nuit, quand les gaffes font leur ronde. Il a fouillé encore, pour extraire un couteau que je lui avais confié un an plus tôt, avant une fouille sévère de mon quartier.

— Et ça ? Ça ne servira à rien non plus, tu en es bien sûr ?

Il brandissait le couteau en souriant.

*

Un Douk-Douk, lion gravé sur le manche en métal, au milieu des arabesques. C'est Yuba, un gardien, qui l'avait abandonné en échange de mon silence. Un soir, il était entré ivre dans ma chambre, son couteau à la main. Il cherchait quelque chose ou quelqu'un, je n'avais pas compris. Il était en colère, il criait, tenait à peine debout. Le Goff buvait, Napoléon, Chameau, Toupet aussi. On le sentait à leur haleine, on l'entendait à leur voix, on le voyait à leurs gestes. Ils buvaient dès le matin. Des Poilus qui montent à l'assaut. Mais Yuba, lui, souffrait de boisson. Et supportait mal l'alcool. Même le cidre ou la bière. Ce jour-là, son couteau à la main, il a bavé quelques mots, tourné sur lui-même, s'est penché sur mon lit comme s'il pensait y débusquer quelqu'un et puis s'est écroulé. Il est tombé, tête en avant contre mon sommier, les bras le long du corps.

Je me suis précipité pour le relever. Je ne voulais pas le sauver, mais il ne fallait pas qu'il meure ici, au pied de mon lit. Et que l'on m'accuse de ce crime. J'ai retourné Yuba sur le côté. Il a hoqueté et vomi. Un jet épouvantable. Son repas noyé. Lorsque j'ai ouvert son col et sa vareuse, une bouteille à moitié vide est tombée sur la terre battue. J'ai reconnu l'étiquette rouge frappée des armes du Vatican, le ciboire et l'inscription *Vino de Mesa*. Celle que je ne quittais pas des yeux lorsque le curé remplissait son calice. Du vin liturgique. Du blanc de messe. Yuba faisait ses courses dans la sacristie. J'ai goûté le vin. Un blanc tiède et liquoreux. J'ai replié le couteau. J'ai caché la bouteille et le Douk-Douk sous mon matelas.

J'ai appelé Jesson et Moysan à l'aide. Il fallait prévenir le chef. Ils sont partis en courant. Moi, je me suis collé, visage contre le mur, mains sur la tête et dos à la porte, pour ne montrer aucun signe d'hostilité.

Chautemps est arrivé. Ses pas lourds dans le couloir. Avec lui, Le Rat et Toupet. Le chef est entré seul dans ma cage. Les deux gardiens sont restés dehors.

— Demi-tour, Bonneau !

J'ai détaché mon front du mur humide. Droit face au surveillant.

— Vous l'avez frappé ?

J'étais pâle.

— Il est tombé comme ça, chef.

— Et qu'est-ce qu'il foutait dans ta chambre ?

— Il a fait toutes les cages, Monsieur, a répondu Moysan depuis le couloir.

Chautemps s'est tourné vers lui.

— Appelle ça une chambre, Moysan. Ou tu goûteras de la cellule !

Le chef s'est penché vers le surveillant. Yuba ronflait.

— Complètement bourré, a commenté Chautemps.

Il m'a défié du regard.

— Cet incident reste entre nous, Bonneau.

J'ai hoché la tête. Il a placé sa main derrière son oreille.

— Je n'ai rien entendu.

— Cet incident reste entre nous, Monsieur.

— Parfait.

Il a placé un mouchoir sur son nez. Le vomi empestait. Et le gardien s'était pissé dessus. Il est sorti dans le couloir. Coup de sifflet.

— Moysan, les autres, chacun dans sa chambre !

Toupet et Le Rat ont remonté le couloir pour pousser les loquets des cages.

— C'est l'Arabe, il en a encore pris une bonne, a lâché le chef à ses hommes.

Ordre à moi de laver ma cellule et de me coucher.

J'ai revu Yuba la semaine suivante. Il m'a coincé dans un coin du réfectoire.

— Rends mon couteau.

— Contre le vin de l'abbé ?

Il s'est raidi. S'il avait pu, il m'aurait arraché la tête avec les dents.

— Salopard !

Et il a quitté la cantine, les mains dans les poches.

Si je l'avais dénoncé, il serait allé en prison. Pour cause d'ivresse manifeste et de manquements au règlement. Il a été transféré à la colonie agricole d'Aniane, près de Montpellier. Avec Moysan et Jesson, nous avons bu le reste de vin sacré.

Et j'ai gardé le couteau.

*

Je regardais les lueurs de la ville.

Loiseau était nerveux, inquiet. Au loin, des cris. Des coups de sifflet. Le klaxon d'une voiture. La sirène s'était arrêtée. Ils voulaient entendre les fuyards dans la nuit.

— Tu ne vas quand même pas te laisser prendre ?

Je l'ai regardé une fois encore. Sa tête de piaf. Son regard tombé du nid. Au pied des deux échelles, ils n'étaient plus que trois. Loiseau m'a donné une bourrade dans l'épaule.

— Allez, on y va, Bonneau !

Sans plus attendre, il a saisi le cordage qui pendait. Et il a commencé à descendre, sans me quitter des yeux. Il grimaçait de douleur.

— Allez viens, merde !

J'ai craché dans l'obscurité.

— Regarde-toi ! Tu ne pourras même pas marcher.

— Je n'ai pas le choix.

La sirène a repris. Il était dans l'herbe, une joue posée contre la corde.

— C'est trop tard, Bonneau. Tu as vu les dégâts ? On va le payer très cher !

Il avait raison, je le savais. Nous allions le payer. Mais pourquoi s'évader ? S'évader où ? Personne n'avait jamais eu l'intention de s'évader. Seulement avoir un peu de temps en plus. Voler quelques heures pour nous. Et puis leur faire mal. Que la peur change de camp.

Qu'est-ce qui nous attendait en bas de ce mur ? Les rochers, et puis quoi encore ? L'océan ? Le vent s'était levé dans la soirée. De l'autre côté du chemin de ronde, presque à nos pieds, la mer était grosse. L'écume étincelait dans la pénombre. Des embruns glacés salaient nos lèvres. La tempête hurlait la force des vagues. J'ai eu peur. Je voulais être un marin mais je n'étais qu'un fils des labours. Faire de l'équilibre entre les vergues d'un bateau prisonnier ce n'était pas défier l'océan. C'était même se moquer de lui.

Du haut du mur, j'ai vu les lampes des gaffes fouiller les façades de nos quartiers. Une première file de prisonniers avançait au loin, mains sur la tête, sous les insultes et les coups. Ils avaient été piégés en essayant de s'enfuir par la grande porte. Un phare blanc suivait leur progression vers la cour.

— Bonneau, s'il te plaît !

J'ai sursauté. Le gamin était en bas, assis sur le sol. Oui, il avait raison. Le mal était fait. Ou le bien. Tout cela n'avait plus aucune importance. Il fallait échapper à nos actes.

Nous nous sommes accroupis dans un rideau d'ajoncs, derrière le mur qui nous avait encerclés. J'ai posé une main sur la terre humide. Je l'ai malaxée avec mes doigts. La motte, l'herbe, les graviers de la liberté. Nous étions de l'autre côté. Nous venions de nous évader. C'était fait. Jamais dans mes rêves, je n'avais senti la terre sauvage sur ma peau. Ma jambe tremblait. Ma tête hurlait. Et maintenant ? Qu'est-ce que je vais faire, maintenant ? Depuis le réfectoire, moi et tous les autres nous étions comportés comme des enfants rêveurs. Il y avait de la joie dans chacun de nos gestes. Pas seulement de la colère ou de la haine, aussi de l'exaltation, de l'enthousiasme, une ivresse naïve. Tout devenait possible, alors que rien ne l'avait jamais été. Frapper ceux qui nous avaient battus, casser les bancs qui blessaient nos chairs, briser les vitres mouchardes, renverser nos écuelles à chien, brûler nos paillasses, enfoncer nos portes, défoncer les murs des douches que les caïds obligeaient leurs gitons à lécher. Nous n'avions pas pensé à demain. Nous détruisions l'instant présent avec bonheur et rage. Avant qu'une poignée d'imbéciles ne se ruent sur les échelles, aucun d'entre nous n'avait même songé à s'évader. Nulle part, ce mot d'ordre. Passer le mur, et puis quoi ? On ne se sauvait pas, on dansait. Des colons valsaient en riant au milieu de la fumée et des débris.

— C'est le bal du diable ! avait crié un garçon, le visage passé au noir de fumée.

L'idée de se faire la belle est venue plus tard. Lorsque les gars se sont retrouvés au pied du mur. Et au fait ? Pourquoi pas ? Six mètres de haut ? Ils avaient connu pire. Après des années, tassés dans des cages à lapins, l'air du large les avait grisés. Il fallait maintenant qu'ils aillent au bout. Ils avaient trop saccagé le silence pour tourner le dos à la liberté.

Et je les avais suivis. Imbécile. Leur hurlant que s'enfuir ne servait à rien et détalant à leur suite. Je m'en voulais. La fièvre était retombée. Je me retrouvais maintenant du mauvais côté du mur, sidéré, une motte de terre entre les doigts. Et Loiseau qui tremblait contre moi.

— On va à droite ou à gauche ?

Je l'ai regardé.

— C'est qui, on ?

Sa pâleur, dans l'obscurité.

— Ben nous. Toi et moi.

J'ai secoué la tête.

— Chacun sa chance, petit.

Il m'a saisi le bras.

— Au moins jusqu'à la mer.

D'un coup de menton, je lui ai montré la nuit.

— Elle est là, juste derrière.

— Jusqu'au port, je veux dire.

Son regard épuisant de victime.

— S'il te plaît.

Je lui ai expliqué que tout Palais devait être sur les pas de portes. La sirène avait averti les îliens. Les sémaphores avaient été alertés, les brigades de la côte ameutées. Le tambour de ville devait répéter son annonce de rue en rue. Une évasion à la colonie ! Attention à vos biens, à vos enfants et à vos filles ! Dehors, les hommes valides !

Ils devaient se rassembler sur le port, patrouiller dans les rues. Les pêcheurs en pyjama accouraient protéger leurs bateaux avec de lourdes chaînes. Les canots, les barques, la moindre planche. Tout ce qui nous permettrait de prendre la mer devait être défendu.

Non, ne pas aller au port. Surtout pas. Il fallait traverser l'île avant le lever du jour. Éviter les fermes, les villages, les épiceries. Ils allaient nous traquer. D'anciens évadés nous avaient raconté la joie des habitants qui partaient à la chasse. Ils poursuivaient les enfants. Ils les braconnaient. Des jeunes, des vieux, des couples d'amis changés en rabatteurs. Un caïd nous avait même juré que la colonie offrait une prime pour chaque pupille capturé. De la main à la main. Un gamin ? Une pièce d'argent. Comme si les traqueurs rapportaient des nuisibles à la citadelle. Je ne l'avais pas cru. Qui paierait pour notre peau ?

Allons à gauche. Je l'avais décidé et le gamin a suivi.

Nous avons d'abord rejoint le bord de l'océan, longé l'eau de loin, en suivant les rochers. Nous rampions dans le gravier, entre les herbes. Une voiture est passée sur la route, trois hommes en sont descendus, un chien sur les talons. Deux portaient un fusil de chasse.

Ils avaient vu mon cordage et les échelles. Loiseau les observait, appuyé sur ses coudes.

— Baisse-toi !

Je l'ai enfoncé contre terre, ma main entre ses omoplates. S'il bougeait, nous étions pris.

Ils parlaient à voix basse. Ils ont fait tomber une échelle, observé le mur, tiré inutilement sur la corde. L'un d'eux a tourné la tête vers nous.

— Faut fouiller la rive.

Ils venaient vers nous. Le chien est parti dans les joncs en aboyant.

Un gars a crié.

— Quelque chose, là-bas !

L'animal bataillait contre une ombre couchée dans un taillis.

— Il y en a un !

L'évadé s'était blessé en tombant. Il était resté au pied du mur. Les chasseurs l'ont capturé, relevé à trois et emmené à la lumière d'une torche électrique.

— C'est pas un lapereau, dis donc !

Le colon était imposant. Ils le tenaient courbé, à trois, un bras plié dans le haut du dos.

— C'est un sanglier, tu veux dire, a rigolé un chasseur.

L'autre a tenté de se débattre. Il a éructé en allemand.

— Et même pas français, le bestiau !

Ils l'ont tassé sur la banquette arrière de leur automobile.

— Le Boche ? a soufflé Loiseau.

Oui, le Boche. J'avais vu. Cueilli devant nous, aux premières heures de la nuit.

La voiture est repartie. Croisée par une camionnette, qui traînait une remorque pleine d'hommes agitant des lampes. Les deux ont klaxonné. Comme on fête un mariage.

*

Loiseau était employé chez les Derrien, deux vieilles filles, agricultrices du côté de Kerzo. Il y allait une fois par semaine, pour leur lessive, leur repassage.

— Mais c'est un truc de fille, avait protesté la plus âgée.

— Les trucs de fille, ça lui va bien, lui avait répondu la direction de la colonie.

Les deux sœurs étaient très croyantes. Et pratiquantes aussi. Le matin, elles invoquaient Thérèse de Lisieux, et le soir, elles récitaient une prière de protection. Avoir sous leur toit un garçon pareil leur posait un problème moral. Et puis elles l'ont vu. Elles ne l'ont pas aimé mais elles ont eu pitié de lui. Au bout de quelque temps, elles ont même cessé de se signer en le croisant. Finalement, c'était un bon petit diable. Et puis quoi, il faisait la lessive au lavoir avec cœur, repassait convenablement et aidait aux travaux des champs. De plus, il n'était pas fier. Pas cher non plus. La somme qu'elles versaient à la colonie était minime. Loiseau était loué aux demoiselles Derrien pour presque rien.

C'est là que nous devions passer la nuit. À côté de la maison des sœurs, il y avait un moulin et un appentis que personne n'utilisait. Ni clef ni serrure. Seulement une chaîne et un cadenas mal ficelé. C'était en pleine campagne, il n'y avait rien à voler.

Loiseau connaissait bien l'itinéraire. C'était la direction de Bruté, la colonie agricole. Il l'avait fait en hiver, en été, de jour, de nuit. Il en savait chaque pierre. Une heure en marchant vite. Mais nous devions avancer courbés et éviter les routes. Celle de Loctudy devait être infestée de braves gens, le chemin des pointes aussi. Il nous fallait passer en contrebande à travers la campagne, les champs cultivés, la lande et les plages.

Nous avons échappé à deux embuscades.

La première avait été tendue par des Palantins près de Kerbellec, à un crachat de la colonie agricole. Le camion Berliet de la laiterie barrait le chemin de Port-Jean, phares allumés. Monté sur une butte, il éclairait le ciel comme un projecteur de spectacle. Une dizaine de silhouettes se détachaient dans la lumière. Des femmes, des hommes. Nous les avions vus de loin. Et entendus aussi. Ils parlaient haut, riaient fort. Des amis à la fête foraine.

Nous étions couchés sur un talus, protégés par les herbes.

— Ils ont des fusils.

Loiseau les avait vus. Deux d'entre eux, carabine à l'épaule. D'autres marchaient dans la lande avec des lanternes. Une femme a lancé :

— Allez venez, mes petits cœurs, on ne vous fera pas de mal !

Rires des hommes.

Le père Bricout était avec eux, un porte-voix en ferraille à la main.

— Mes chers enfants, mes pauvres enfants, rentrez à la maison !

Il scrutait l'obscurité, une main en visière sur le front.

— C'est votre abbé qui vous parle !

Il a levé un doigt vers le ciel noir.

— Seul le repentir peut vous tirer de ce mauvais pas !

Un cycliste est arrivé à sa hauteur. Casquette, baudrier, j'ai reconnu le garde champêtre.

Une voix forte.

— On y va, monsieur le curé !

Jeux d'ombres, claquements de portières, moteur démarré. Mouvements de phares dans la nuit. Pneus du camion crissant sur le gravier. Un long klaxon. Silence.

Loiseau a voulu se relever. J'ai posé la main sur son bras.

— Ne bouge pas.

Il allait pleuvoir. Un éclair blanc avait rayé l'obscurité, trahissant une Panhard tapie feux éteints contre le talus. Galbée, élégante. Un gros animal surpris par la foudre. Ils avaient laissé les nettoyeurs. Une voiture-balai. Des vigies dans la nuit. Et le piège a marché.

À une centaine de mètres de nous, dans la bruyère, trois ombres se sont lentement mises en marche vers la route. Loiseau a voulu actionner sa lampe pour les prévenir mais je l'en ai empêché d'un coup de coude dans les côtes. Pas de solidarité de l'autre côté du mur. C'était comme ça.

Un type a tiré en l'air au fusil, protégé par la portière de voiture ouverte. Détonation forte. Du plomb dans les nuages, pour rien, comme s'il voulait seulement entendre son arme. Je ne m'y attendais pas. J'ai sursauté. Pistolet en main, un autre a visé la nuit au-dessus de nous. Deux coups pour l'effroi. Et puis ils ont allumé les phares de la voiture.

— Hé là-bas les Apaches ! On se rend ! a hurlé un chasseur.

Deux évadés sont tombés à genoux, mains levées. Le troisième s'est jeté à terre pour s'enfuir mais le tireur a armé son fusil et l'a épaulé.

— Vivant ou mort, c'est le même prix !

La voix de Moysan :

— Tire pas !

Et il s'est agenouillé à côté des autres.

Coup de sifflet.

D'autres habitants sont sortis des bosquets. Ils avaient compris que la route de Port-Jean serait un piège pour les évadés. Nous connaissions bien cette plage de sable gris. J'y avais fait des manœuvres, à bord du misainier qui appartenait à la colonie. *Le Devoir* n'était pas rentré à Palais, nous le savions. En fin de semaine, après avoir tourné au large de la grotte des Chouans, il avait été amarré à un corps-mort de Port-Jean. L'équipage était rentré à pied. Et un canot de Haute-Boulogne patientait dans la crique pour qu'on puisse rejoindre le bateau à voile rouge.

— Il nous attend ! avait juré Moysan.

Tandis que la colonie était saccagée, Port-Jean était sur toutes les lèvres. Et aussi la plage de Port-Guen, à l'est. C'étaient les seuls moyens d'éviter Palais et les pointes impraticables. De la plage, Quiberon n'était qu'à 10 miles nautiques. À peine trois heures avec un bon vent d'ouest. Moysan se croyait matelot. Malgré la tempête, tous pensaient que la traversée était possible. Mais je n'y ai pas cru.

Moysan et les deux évadés ont été chargés à bord d'une remorque tirée par un tracteur crachotant. Avec eux sur la plate-forme, une femme, foulard sur la tête.

— Vous voyez, mes petits cœurs, tout s'est bien passé !

Elle tenait une fourche entre les mains, telle la pique d'un lancier.

À l'entrée de Kerbellec, un deuxième piège nous attendait. Des villageois avaient monté une barricade, rejoints par des touristes, pas assez fortunés pour rêver de la Côte d'Azur. Leurs accents n'étaient pas d'ici. Leurs vêtements non plus.

— Les loustics de la colonie, on les nourrit trop bien ! leur expliquait une fermière.

Son enfant était caché entre ses jambes.

— Leurs repas sont meilleurs que ceux que nous pourrions donner à nos propres gosses.

Un homme arborait fièrement des jumelles et un casque colonial. Ils avaient renversé trois tables de café sur la route, quelques chaises, une brouette, une charrette de foin, et empilé trois bicyclettes. Les filets à crabes et à papillons des vacanciers étaient restés sur les porte-bagages, dressés comme des oriflammes. Un cheval avait été attaché à un arbre, un cochon errait. Une vieille récitait un rosaire, à genoux sur le bas-côté.

— Ces salauds ont assassiné trois gardiens, a hurlé un homme qui arrivait à vélo.

Hurlements de femmes.

— À mort ! a crié un homme.

Un autre a tiré en l'air, au pistolet. Comme ça, de rage.

Il nous fallait traverser à découvert. Je suis parti le premier, courbé d'un bosquet à l'autre, et Loiseau m'a suivi. Les estivants étaient encore en costume de plage, en cirés rouges. Une femme avait même gardé son chapeau de paille dans la nuit. Un facteur en uniforme faisait le guet, juché sur le toit d'une remise. C'était une petite meute. Chacun parlant plus haut que l'autre avec des accents guerriers. Un gars du coin avait pris les choses en main. Nous l'observions, cachés derrière un arbre. C'était un ancien combattant. Il portait un casque Adrian sauvé des tranchées et des médailles sur sa veste de pyjama. Il était en sabots crottés, un clairon à la main.

— Ils sont fous.

J'ai regardé Loiseau. Oui, ils étaient fous. Mais nous étions à leur merci. Des enfants jetaient des cailloux de chaque côté de la route, pour débusquer un fuyard dans l'obscurité. Un chien aboyait. Une Bretonne allait de verre en verre avec un pichet de vin. Elle riait, tête couverte d'une coiffe blanche en coton brodé. Ces gens étaient en guerre. Une horde barbare allait fondre sur leur bourg. Ils s'apprêtaient à défendre leur maison, leur honneur et leur vie.

— Il ne faut pas rester là !

Je suis parti le premier, serpentant entre les arbres et les taillis.

— Ici ! À moi ! Les voilà ! a hurlé une voix de femme.

Je suis tombé à genoux. Je me suis retourné. Du doigt, elle montrait l'autre côté de la route. Le Poilu a soufflé l'assaut dans son clairon sans que personne bouge. Quelques pierres sont parties dans la nuit. Un homme a glissé une cartouche dans son fusil de chasse. Deux chiens sont revenus en jappant se coucher sous la brouette.

— On ne tire que sur mon ordre ! a crié le soldat.

Tous nous tournaient le dos.

— Allez, on en profite !

Cette fois, le gamin est parti devant. Il connaissait le chemin du moulin de Mathias. Il avait même eu quelques regards, un mot gentil, un geste amical pour la fille du meunier. Les deux vieilles femmes qui l'employaient vivaient un peu plus haut, sur la route de Kerzo. Il était persuadé qu'elles prendraient soin de leur colon. Ou que le meunier et sa femme pourraient nous aider. Même d'une cruche d'eau, d'un quignon de pain. C'est pour eux que nous avions pris la route de Sauzon. Des braves gens qui ne pourraient pas nous laisser dans la nuit. Un midi, Loiseau avait même partagé le repas avec la famille du minotier.

— Il faut te remplumer mon garçon, avait dit la mère.

Colon ou pas, tout cela leur était égal. Ils ne croyaient pas à l'enfance coupable. Loiseau était orphelin et ce n'était pas un crime.

— On a un problème, a soufflé le petit.

Nous étions accroupis le long du chemin. Face à nous, le moulin silencieux. Ses ailes de toile et de planches claquaient sous le vent marin mais ne tournaient pas. Aucune lumière à l'intérieur, les lucarnes des deux étages étaient noires.

— C'est quoi, notre problème ?

Loiseau m'a regardé.

— Le meunier n'est pas là.

Il m'a expliqué que les nuits de tempête, l'homme était au travail. Le vent commandait au meunier, il ne pouvait pas laisser passer le gros temps. Il couchait dans son moulin pour être au plus près de ses meules. Mais cette nuit, malgré les bourrasques, l'essieu criard restait muet.

Nous avons marché courbés jusqu'à la lourde porte en chêne. Elle était fermée. Le meunier vivait plus au sud, à Bernantec. À peine plus d'un kilomètre, mais c'était un bourg et le village devait nous être hostile.

— Je force la fenêtre et on passe la nuit là ?

Non, le petit n'était pas d'accord. Il avait été reçu, choyé le temps d'une soupe grasse, la femme du meunier avait glissé un morceau de pain et du fromage dans son sac. On ne trahissait pas ces gens-là. Pour la première fois, j'ai failli le laisser là et tenter seul ma chance. Crocheter un loquet ? Quelle importance ? Nous aurions dormi au sec, sur les sacs de grains et serions repartis à l'aube. Quel mal faisions-nous ? Quel dommage ? L'île entière était à notre poursuite et lui ne voulait pas abîmer un verrou. J'avais déjà sorti mon couteau. Suffisait de le planter dans le bois fragile et de faire sauter un éclat de chambranle. C'était tout. Mais il a tenu bon. Il marmonnait, les yeux baissés. Pas eux, pas eux. Il ne voulait pas qu'on touche à un cheveu de leur maison ailée.

Deux vélos sont passés plus bas sur le chemin, actionnant leur sonnette. Des rabatteurs. Nous nous sommes couchés dans l'herbe humide.

— Tu as une autre idée ?

— Les sœurs Derrien, a soufflé Camille.

Les vieilles filles qui l'employaient au linge. Il m'a regardé.

— Elles se couchent tard.

Il avait prononcé leur nom sans fièvre. Ce n'était pas une idée lumineuse, c'était un repli. Un pourquoi pas, à peine murmuré. Les Derrien, faute de moulin.

— Tu es sûr d'elles ?

Il s'est assis, regard cristallin. Cette même voix d'enfant.

— Elles ont été bonnes avec moi.

J'ai grimacé.

— Elles te permettent de finir leur assiette, c'est ça ?

Il n'a pas répondu.

— Merde.

Il s'est mis à pleuvoir.

— J'essaie les sœurs ?

Je me suis assis à mon tour. Je l'ai observé, le moulin, la lande noire, la pluie fine qui s'invitait à notre déroute. J'ai douté. Douté de tout. De la mutinerie, de notre évasion. Pendant sept ans, je m'étais répété que nous étions prisonniers d'une île et que toute tentative de s'en échapper était vaine. J'avais 20 ans. Plus qu'une année à patienter avant ma majorité légale. Après ? Mais on verrait, après ! L'armée si je me tenais bien, la marine marchande, peut-être, un autre endroit qu'ici. Douze mois à attendre, et je sortais par la grande porte. Quelle bêtise. Je me souviens de ma colère, après avoir lu un article dans un journal volé au directeur. En Amérique, un détenu condamné à vingt ans de prison, s'était évadé dix-neuf jours avant sa libération, après avoir tué un gardien. Quel con ! Non mais quel con ! Le garçon avait été repris et condamné à la peine de mort pour assassinat. Et ce con, c'était moi. Que m'auraient coûté quelques coups de pied en plus ? Le cachot ? Le Bal jusqu'à tomber ? La corderie, le réfectoire, les manœuvres navales sur notre bateau figé, quelle importance ? Un an à serrer les poings et bonsoir messieurs. Va crever Chautemps ! Je t'emmerde Le Bouc, François-Donatien de mon cul ! Je te plains, Le Goff. Et toi aussi, curé, qui nous pardonnes. Même toi, Jean Soudars le dingue, qui va finir à Biribi ou au Bat' d'Af' un boulet à la cheville, je te plains. Je vous quittais en sautillant, la tête, le corps, le cœur insoumis.

Mais me voilà coincé, au nord d'une île de dix-sept kilomètres de long et neuf kilomètres de large. Les seuls chiffres que j'ai retenus en cours de géographie. Prisonnier de l'océan avec un orphelin de 13 ans qui me prend pour son copain, son père, sa mère, toutes ces épaules qu'il n'a jamais eues. Et qui me propose d'aller frapper de nuit à la porte de deux vieilles dont il ne connaît que l'odeur du linge propre. Et après ? Et si elles nous ouvrent ? Et si elles nous accueillent pour la nuit, dans un coin de leur cuisine ? On devient quoi, après ? Les captifs de la maison Derrien ? Leurs garçons à tout faire, dissimulés sous leurs jupons lorsqu'elles reçoivent de la visite ? J'étais en colère, c'était ridicule. Nous étions deux fugueurs de 6 ans qui volent un morceau de sucre et une pomme à leurs parents pour s'enfuir et parcourir le monde. Grotesque. Mais je n'avais rien à proposer de plus.

— C'est que pour la nuit, a répété Loiseau.

Que pour la nuit. Nous n'avions pas d'autre choix.

J'ai voulu accompagner Camille mais il a refusé.

— Si c'est un piège, je tombe seul.

J'ai insisté. Sa décision était prise. Il irait sans moi.

La lourde maison de pierre était plus loin, derrière un bosquet. Les fenêtres du deuxième étage allumées, et aussi la lampe marine au-dessus de la porte. Il a posé son sac dans l'herbe. Les jumelles, la lampe-torche, la carte, le briquet, les biscuits, la gourde de vin coupé.

— Je te laisse aussi ça, c'est un porte-bonheur qui ne marche pas.

Une patte de lapin. Elle avait été glissée dans ses langes au moment de son abandon.

— Je fais quoi, moi ?

— Tu restes près du moulin. Tu attends.

C'était la première fois que le petit me donnait un ordre. Ou un conseil.

— Bien chef, j'ai répondu.

Il n'a pas relevé.

— Et si ça tourne mal ?

— Tu le verras.

C'est vrai. Je le verrais. Une seule route. Si des ennuis arrivent, c'est par ce chemin-là.

Et puis il est parti. Courbé dans les herbes, se plaquant d'un arbre contre l'autre. Il avait gardé son béret, sa vareuse de colon. Même dans l'obscurité, il puait l'évadé.

Jumelles à la main, j'ai attendu qu'il arrive à la porte des vieilles. Puis je suis monté sur un appentis collé au moulin. J'ai tout vu, sans rien entendre. Une sœur a mis ses mains devant sa bouche en l'apercevant. Elle a regardé partout dans la nuit et l'a fait rentrer. Puis elle a tiré les rideaux des fenêtres du rez-de-chaussée. L'autre femme est sortie précipitamment par la porte de derrière. Elle a couru vers la grange, un châle sur les épaules. Elle a décroché son vélo et a quitté la ferme en prenant la route de Palais.

Un instant, j'ai failli courir prévenir Loiseau. Et puis non. Pourquoi serait-elle partie chercher des secours ? Pourquoi toujours le pire ? Le pire, c'était mon truc. J'attendais l'orage du moindre nuage blanc, et la mort certaine de la plus mince éraflure. Je vivais du pire. Tellement que lorsqu'il arrivait, j'y étais préparé. Mais cette fois, sous la pluie, j'ai fait confiance aux autres. À un gamin et à deux vieilles. J'ai remis mon sort et la vie de Loiseau entre leurs mains. De l'appentis, j'ai grimpé au premier étage du moulin. Il y avait juste assez de place pour s'asseoir sur le rebord de la lucarne, les jambes dans le vide. L'obscurité dense me protégeait. J'ai ouvert le sac du gamin. Il avait apporté un savon, encore emballé. J'avais vu le même à l'infirmerie, un produit à l'huile de palme importée d'Afrique. Le médecin se lavait les mains longuement avec, puis les sentait avec le sourire. Pour nettoyer les nôtres, nos mains de galériens, il y avait un liquide blanc qui moussait à peine.

J'ai attendu. Je ne sais combien de temps. Nous avions une boussole mais pas de montre. Un vent violent chassait les nuages. La pluie avait cessé. La lune était apparue. Sa lueur froide découpait le moulin dans l'obscurité. La sœur à vélo est rentrée à la ferme. Je me suis tassé contre les volets clos. J'ai imaginé qu'il m'avait peut-être oublié. Qu'elles lui servaient un repas chaud. Ou même qu'il s'était mis au lit, épuisé. Mais son sac sur mes genoux me hurlait le contraire. Il aurait pu m'oublier, mais pas abandonner ce trésor.

Et puis je les ai vus, au tournant. Une voiture et une camionnette cellulaire. Phares éteints, mais trahis par le bruit des moteurs. J'ai sauté de la fenêtre sur le toit de l'appentis. Mauvaise réception. Douleur violente au talon, à la moelle épinière, à la base du cou. J'ai glissé de la remise. Choc sur le sol. Mes jambes, mes bras, tout mon corps souffrait déjà des coups reçus. Le sac m'avait suivi. Il a heurté ma tête. Je n'étais plus en état de me battre. De tenter quoi que ce soit pour sauver Loiseau. Le bruit des portières m'a fait me lever. Il fallait que j'y aille. Que j'essaie. Que La Teigne frappe. Même à tort et à travers. J'ai boité jusqu'à un arbre, un taillis d'ajoncs sans les fleurs pour touristes, seules ses épines pour me griffer. J'ai rampé dans l'herbe et me suis jeté dans un ravin, en face de la maison des sœurs. Au moment où je levais la tête, comme un soldat dans sa tranchée, le petit est sorti de la maison. Entraîné par Le Rosse et deux gardes mobiles. Le gardien avait servi de poisson-pilote.

Camille Loiseau avait la tête basse, le dos cassé, les mains liées devant. Il avait repris la pose de l'orphelin, de l'enfant battu, du pupille violé, la posture du vaincu. Il marchait à pas lents vers la voiture garée loin sur le chemin. Un gendarme le tenait par le bras. Puis d'un coup, il s'est rebellé.

— Je ne veux pas retourner à la colonie !

Il a tenté de se débattre.

— Jamais je n'y retournerai !

Il s'est laissé tomber assis, sur le sol.

— Je suis orphelin ! Je n'ai rien fait !

— Tu as brûlé la Maison d'éducation surveillée !

C'était la voix du Rosse, le gardien au bec-de-lièvre.

Les gendarmes l'ont relevé brutalement.

— Je me tuerai si vous m'enfermez là-bas, vous m'entendez ?

Il se débattait, les deux uniformes l'enserraient.

— Je préfère aller en prison ! Les gendarmes, emmenez-moi en prison !

Le Rosse lui a donné une violente gifle. Il lui a frappé les tibias à coups de matraque. Le gamin est tombé en hurlant. Il a été porté jusqu'à l'auto cellulaire.

Les deux sœurs étaient restées sur le seuil, debout près du mur de pierre.

La plus jeune a mis ses mains devant sa bouche, en porte-voix. Elle a crié :

— Et pour la prime ?

— Passez demain à la citadelle, a répondu un gendarme.

La rumeur disait vrai. Les chasseurs revendaient leur gibier.

L'autre femme, enroulée dans son châle noir.

— Et en plus, messieurs, ce voyou est un pédéraste !

Rire d'un militaire.

— Il ne manquait plus que ça !

Claquement de portières, moteurs. Les vieilles ont refermé leur porte. Elles ont éteint les lumières du rez-de-chaussée, puis celles du premier étage. Silence.

Je suis retombé dans mon trou, la colère au ventre.

J'aurais pu faire quoi ? Monter à l'assaut le couteau à la main ? Prendre un gendarme en otage ? L'impuissance me faisait horreur. J'ai pleuré. Pour la première fois depuis longtemps. Couché sur la terre grasse et les herbes mouillées, j'ai pleuré comme on tue. Dents serrées, poings fermés entre mes cuisses, les yeux clos et la folie en tête.

Alors j'égorge les sœurs, l'une après l'autre. Je dévore leur terreur. Je bouffe la peur dans leurs regards. Je scalpe la plus jeune en hurlant. Fureur indienne. Le sang gicle partout. Je m'en barbouille le visage. Je piétine leurs corps morts. Je casse leur maison, meuble par meuble, bibelot par bibelot. J'imagine une horloge dans la salle à manger, je la brise à coups de chaise. Je souille leur lit. Un seul, un grand. Elles doivent dormir ensemble. Je macule les draps de leur sang, de leur lait de toilette, de leurs pots de chambre encore pleins de nuit.

J'ai pleuré comme un con.

Je me suis couché sur le dos. Une main en protection sur la lampe, j'ai ouvert la carte routière. Le port de Sauzon était à moins de trois kilomètres. Un port. Après tout, pourquoi pas ? Depuis que j'étais arrivé à Haute-Boulogne, on nous avait répété que toute évasion était impossible. Que l'idée de franchir le mur se heurtait à celle de traverser l'océan. Nous avions vécu avec ses vagues en tête. Nous avions rêvé de la noyade, réveillés au matin avec le bonheur d'être encore enfermés, mais vivants. Certains avaient volé des canots, des barques. Trois évadés avaient réussi à se faufiler sur le bateau à vapeur Belle-Île–Quiberon. Ils s'étaient tranquillement mêlés aux centaines de passagers entassés sur le pont, avant de commettre l'erreur de descendre au salon. Et de réclamer à boire. Dénoncés par un notaire de Vannes, ils ont fait le chemin inverse par retour de bateau. D'autres ont été arrêtés par des marins, dès qu'ils ont touché terre en se croyant sauvés. Mais la plupart des évadés sont morts noyés. Ou retrouvés frigorifiés sur les cailloux, à l'aplomb d'une falaise, dans une grotte, sur une plage. Le siècle dernier, un colon désespéré avait même tenté la traversée en bouée.

Quelques mois avant mon arrivée sur l'île, deux garçons s'étaient réfugiés sur le Rocher des grottes et s'étaient jetés dans La Bouche du Diable, où la marée se déchaîne. Deux frères. Le plus jeune avait 12 ans, et l'autre à peine majeur. On racontait que leur beau-père battait le grand et qu'il obligeait le gamin à dormir entre sa mère et lui. Un soir que le petit hurlait de douleur, l'aîné est entré dans la chambre. Tous étaient nus sur le lit. L'homme, la femme, l'enfant. Sans un mot, le grand a frappé l'ami de sa mère avec un manche de pioche. Dans le dos, les reins, les jambes. La femme hurlait à l'assassin, mais le salaud n'est pas mort. Paralysé à vie. Plus tard, leur mère s'est suicidée. Et ses fils, emprisonnés à Haute-Boulogne. Un an, ils sont restés derrière le mur. Et puis ils ont réussi à s'évader. C'est-à-dire à mourir.

Je savais tout cela, mais je n'avais plus le choix. Loiseau l'avait dit lorsque nous étions encore perchés sur le mur :

— C'est trop tard, Bonneau. Tu as vu les dégâts ? On va le payer très cher !

Trop tard. Pour reculer, pour réfléchir. La terre d'un côté, l'océan de l'autre. La colonie ou la mer. Prendre le large, ma dernière chance.

Je me suis relevé, la silhouette de Loiseau au cœur. Sa voix suppliante. Son cri de moineau sous la gifle du gendarme. Ses jambes brisées par Le Rosse. J'avais abandonné mon ami. J'étais malheureux. J'étais douloureux des coups reçus la veille. Épuisé par cette matinée, attaché au mât. Par ces années d'humiliations et de souffrances. J'étais usé par les privations et le travail forcé. J'étais blessé et furieux. C'était elle, ma colère, qui allait guider mes pas et me conduire à travers la lande. Elle, qui éclairerait ma traversée de la nuit. Elle, ma colère, qui me libérerait de cette saleté d'île. Je voulais que mes galoches laissent dans sa terre l'empreinte de ma rage.

6.

La Sainte-Sophie

J'ai contourné l'estuaire de Sauzon par le sud. En marchant, en courant, le cœur aux aguets. L'endroit était désert, à part quelques lapins qui filaient au bruit de mes pas. Loiseau m'avait parlé de Port-Vihan, un lieu de mouillage tranquille à l'entrée de l'Aber. Il y était allé plusieurs fois avec les sœurs, pour aider à porter des meubles livrés par bateau de Quiberon.

L'endroit ne figurait pas sur la carte, il l'avait ajouté au crayon. Une croix noire entourée d'un cercle rouge, au nord de la ville, après le grand phare et la jetée, juste avant la pleine mer. Le port de Sauzon était aussi dangereux que celui de Palais. Les pêcheurs devaient protéger leurs bateaux. Depuis toujours, ils savaient que derrière les murs de Haute-Boulogne, des apprentis marins rêvaient de prendre le large avec la première barcasse laissée sans surveillance. Et voilà que ces criminels s'étaient évadés. Des dizaines de voyous marins, à la recherche d'une coque pour quitter Belle-Île.

— Port-Vihan, c'est plus calme, m'avait expliqué le petit.

Une poignée de bateaux de pêche, rien à voir avec Palais. Aucun évadé ne s'aventurerait là. Trop de kilomètres à parcourir dans la lande, trop de risques, trop de périls. Ils iraient au plus près, les voyous. Ils pourraient attaquer un dundee à plusieurs, au pied de la citadelle Vauban, mais jamais ils ne traverseraient la moitié de l'île. Bêtes, fainéants, trop pleutres pour affronter la nuit. C'est ce que les braves gens disaient de nous.

Plusieurs fois, mon ami avait remarqué une chaloupe de pêche isolée, mouillée à l'entrée du port, à moins de trente mètres du bord, disait-il. Toujours amarrée à la même bouée. *Sainte-Sophie,* il avait même noté le nom au bas de la carte. Nous avions le même bateau-école à la colonie. Il embarquait cinq hommes pour la pêche, mais cette fois, j'étais seul.

Il y avait de l'agitation devant l'hôtel du phare de Sauzon. Une dizaine d'hommes qui parlaient haut. Et quelques autres encore, rassemblés sur la jetée. Une fois de plus, la sirène a longuement hurlé. J'ai longé une maison, une autre. Du linge pendait sur un fil, dans un jardinet, à côté de casiers à homards et d'un filet de pêche, dressé sur un mât comme une grand-voile. Les vêtements étaient détrempés, personne n'avait songé à les abriter de l'orage. Il y avait deux tabliers de femme, une robe, un jupon, un short d'enfant, des chaussettes, mais aussi un pantalon d'homme, trois chemises à col et une veste en coutil bleu. Mon cœur s'est arrêté. J'ai cessé de respirer. Le sang cognait mes tempes, gorge sèche, langue en carton. J'ai regardé partout à la fois. Personne. Du côté du phare, les voix s'étaient tues. J'ai décroché mon déguisement d'homme libre. Je me suis plaqué derrière le mur. Mes mains tremblaient. J'ai eu du mal à enlever mon pantalon et à enfiler l'autre, lourd de pluie. Le bas de ses jambes couvrait mes talons. J'ai passé les bretelles. Ça irait. La chemise humide était à ma taille. La veste de travail aussi. J'ai fait une boule de mes vêtements de forçat. Il y avait une grosseur dans une poche intérieure. Le ruban de ma mère, emmêlé à la perruque de Toupet. J'avais oublié le postiche. J'ai ri. Un rire venu de loin, d'un fond de cale. Le rire d'avant les coups, d'avant les brimades, d'avant l'arrestation de mon ami. Je venais d'avoir une idée folle. J'ai enlevé mon béret et enfilé la moumoute du gardien sur mon crâne rasé. Les crins de cheval tombaient sur ma nuque, dessinaient des accroche-cœurs aux tempes et ondulaient en raie soignée sur le dessus de mon front. J'ai enfoncé mon béret sur la tête et fourré mes hardes prisonnières dans un fourré d'ajoncs.

Et puis j'ai joué. J'ai voulu tester mon allure. Près de Port-Vihan, j'ai croisé un gros bonhomme qui rentrait chez lui. Il portait une fourche sur l'épaule. Il avait dû participer à la battue. Lorsqu'il m'a vu sortir de l'ombre, il a eu un geste de surprise. Je l'ai salué, un doigt porté au béret. Son regard s'est éclairé. Veste de pêche, chemise blanche, pantalon gris, cheveux un peu longs, je n'étais pas une menace. Je lui ai souri.

— Vous avez croisé des bandits ?

J'ai demandé ça comme ça. Un coup de tête. Il s'est arrêté.

— Pas dans le coin, non.

Il a frappé le sol avec le manche de son outil.

— Mais ils en ont attrapé deux à la croix de chemins, près de Logonnet.

— Bravo ! j'ai répondu.

Il a rigolé.

— J'aurais préféré leur mettre la main au collet moi-même.

Il a remis sa fourche sur son épaule.

— À 20 francs l'évadé, ça vaut bien une nuit blanche.

Il s'est remis en route. Quelques pas, et il s'est retourné. Regard méfiant.

— Au fait garçon, tu es le fils à qui ?

Je m'attendais à la question.

— Augustin Bonneau.

Le gros homme, front bas, sourcils froncés.

— Ça ne me dit rien.

J'ai ri.

— Nous venons de Laval, en Mayenne.

Il s'est gratté la tête sous sa casquette. Visage fermé.

— Ah bien sûr, des touristes…

J'ai hoché la tête un peu trop fort.

— Je suis descendu avec ma mère à l'hôtel du phare.

Coup de menton dans la direction opposée.

— Tu lui tournes le dos, petit.

Sa voix avait changé. Un timbre de granit. Il serrait fort le manche de sa fourche.

J'ai senti le danger, un frisson glacé, de ma nuque au bas des reins.

— Je sais, mais j'ai entendu la sirène, alors…

Il s'est détendu. Vague sourire.

— Alors tu voulais ta part de gâteau, c'est ça ?

Encore ce hochement de tête ridicule, mon faux rire, mon front moite.

— 20 francs argent, quand même, ça vaut le coup, non ?

J'avais répété la somme pour être certain d'avoir bien entendu.

L'autre a levé les yeux au ciel.

— Ici en Morbihan ?

Il a écarté grand ses bras, comme s'il portait une charge.

— De quoi acheter quatre pains de 3 kilos !

*

Jusqu'à Port-Vihan, je n'ai plus rencontré personne. Seuls deux hommes silencieux, qui remontaient lentement vers Sauzon. Le bruit de leurs sabots qui raclaient le sol. Une mauvaise toux. Un crachat sonore. Cette fois, je me suis caché.

Le port aussi était désert. Marée haute. Les vagues s'écrasaient contre le môle. L'écume de mer moussait jusque sur l'herbe du quai. Il faisait sombre. J'ai hésité à sortir ma lanterne de poche. Je ne l'ai pas fait. Des lueurs jaune pâle sur la colline, derrière les fenêtres des maisons, les feux vert et rouge de l'entrée du chenal. Le vent était en colère. Son souffle lugubre, le claquement des drisses, les cloches et le sifflement des balises malmenées.

La Sainte-Sophie était amarrée en face de la jetée. J'ai tout de suite reconnu la chaloupe sardinière, avec sa coque noire lisérée de blanc et ses deux mâts penchés en arrière. D'autres bateaux avaient jeté l'ancre au milieu du bras de mer, mais lui était seul à sa bouée. Une proie éloignée du troupeau. J'ai couru courbé sur le quai, jusqu'à sa hauteur.

— Elle mouille à trente mètres du bord, avait expliqué Loiseau.

C'était à peu près ça. Mais vue du quai et dans l'obscurité, la coque semblait tanguer loin à l'horizon. Aucune annexe amarrée, aucun canot, pas de barque pour la rejoindre. Je n'ai pas réfléchi. J'ai enlevé ma veste, ma chemise, mon pantalon et mes chaussures. Je n'avais pas d'autre choix. Depuis que nous avions sauté du mur, tout le temps de notre errance à travers la lande, je me demandais comment nous monterions à bord de la chaloupe.

— À la nage, m'avait répondu le gamin.

Il avait ri. Moi pas. Et je me retrouvais maintenant face à la mer.

J'ai enfourné mes vêtements dans son sac de marine, sangle passée autour de mon cou. Le baluchon de toile était lourd. Il faisait froid. Malgré le brise-lames, la houle était forte. La chaloupe semblait s'éloigner, tirant sur son aussière comme un cheval rendu fou par la longe. Enfant, j'avais appris à nager dans la Mayenne et aussi dans l'étang de la Forge. De tous les colons, j'étais l'un des rares qui pouvait ainsi se jeter à l'eau. Même Soudars le caïd préférait les manœuvres à terre plutôt que de prendre le risque d'embarquer. Lui ne savait pas nager.

L'air était lourd de pluie, l'océan huileux et noir. Je me suis laissé glisser dans l'eau, le long d'un cordage amarré pour rien à un anneau du quai. La mer était glacée. J'ai lâché la corde et j'ai nagé vers la chaloupe. Le sac était trop lourd. Il m'a entraîné sous la surface, je suis remonté en paniquant. J'ai failli me débarrasser de mon fardeau. Je me suis retourné sur le dos, sac dans les bras, et j'ai battu des pieds. Mauvaise planche. Je buvais la tasse à chaque geste. Il y avait une bouée dans l'obscurité. Elle s'est enfoncée sous mon poids. J'ai cru mourir ici, noyé comme tant d'autres avant même d'y croire. J'ai hurlé mon désespoir. J'ai laissé glisser le sac vers le fond, retenu par une seule main et j'ai frappé l'eau de l'autre, battant des jambes à m'en faire mal. J'avais la tête sous l'eau, au-dessus, au-dessous, un bouchon de pêche, un manège infernal, bouche fermée, ouverte, je recrachais l'eau en maudissant ma mère qui était partie, mon père qui m'avait abandonné, mes grands-parents qui m'avaient livré à la colonie, en maudissant ma vie qui s'arrêtait là. J'ai bu une vague entière que la digue n'avait pas brisée. J'avais entouré la courroie du sac autour de mon poignet. Elle glissait peu à peu, entraînée par des monstres marins. J'allais mourir. Jamais je n'en avais été aussi proche. Je ne nageais plus, je me débattais. J'étais pris dans une bagarre générale, cogné de toute part. Je ne savais plus comment me protéger.

Un peu après mon arrivée à la colonie, trois caïds m'avaient bizuté, comme on humilie une recrue. Maintenu sur le lit, mains attachées dans le dos, un slip sale enfilé sur mon visage et des litres d'eau versés dans ma bouche. J'étouffais, ils riaient. Cette même sensation de peur et de colère. J'ai plongé une nouvelle fois et je suis ressorti une dernière, je n'avais plus la force. Les hurlements du vent, l'eau salée en paquets, la nuit noire. À travers mes yeux presque clos, j'ai vu une lumière mouillée qui dansait au loin. Je l'avais remarquée avant de me mettre à l'eau. La fenêtre d'une maison, la chaleur, une famille. J'ai hurlé une nouvelle fois, avant que l'océan ne m'engouffre. Je voulais que les gendarmes accourent. Que des pêcheurs m'encerclent avec leurs canots. Qu'ils me capturent. Qu'ils me prennent au filet. Qu'ils me hissent. Que la colonie me reprenne. Que je sois battu. Qu'ils m'envoient à Eysses, n'importe où. Qu'ils me trouvent une place sur la Terre. Qu'ils me condamnent à un endroit sec, une cellule loin des vagues, du vent, de la nuit. Qu'ils ne me laissent pas mourir. Mon corps a été happé. La lumière paisible s'est éteinte.

— Ici, c'est nous les caïds, ne l'oublie jamais, connard !

Je coulais. J'étais résigné. Alors j'ai baissé les bras pour que tout aille plus vite. J'étais triste à mourir. J'allais lâcher le sac, lorsque mon coude a frappé quelque chose. Un objet dur. J'ai tendu la main comme on agrippe un rêve. Des anneaux de métal. Je me suis accroché à la chaîne de l'ancre et suis remonté à la surface. À force de mouvements désordonnés, je m'étais rapproché de la chaloupe. J'ai posé mon front sur la coque luisante, comme contre un front ami. J'ai saisi les anneaux à deux mains, jeté mes jambes autour de la chaîne, et je suis resté comme ça. De l'eau jusqu'à la taille. Il fallait que je respire, que je reprenne vie. J'ai voulu pleurer. C'était ridicule. Je venais d'échapper à un océan de larmes. J'ai enroulé la bandoulière du sac autour de la chaîne. Joue écrasée contre un anneau de fer, j'ai laissé venir les sanglots. Les gémissements d'un petit Jules qui avait accepté de mourir. Et puis non. La Teigne a expulsé tout l'air du monde. Puis inspiré en grand. J'ai lâché la chaîne, me suis laissé glisser au fond pour narguer l'océan. J'ai craché dans l'eau, comme dans le dos d'un surveillant. Et je suis monté doucement, anneau après anneau, à la force des bras.

Une fois hissé contre le plat-bord, je me suis laissé tomber sur les cordages et les filets. La chaloupe n'était pas pontée. Ni cambuse ni couchette, un bateau creux. À part le coffre arrière et une bâche, nulle part où me dissimuler.

Je me suis assis. J'ai noué le ruban de ma mère à mon poignet et j'ai revu mes cours. La chaloupe face au vent. Larguer les amarres, lever l'ancre, hisser le taillevent et la misaine carrée. Nos maîtres de quart nous avaient enseigné tout ça. Sur une mer de béton. Les termes, les noms, nous étions nourris au lexique. Je savais remplacer un mousqueton par un nœud de chaise pour attacher une drisse en tête de mât, mais n'avais aucune idée des réactions d'un bateau en mer. Aucune idée de la tension d'une voile dans les bras. Je me souvenais du mot *« choquer »* ou de *« border »*, son contraire, mais je n'avais jamais laissé filer une manœuvre. Je n'avais affalé la grand-voile qu'une seule fois, mais nous étions quatre à bord et deux à l'enrouler en riant.

J'ai été pris d'un vertige. Le clapot désordonné, la faim, le combat avec l'eau, je ne me souvenais plus de l'océan. Je n'avais même jamais été mousse. Tout ce que nos maîtres-matelots nous avaient appris et répété venait d'être envoyé par le fond. La chaloupe ne faisait que 9 mètres mais elle me paraissait géante. Même les mâts me semblaient infinis. Jamais je ne pourrais manœuvrer cette inconnue.

Je me suis rhabillé. Corps glacé, vêtements humides. Tout empestait le poisson. Je ne savais plus quoi faire. Me coucher au milieu des cordages, attendre les gendarmes ou m'en remettre à sainte Sophie ? Je devais décider avant la marée basse et le lever du jour. Alors j'ai posé la boussole sur le sac. Cap au nord-est. Par chance, la chaloupe n'avait pas été démâtée. Les voiles étaient pliées, écrasées par une vieille ancre en pierre. Je me suis agenouillé, la lampe entre les dents, et j'ai commencé à préparer la drisse. J'allais mettre les voiles.

Heureusement, le marin chantait. Dans l'obscurité, je ne l'avais pas vu. Une lanterne au-dessus de l'étrave, son canot filait vers la chaloupe. J'ai éteint ma lampe. Je me suis couché. Le pêcheur me tournait le dos. Il était imposant, debout à l'arrière de sa barque, jambes écartées. Il actionnait une godille à deux mains, brassant la mer à droite et à gauche. Arrivé à hauteur des premières chaloupes, il s'est retourné, manœuvrant plus lentement, avec une seule main. Je me suis légèrement levé sur les coudes. Il venait droit vers moi. Dans quelques minutes, nous serions bord à bord. J'ai roulé sur le dos. Il fallait que je respire. J'allais être surpris en train de voler un bateau de pêche. Ce n'était plus Eysses qui m'attendait, c'était Cayenne.

Le gars fredonnait toujours. Sa voix portée par le vent.

J'ai fouillé dans le sac, sorti mon couteau d'acier. Je l'ai déplié. Je tenais son manche à deux mains, plaqué contre mon torse. J'étais prêt.

Tout à l'heure je rêvais de terre, maintenant, j'espérais la mer. Je ne voulais pas être arrêté. Je devais rester libre et j'allais tuer pour cela. Tuer pour de vrai, hisser les voiles pour de vrai, naviguer pour de vrai, m'échapper vraiment. J'ai tremblé. De froid, de peur, de fatigue. Les deux coques se sont heurtées. J'ai fermé les yeux. Je ne voulais pas voir son visage. Je devrais le poignarder dans le dos. Que jamais son regard ne vienne hanter le mien. C'était seulement une silhouette dans le noir, une voix, une lanterne douce à la proue d'un canot. Je n'allais pas tuer un homme, j'allais pousser un inconnu à l'eau. Quelqu'un sans identité, sans famille, sans histoire. Il ne crierait pas, ne pleurerait pas. Aucun râle, pas même un souffle. Seulement une ombre frappée dans le dos et jetée aux vagues.

J'ai ouvert les yeux. J'ai crié. L'immense marin était penché au-dessus de moi, jambes écartées. Une ombre sans visage. Il tenait son aviron à deux mains. Il m'a frappé sans un mot. Un coup de manche dans le thorax, un autre sur mon épaule, j'ai lâché le couteau. Il l'a vu. Brusque mouvement de moulinet. Il a retourné la rame et plaqué sa pale sur ma gorge.

— Tu bouges, tu es mort.

Je n'ai pas bougé. J'ai seulement levé les mains. D'un coup de sabot, il a déplacé le coutelas contre le coffre. Il s'est penché sur moi.

— Tu m'écoutes ?

Mon cou était immobilisé par la rame. J'ai cligné les yeux.

— Attentivement ?

Même battement de paupières.

Il a dégagé ma gorge, la godille menaçante, levée à quelques centimètres de ma peau.

— Je vais te poser trois questions et tu vas y répondre. On est d'accord ?

Hochement de tête.

— Tu t'es évadé de la colonie ?

Non, de la tête. Les yeux grands ouverts pour mimer la surprise.

Il a planté la pale entre ma bouche et mon nez. J'ai cru vomir.

— Je répète la question ?

J'ai levé une main. Ce n'était pas nécessaire.

Oui, j'étais un évadé.

Il a relevé la rame.

— Tu es seul ?

Oui, une fois encore.

— Tu ne me feras pas d'ennuis ?

Non, du regard.

Alors il m'a enjambé, et s'est assis sur le plat-bord de la chaloupe.

Je me suis relevé sur les coudes. Mon bras, mes côtes, tout était douloureux.

— Assieds-toi.

Il s'est penché par-dessus bord pour décrocher la lanterne du canot. Il me tournait le dos. J'ai roulé sur le ventre pour saisir le couteau. Je me suis relevé d'un bond, l'arme à la main.

Il a hurlé.

— Petit con !

Il s'est jeté sur moi. Je l'ai frappé au hasard. Deux coups de lame dans le bras. Il a poussé un cri et puis il m'a frappé. La gorge, du tranchant de la main. Je me suis effondré sur le dos, les yeux fermés, le crâne broyé par des mâchoires d'acier. Je ne respirais plus. J'ai toussé. J'ai craché de la bile, de la mer, des miettes de biscuit. Goût de sang dans la bouche. J'ai levé les mains. Je me rendais pour de bon.

— Pitié !

Ma voix sans souffle. J'étais vaincu. Jamais je n'avais imploré la pitié. Il s'est laissé tomber sur moi, ses genoux écrasant mes bras levés. Douleur immense. Il tenait mon couteau. Il a plaqué le tranchant sur mon cou, comme pour égorger un porc.

— Un geste et je te saigne.

La lanterne a roulé sur le sol. Elle a éclairé son visage. C'était un gaillard, comme on disait à la colonie. Sous son béret, large comme un plat de réfectoire, une pagaille de cheveux gris, des sourcils épais, une barbe de nuit, un nez cassé. Ses yeux étaient trop clairs. Aucune braise, aucun éclat, le gris vitreux du poisson mort. J'ai compris que l'océan aurait pu me noyer. J'ai su que cet homme pouvait me tuer. Il en avait le regard, l'attitude, la respiration tranquille. Je ne lui faisais pas peur.

— Un seul geste, tu entends ?

J'avais entendu. Un seul geste et il me tranchait.

Toujours agenouillé sur moi, il a relevé sa manche de vareuse avec ses dents.

— Tu m'as blessé, petit con !

Pas grand-chose. Deux écorchures, une perle de sang, l'éraflure d'une épine de ronce. Le lourd coton avait protégé sa peau. Il a libéré ma gorge de la lame et s'est assis lourdement dans la chaloupe, adossé aux bordés. Je me suis relevé. D'abord sur le côté, appuyé sur le bras, et puis je me suis assis à mon tour. Il a promené la lanterne devant mon visage. Il m'observait. J'ai baissé les yeux, fermé les poings. Je n'étais pas une bête de foire.

Et puis il a eu un geste insensé. Il s'est penché vers moi et m'a tendu le couteau par le manche. Il m'a rendu mon Douk-Douk, sans un mot. Il m'a armé, moi, La Teigne. Il n'y avait que nous deux dans la chaloupe, dans le port, dans toute la nuit. Personne pour venir à son secours, et il m'a offert le moyen d'en finir avec lui. Ou de lui signifier que je renonçais à le faire. Alors j'ai saisi le poignard, doucement, pour ne pas le blesser. J'ai replié la lame et j'ai rangé l'arme dans ma poche.

La chaloupe tanguait sous le vent, la mer giflait les mâts.

Le marin s'est couché sur le dos, tête contre le coffre. Il a allumé une cigarette et me l'a tendue, sans un regard pour moi. Je ne fumais pas. Seulement en cachette, pour faire comme les caïds. Ou impressionner les nouveaux. À la colonie, le tabac était roulé dans des feuilles quadrillées. Et le briquet, que les ferblantiers appelaient « la came », était bricolé en secret dans leur atelier, comme ceux des Poilus. Avec un bout d'acier trempé, un silex ramassé sur le chemin et un chiffon brûlé en guise d'amadou. Il n'y avait jamais de flamme, mais une braise de victoire. J'ai pris la cigarette tendue par le marin. Il a fouillé dans le paquet pour en choisir une autre. Lueur du briquet sur son visage. Il regardait le ciel. Moi je fumais assis.

— Je t'explique la situation.

Une voix grave. De celles qui font lever les yeux.

— Le canot de mes gars sera là dans un quart d'heure.

Longue expiration, fumée blanche. J'ai pensé à une cheminée de bateau.

— Et donc, trop tard pour te débarquer.

Il a tourné la tête vers moi.

— Tu es coincé, et moi aussi.

Je ne réagissais pas, il a eu un doute.

— Tu parles français, le colon ?

J'ai hoché la tête.

— Alors, écoute bien ce que je vais te dire.

Il s'est retourné vers moi.

— Habituellement, nous sommes cinq dans la chaloupe.

Il pesait chacun de ses mots.

— Mais mon mousse est encore malade. Et donc, tu tombes bien.

Il faisait des cercles de fumée avec ses lèvres.

— Mousse, ça te va comme boulot ?

Je ne savais pas.

— C'est mieux que bagnard, non ?

J'ai hoché la tête.

Il s'est assis face à moi, les yeux sur les lumières du port.

— Du coup, *La Sainte-Sophie* est au complet pour la pêche.

Il a enlevé son béret, passé une main dans ses cheveux. Il s'est levé.

Une lueur jaune dansait entre les bateaux.

— Mes hommes arrivent.

J'ai paniqué. Ma main a cherché le couteau.

— Vous allez me dénoncer ?

Le patron m'a regardé, sourcils froncés.

— J'ai une tête de mouchard ?

Non. Seulement une gueule à faire peur.

La lanterne jaune du canot approchait.

— Tu sais, j'ai des yeux et des oreilles à la colonie. Je sais tout ce qu'il s'y passe.

Un espion ? J'ai pensé à Le Goff, peut-être. Un Breton comme lui.

— Vous savez tout ?

Il a souri pour la première fois. De la lumière dans ses yeux pâles.

— Pas mal de choses, oui.

Je me suis redressé. Nous nous faisions face.

— Moi, c'est Ronan.

Il ne m'a pas tendu la main.

— Ronan Kadarn.

Je n'ai pas répondu. Sa voix impatiente.

— Tu t'appelles comment, colon ?

J'ai baissé la tête.

— Jules Bonneau.

Le pêcheur m'a regardé, sourcils froncés.

— Tu te fous de moi ?

— Ça ne s'écrit pas pareil.

Cette fois il a ri. Un beau rire d'homme.

— Avec un nom comme ça, tu ne pouvais que mal tourner.

J'ai haussé les épaules. Il a répété mon nom à voix basse, en souriant. Puis il s'est levé et s'est adossé au grand mât. Son front s'était déridé. Il observait la barque qui chaloupait.

— À partir de maintenant, tu es mon neveu, Jules Bonneau.

Je n'avais pas compris. Il m'a regardé.

— Tu es le fils de mon frère Yann.

Toujours pas.

Il s'est emporté.

— Tu vas expliquer à mes pêcheurs ce que tu fous sur ma chaloupe en pleine nuit ?

J'ai ouvert la bouche. Je n'avais pas de réponse.

— Tu préfères leur raconter quelle histoire ?

J'ai écarté les bras. Comment ça, quelle histoire ?

— Tu veux être qui pour mes gars ? Un évadé de la colonie ou le neveu du patron ?

Je venais de réaliser.

— Le neveu du patron.

Il a soupiré.

— T'es pas très rapide, colon.

J'étais aux aguets. Je me suis raidi. Le corps, la nuque, le ventre. J'ai senti le danger. Tout cela était absurde. Qu'est-ce que ce type attendait de moi ? Qui voudrait sauver un colon évadé ? Et pour quelle raison ? Charité chrétienne ? Le type avait une croix brillante autour du cou, mais je n'y croyais pas. Le Bon Dieu et tous ses saints n'avaient jamais mis le pied à la Colonie pénitentiaire. Pendant les coups de bâton, les tours de Bal, les humiliations, la faim, quand les petits étaient enfouis dans la braguette des grands sans que les gardiens bougent, il était où, Jésus ? S'il m'avait coincé sur la lande, je suis certain que le père

Bricout m'aurait rossé à coups de goupillon. Depuis ma naissance, une seule fois j'avais croisé un gentil. Barnabé, le garde champêtre qui avait dessiné une poule dans son carnet, plutôt que d'y inscrire que je venais de voler trois œufs au paysan Maurel. Toutes ces années après, je me souvenais encore de la voix de Barnabé.

— Jules Bonneau, il va falloir que tu marches droit. Ou bien ton nom entrera dans l'Histoire du crime.

Ça n'existait pas, les gentils. Dans la vie il y avait les hypocrites, les menteurs, les sournois, mais jamais de gentils. Cet homme ne pouvait pas l'être. Il avait une saloperie en tête.

Machinalement, j'ai frôlé le manche du couteau dans ma poche.

Le canot approchait. Dans un souffle, le patron m'a demandé si j'étais détenu à la ferme agricole ou à la colonie maritime. Maritime ? Parfait. J'étais cordier ? On fera avec. Si j'avais effectué des manœuvres au sec sur le trois-mâts ? Oui, bien sûr. Et en mer ? À peine. Oui, je savais affaler une toile, jeter un filet dehors, le remonter, j'avais appris à ramender et je me débrouillais avec les avirons. Tout en lui répondant, j'ai sorti la perruque de mon sac. Je l'ai ajustée et j'ai enfoncé mon béret jusqu'aux yeux.

Il m'a observé. Il a souri.

— Pas bête, le colon.

Il s'est penché vers moi.

— Sauf que non.

Il a enlevé mon béret, arraché la perruque. Et il l'a jeté dans l'eau.

J'ai eu un geste. Il a arrêté mon bras.

— Ton truc puait la moumoute.

Je me suis dégagé.

— Imagine qu'elle tombe.

Silence.

— Ou qu'une vague la jette sur les casiers.

Je ne répondais pas.

— Quelqu'un la remarque et tu es foutu.

J'ai caressé mon crâne rasé, cabossé, couvert de cicatrices blanches.

— Et ça, ce n'est pas pire ?

Il a secoué la tête. Moue dégoûtée.

— Que mon neveu ait eu des poux ? Tu parles d'une histoire !

Et puis il a jeté une corde de remorquage au canot.

Ils étaient quatre à bord. Trois matelots qui embarqueraient et un vieux mousse, qui ramenait l'annexe à Port-Vihan.

Nous étions coque contre coque.

— Tends la main, a commandé le patron.

J'ai agrippé le premier bras levé. Lui a hissé les deux autres marins.

— Vous êtes sûrs de sortir par ce temps ? a demandé le vieux.

Son chef a grogné.

— La sardine se fout bien du temps.

Il a expliqué que d'autres chaloupes étaient déjà au travail. Que le vent faiblirait en fin de nuit. Et que pour faire manger sa famille, il fallait sortir.

Le vieux mousse m'a tendu un tonnelet, un autre. Les gars se sont emparés des casiers.

— Prends ça, garçon, a encore commandé l'ancien.

Il m'a passé une bonbonne d'eau.

C'est alors que Ronan a posé une main sur mon épaule. J'ai sursauté.

— Lui, c'est Jules, mon neveu.

Les autres m'ont regardé en silence. Sans curiosité. À peine le temps de lever les yeux des paniers à empiler et des tonnelets d'appâts à ouvrir.

— Petit Jules sera à l'arrière du banc de pompe, au poste de Matthieu.

Petit ? Je me suis redressé. Jamais on ne m'avait traité de petit.

— Matthieu Bihan n'embarquera plus ? a interrogé un marin.

Le patron a eu un geste excédé de la main.

— Il est malade. Et j'ai besoin d'un mousse.

Puis chacun a pris sa place, sans un regard pour moi. Le vent avait molli. Un matelot a remonté l'ancre qui m'avait sauvé. Un autre a décroché le filin de la bouée.

— On hisse, a ordonné le patron.

Taillevent, misaine, les voiles ont claqué. Je connaissais les gestes. Mais j'ai regardé faire. Ma place était près de la barre, dans l'ombre du patron. Autour de nous, d'autres chaloupes se préparaient à sortir. Ronan les examinait. Sa voix chuchotée.

— À partir de maintenant, c'est silence pour tous.

Les pêcheurs l'ont regardé. Ils semblaient surpris.

— On ne dit rien, on ne montre rien. On travaille pour nous, pas pour les autres.

Les consignes s'adressaient à moi. Je l'avais compris.

Les autres n'écoutaient même pas. Ils étaient déjà à la manœuvre sur le banc de nage. Le premier rameur a enlevé ses sabots pour rester pieds nus. Il a retiré son bonnet de laine. Il était chauve. Il s'est emparé du grand aviron. Le deuxième teneur a soulevé sa rame.

— On souque à la molle !

La chaloupe glissait sans un bruit. Debout à la barre, le patron surveillait les sardiniers qui venaient de Sauzon. Nous avons passé le môle, les dernières bouées.

— Rangez les avirons !

Les deux nageurs ont levé leurs rames ensemble, les ont plaquées le long du bord. Et puis ils se sont assis. L'un à fond de cale, l'autre sur le tas de paniers d'osier.

— Route mer, a lâché doucement le patron.

Tous me regardaient, par-dessus le rougeoiement du tabac. Même Ronan semblait me découvrir, au milieu de ses hommes. La chaloupe plongeait doucement dans les vagues. Ronan avait eu raison, le vent mollissait. Mais il était bien suffisant pour gonfler les voiles. J'étais écœuré par le clapot, cramponné à une drisse qui courait le long du plat-bord. Aucun autre marin ne s'agrippait ainsi au bateau.

— Tu as déjà pêché la sardine, toi ?

Le rameur aux pieds nus m'évaluait, vautré sur des filins, pipe de maïs à la bouche.

— Avec son père, au large de Douarnenez, a répondu pour moi le patron.

— Jules Bihan n'a pas de langue ?

Le même rameur. Voix grave, l'œil gauche plissé à cause de la fumée.

Je me suis redressé.

— Je m'appelle Bonneau, pas Bihan !

Silence. Moment de surprise.

— *Ne vefe ket bleup hennezh ?*, a souri le matelot.

Le patron et deux marins ont éclaté de rire. Le quatrième, un petit brun au nez long et fin caché sous son large béret, n'avait même pas souri.

J'ai fermé les poings. Le gars aux pieds nus a remarqué mon geste.

— Calme-toi, mousse. Bihan, ça veut dire « petit », en breton.

J'ai montré le rameur du doigt.

— Et après, tu as dit quoi ?

Le fumeur de pipe a rallumé son fourneau.

— J'ai demandé à ton oncle si tu n'étais pas un peu crétin.

Rires, encore. Et cette fois, les quatre marins.

Me calmer. Je n'étais pas à la colonie. J'étais un évadé. Me calmer. Après cette pêche, je lui demanderais un moyen de rejoindre Quiberon. Il pourrait même m'y débarquer. Me calmer. Un instant, j'ai songé à détourner la chaloupe vers la côte. De prendre le novice en otage, le plus jeune de tous. Mon couteau sous la gorge et direction la terre. Je n'avais aucune chance. Il fallait que je me calme.

— Matthieu, le mousse que tu remplaces on l'appelle Matthieu Bihan.

Le patron barrait, une main dans la poche.

— Petit Matthieu, tu comprends ça, mon neveu ?

Neveu. Le mot le faisait sourire.

Je comprenais, oui. Mais je détestais que l'on rie de moi. Tous le savaient, à la colonie. Je n'aimais pas non plus qu'on m'appelle « petit ». Même le mot mousse, je ne le supportais pas. J'étais La Teigne. Il fallait me craindre ou me respecter. Sur cette chaloupe comme au réfectoire de Haute-Boulogne. Comme partout et tout le temps dans ma vie.

L'autre rameur était silencieux. C'était le gars trapu au nez long et fin, cheveux frisés et coiffés en arrière, caché par un béret plus grand que ceux que nous portions. Le novice aussi était un taiseux. Plus jeune que moi. C'est le seul qui portait une vareuse en toile huilée et une casquette marine. Il était posté entre la barre et le grand mât.

Je me suis assis contre le banc de pompe. J'étais épuisé. Les matelots, perdus dans leurs pensées. Je me suis demandé où je coucherais le soir. La ligne d'horizon blanchissait timidement. L'aube n'osait pas encore.

— Dors un peu, le mousse, m'a conseillé le patron.

Il a fouillé son sac et m'a balancé un caban noir. Il était lourd. La tête sur des filins, je me suis enveloppé dans la toile. Elle sentait l'huile et le goudron.

Et puis j'ai dormi. Sans me retourner, sans respirer, sans espoir de réveil. Avant de sombrer, j'ai revu le mur, le regard de Le Goff courant au renfort, le sang de Soudars. J'ai entendu les cris de Loiseau, j'ai revu les vieilles sœurs. J'ai croisé le chasseur d'enfants dans le port, j'ai plongé une nouvelle fois dans l'eau, j'ai coulé, je me suis agrippé à la chaîne glissante. J'ai dormi. Sur le côté, les genoux repliés contre mon torse, deux doigts passés entre le ruban de ma mère et la peau de mon poignet.

*

Léger coup de pied dans mon flanc. Le patron m'a enjambé.

— Au travail, le mousse !

Il faisait jour. Pas un bruit. Aucune conversation. L'équipage scrutait la surface de l'eau. À l'arrière de la chaloupe, le novice laissait traîner une ligne de pêche. D'autres sardiniers tournaient plus au nord, en flottille. Mais *La Sainte-Sophie* maraudait seule.

Le patron regardait le ciel, observait la couleur de la mer. Il y avait des Fous de Bassan à bâbord. Et aussi des mouettes. Quelques-unes ont piqué dans l'eau tête la première.

— La volaille s'excite, a chuchoté un rameur.

Brusquement, la ligne du jeune s'est enfoncée. Il a tiré sur sa canne. Un beau maquereau.

Le patron a ordonné tout bas.

— On affale !

Le premier rameur a ramené le taillevent. Le deuxième a mis la misaine à bas.

— Aucun geste de trop. On n'attire pas l'attention.

Je me suis senti inutile. J'allais d'un bord à l'autre.

— Là où il y a du maquereau, il y a de la sardine, m'a glissé le novice.

Il a sorti une fiole en verre de son paletot. Et un chapelet de pierres bleues.

— Bénédiction, a lâché le patron.

Lui et les matelots se sont agenouillés en rond. J'ai hésité.

— Tu as peur d'user ton pantalon ? disait notre aumônier.

Après tout, qu'est-ce que ça me coûtait ? Face au père Bricout et aux caïds, cette pantomime était ridicule. Mais ici, au milieu de l'océan qui m'avait recraché, pourquoi pas ? Tout ce qui pouvait me faire oublier était bon à prendre. À bord de *La Sainte-Sophie*, j'étais le neveu d'un patron de pêche, le fils d'un sardinier de Douarnenez et d'une ouvrière. J'ai enlevé mon béret comme les autres et mis un genou à terre. Ils étaient tête basse. Le patron a regardé mon crâne rasé. Il m'a fait un clin d'œil. Personne n'avait réagi.

Non, aumônier, je n'ai pas peur d'user mon pantalon !

Le jeune novice s'est signé.

— Au nom du Père, du Fils et du Saint-Esprit…

Tous l'ont imité. J'ai suivi. Sa voix était douce. Il priait sans livret.

— Sois favorable à nos supplications, Seigneur. Nous implorons ta bonté pour *La Sainte-Sophie*. Écarte d'elle les vents contraires, apaise par ta puissance les tempêtes et les vagues. Multiplie pour nous les poissons, comme tu as rassasié les foules qui avaient faim. Protège, et ramène à bon port ceux qui travaillent sur ce bateau pour gagner leur vie.

Un temps. Il a baissé la tête. Puis il s'est levé et a aspergé les filets d'eau bénite.

— Par Jésus, le Christ Notre Seigneur.

— Amen, a répondu l'équipage. Même moi. Neveu de Ronan.

Il s'est subitement dressé.

— Le mousse, démâte avec moi !

Je connaissais cette manœuvre. Je l'avais faite sur le misainier de la colonie. Je l'ai aidé à ranger les mâts le long du bord.

— Avirons dehors !

Les deux rameurs ont rejoint leur banc de nage.

— Dans le lit du vent, a encore soufflé le patron.

Les rames ont plongé silencieusement dans l'eau.

— Le mousse et le novice, vous jetez dehors !

Je savais faire. J'ai suivi. Nous avions appris à lancer les filets droit au sec. Les poser sur la mer ne devrait pas être plus compliqué. Le jeune d'un côté, moi de l'autre, nous avons déployé la maille, lestée d'une pierre de deux kilos qui la tiendrait à pic. Le filet était tendu, capelé au cul du bateau. Les flotteurs se sont éloignés.

— On balance la rogue ? j'ai demandé.

Le patron a souri. Il se détendait.

— Je vois que tu as retenu quelques notions.

Il a ouvert un tonnelet puant. M'a interrogé.

— On commence par ?

— La rogue de morue.

Il a secoué la tête, en sautant sur le coffre arrière de la chaloupe.

— Raté. La rogue de hareng. C'est ce qui appelle la sardine.

Lentement, comme un semeur dans son labour, il a jeté les boulettes d'appâts de chaque côté du filet. Une dizaine à bâbord, autant à tribord, dans un silence total. Au loin, des chaloupes s'interrogeaient. Nous avions démâté, elles avaient remarqué. Nous devions être sur un banc. Elles ne tarderaient pas à venir infester nos eaux.

Les nageurs de *La Sainte-Sophie* ramaient en silence. La rogue traçait son sillage gras au-dessus du filet. Une traînée blanche faite d'œufs de poissons, de farine d'arachide et d'huile rance. Un léger nuage de lait.

— Ça travaille, a soufflé le novice.

Les reflets de l'eau avaient changé. Il y avait de l'épaisseur sous la surface.

— Maintenant, boulettes de morue. Pour faire remonter le banc.

Le patron a jeté d'autres appâts. La valse des rogues déchaînait le fond.

— Tout doux, la nage, messieurs !

Le vent, les courants, la houle gênaient les rameurs.

Le jeune était penché par-dessus bord. Il a remarqué les milliers de bulles d'air qui perçaient les vagues. Le banc était monté du fond. La sardine s'était levée. Il a presque crié.

— Bourbouilh !

Le patron l'a pris par le col.

— Tu veux un haut-parleur ?

L'autre s'est excusé.

— On ne montre pas sa joie ! a répété son chef.

Les lièges de filets s'étaient enfoncés.

À l'horizon, d'autres sardiniers fonçaient déjà vers nous.

Le patron a jeté les derniers appâts. Du maquereau, pour fixer le poisson.

— On relève !

Ordre bref.

Aidé par le novice, le patron a saisi la drisse qui prolongeait le filet. Il avait fait pivoter la chaloupe. Elle était de côté, pour que le poisson puisse être hissé à bord. Ils ont tiré le piège à quatre mains, en cadence, penchés en arrière et soufflant fort. Le filet battait l'eau avec force, les poissons grouillaient. Une masse compacte, violente, luisante d'éclairs argentés.

— Mousse, travaille le haveneau !

Une immense épuisette. J'ai récupéré par dizaines les poissons qui fuyaient. Un instant, j'ai pensé à mon évasion. Des milliers de colons se débattant entre les mailles. J'ai vu Le Goff me courir après, filet levé, comme pour capturer un papillon. J'ai essayé de saisir une poignée de sardines avec les doigts.

— On n'arrache jamais une sardine avec les mains !

Le filet se déversait sur le pont.

— Jamais tu m'entends ?

La pêche était belle. Le poisson frétillait partout autour de nos pieds.

— Si tu abîmes le poisson, les usiniers te l'achèteront comme rebut, pour pas un sou !

Le novice s'était précipité. Délicatement, il alignait les sardines dans les caisses.

— C'est le seul qui a le droit de le manipuler !

Le patron a observé les chaloupes qui se rapprochaient. En tête, un dundee de Palais.

— La pêche a bien donné. On démaillera au port !

Il parlait normalement. Plus besoin de secret.

— Route terre, on rentre !

La chaloupe aurait pu continuer sa pêche. Les conditions étaient bonnes, nous avions de l'avance sur les autres. À tribord, un nuage de mouettes dénonçait un nouveau banc. Le deuxième filet était prêt à être jeté mais le patron a donné l'ordre de repli. Il a aussi annoncé qu'on dormirait à bord et qu'on ne repartirait pas en pêche avant vendredi. Ces trois jours à terre seraient payés. Personne ne s'en est plaint. Le novice a même esquissé un pas de danse. Un peu de rhum et de l'hydromel a été versé dans les cafés. Peut-être faisait-il tout ça pour moi ? Il voulait profiter de l'absence de l'équipage pour m'emmener à Quiberon ? Ou faire le point à terre, lui et moi loin des autres ? Je ne savais pas.

Nous avons mâté, rangé les avirons, envoyé les voiles.

Lorsque nous avons croisé le premier bateau de travail, son patron a ouvert les bras, comme s'il interrogeait Ronan sur ses intentions. Pourquoi rentrer au port ? Ronan est monté sur le coffre en riant, une main en porte-voix, l'autre brandissant une dorade de quatre kilos.

— La cotriade n'attend pas !

Puis il a éclaté de rire. Et il s'est incliné pour une fausse révérence.

*

Le vieux mousse nous attendait avec sa chaloupe, à la bouée de Port-Vihan. Il dormait sur le banc. Le novice et moi venions juste de finir de démailler les filets. Les secouer en cadence pour faire lâcher prise aux centaines de sardines accrochées par la queue ou les ouïes.

— Vous êtes les premiers pour la criée ! a hurlé le vieux.

Les usinières se pressaient déjà sur le quai.

— Donne-nous la main, le mousse !

Avec le jeune et les rameurs, j'ai passé paniers et casiers par-dessus bord. Le vieux les entassait. Sa barque était lourde.

— Ça promet une belle soupe !

Puis nous avons rempli le canot du patron.

— Je vais à terre pour les usinières. Tu viens mon neveu ?

Non de la tête. Trop de monde sur le quai. Des commises d'usines, des touristes rêvant de vrai poisson, des habitants en quête d'un beau bar ou d'un jeune thon. Et pourquoi pas, un surveillant de la colonie avec ses gosses ? Un gendarme trop curieux ? Il y aura foule autour de la charrette de *La Sainte-Sophie*. Et j'avais peur de la foule.

Ronan a souri.

— Tu as sûrement raison, le mousse.

Il est monté à bord du canot.

— On revient dans une heure.

Le novice m'a tendu un balai-brosse. Il fallait nettoyer le pont. Lui a mis le filet à sécher sur le mât de misaine. Un rameur a ramené et plié le taillevent. L'autre a sorti une marmite pour la cotriade et préparé le réchaud.

*

Je n'avais jamais mangé cette soupe de poisson, mais je l'avais servie une fois. Je venais d'arriver à la colonie. Pas encore La Teigne, seulement le petit Bonneau. Nous étions cinq détenus, déguisés en marins de carnaval. Maillot à rayures et vareuse blanche, nous assistions deux maîtres d'hôtel venus de Palais. Le dîner était offert par le directeur du centre à quelques personnes de la bonne société belliloise. Il y avait là le maire de Palais et sa femme, le chef de la gendarmerie, un sous-officier, l'archiprêtre du pays d'Auray et quelques autres. Tous avaient leur nom sur un bristol, à côté de leur couteau. Lorsque nous sommes entrés dans la salle du restaurant de la direction, les conversations se sont tues.

Cinq colons en gants blancs apportaient les apéritifs.

— C'en sont ?

J'avais entendu distinctement la question. Posée par une jeune femme. Et son mari avait hoché précieusement la tête en ajustant ses manchettes.

Nous en étions.

Cinq mauvais garçons à quelques pas des belles toilettes. Cinq crânes rasés. Dix mains calleuses qui tendaient des verres à pied. Une femme m'a regardé par en dessous, un mouchoir brodé à la main. Elle avait dû hésiter à s'en protéger le nez. Je lui ai tendu sa Suze, avec un clin d'œil. C'était risqué. Elle a caché ses lèvres d'un coin-mouchoir pour sourire.

Et ce soir-là, nous avons servi la cotriade.

— Un plat élégamment populaire, a péroré Le Bouc.

Puis il a enlevé ses lunettes, comme s'il cherchait l'inspiration.

— Au lieu du potage de nos mères, voici la soupe de nos marins.

Rires. Applaudissements.

En ramenant le grand plat à l'office, j'ai plongé les mains dans le bouillon graisseux pour en retirer un gros morceau de merlan que j'ai dévoré debout, dissimulé par une porte.

*

La marmite était cabossée, noire et humide. Le rameur venait de la rincer à l'eau de mer. Il a installé son réchaud à l'abri de la grand-voile. En plus de la godaille, les sardines abîmées, il avait mélangé du maquereau, du chinchard et deux poissons qu'il avait fumés. Il a versé une dizaine de pommes de terre déjà cuites dans une gamelle, du gros sel sur un morceau de journal et du vinaigre dans une timbale.

— Tu coupes le pain, le mousse ?

Des tranches épaisses, tendres et dorées.

J'avais faim. Vers 11 heures, nous avions mangé du lard et des oignons crus. Mon dernier repas remontait à la gamelle jetée la veille à travers le réfectoire.

*

Ronan et son vieux mousse avaient rapporté du vin. Une bouteille par matelot, parce que la pêche avait été bonne. Et un quart seulement pour moi.

— Je ne veux pas que tu te retrouves à la flotte en allant pisser.

Le novice avait préparé les gamelles et les cuillères. Chacun avait sa timbale. J'ai sorti le gobelet argenté de Loiseau. Le rameur chauve a hoché la tête.

— Tu as ton quart ? C'est bien, ça. Le godet, c'est sacré.

J'ai posé l'assiette de Camille sur mes genoux.

Il a remarqué les fleurs bleues peintes sur le bord rouillé. Il a souri.

— Tu es un pêcheur à la ligne toi, hein ?

Le novice servait sa cotriade, le patron a frappé dans ses mains.

— Ohé l'équipage ! Voilà donc Jules Bonneau, fils de mon frère Yann.

Tous les regards sur moi.

Il m'a donné une petite tape sur la nuque. J'ai sursauté.

— Tu enlèves ton béret, quand je te présente aux gars.

J'ai rougi.

— Le mousse avait des poux. Et à bord, il n'y a pas de place pour tous.

Machinalement, le marin chauve a caressé son crâne.

— Dans mon bateau, il faut choisir : le pou ou le pêcheur.

Tous ont ri.

— Seul problème : plein de merdeux de son âge courent à travers la lande, ce soir.

Le patron m'a regardé.

— Tu as entendu parler de la Colonie pénitentiaire, mon neveu ?

— Ce n'est pas une colonie, c'est un bagne pour enfants, a coupé le rameur.

Ronan a ri.

— Tu reprends les formules de la presse à sensation, maintenant ?

L'autre a eu un geste d'agacement.

— Le bagne, c'est Cayenne ou Biribi et nulle part ailleurs, a repris le patron.

Flottement.

— Je disais quoi ?

— Tu parlais du bagne, a insisté le rameur.

Le patron est revenu à nous.

— Oui, c'est ça. Plein de colons s'en sont échappés cette nuit.

Il fallait que je dise quelque chose. Voix agitée.

— Quel rapport avec moi ?

Le patron a tapé ses cuisses à deux mains.

— Le rapport ? C'est qu'ils ont tous ta petite tête de rasé, corniaud !

Je feignais de ne pas comprendre. Le novice est venu à mon secours. Il m'a servi deux grosses louches de soupe sans me quitter des yeux.

— En ville, on pourrait te prendre pour l'un de ces brigands.

Le patron a levé les bras en riant.

— Tu as compris maintenant ? Faudrait te réveiller, le mousse !

J'ai hoché la tête. Le liquide était brûlant. L'odeur de poisson me faisait frissonner. Mon premier vrai repas d'homme libre.

— Allez, mange.

Puis il a tendu le doigt vers le rameur chauve.

— Je te présente Alain, un fouteur de merde.

L'autre a soulevé un coin de son béret en souriant.

— Alain dans un bar, c'est la bagarre. Mais si tu restes à ses côtés, rien ne peut t'arriver.

— Je suis communiste, a murmuré Alain.

Il me faisait une confidence.

Ronan s'est levé en grimaçant. Il a mis sa cuillère entre les dents, froncé les sourcils et collé son poing gauche sur sa tempe en criant :

— Sardines de tous les pays, unissez-vous ! Ce qui ne l'empêche pas de bénir la pêche avec nous.

Le rameur avait commencé de manger. Il a haussé les épaules, les autres ont souri.

— Il a même écrit un article dans *Le Pionnier rouge*, de Dinard.

Ce journal n'était pas dans les poubelles du Bouc.

— Ce n'est pas vrai, enfant rouge ?

— C'est vrai. À propos des usines sardinières qui nous exploitent, a répondu le marin.

Il a regardé son chef.

— Elles s'engraissent sur notre dos, non ?

Sourire du patron.

— Ce n'est pas vrai ?

— C'est vrai, a concédé l'autre.

Il s'est tourné vers le deuxième teneur, le gars brun au nez long et fin.

— Alors lui, c'est Pantxo.

Le marin a enlevé son immense béret, l'a remis. Un geste machinal.

— Ouvre grand tes oreilles, le mousse. Avec lui, tu vas sacrément voyager.

L'autre n'a pas relevé, les yeux perdus dans son assiette.

Il s'est penché vers l'homme brun.

— Tu viens d'où, Pantxo ?

— De Guipuzcoa.

Le patron m'a fait un clin d'œil.

— Pantxo n'est pas très causant.

— Mais c'est où ta Guipuzcoa, Pantxo ?

Sourire du rameur. Pas de réponse.

— Tu vois, mon neveu. Si un jour Monsieur Grognon et toi devenez copains, il te lâchera peut-être qu'il est basque. Peut-être, mais rien n'est sûr.

Basque, j'en avais déjà entendu parler.

— Et aussi qu'il est né à Hondarribia, dans une famille de pêcheurs de sardines.

J'étais épuisé. J'avais du mal à suivre. Deux fois, mes yeux se sont fermés. Je ressentais encore les douleurs de la correction. Je voulais dormir. Le patron a avalé trois cuillères à la suite. Il a félicité le novice.

— Ta soupe a le goût du travail. C'est bien, garçon.

Il l'a désigné du menton.

— Lui s'appelle Perig. Il a 15 ans et il est né à Sauzon.

Le jeune a enlevé son béret. Il l'a posé sur un genou.

— De nous tous, c'est le seul îlien.

— Avec Matthieu Bihan, a ajouté Perig.

Le petit Matthieu, le mousse malade. Je commençais à m'y retrouver.

Le patron a regardé son assiette presque vide.

— Matthieu Bihan ?

Il a planté son couteau dans la boule de pain.

— Celui qui est là ? Pas là ? Malade ? Qui enterre neuf grand-mères chaque année ?

Il a coupé une tranche.

— *Gast !* Ne me parlez pas de Matthieu Bihan !

Cette fois, personne n'a souri.

Perig m'a demandé de faire la vaisselle à l'eau douce. Lui et le Basque ont déployé la misaine en tente, sur le grand aviron. Les autres préparaient les couchettes de toiles cirées. Nous dormirions serrés, les uns contre les autres.

— Tu verras, comme des sardines ! avait souri le novice.

Ma première nuit sans mur.

J'essuyais les couverts, à l'arrière de la chaloupe. Le patron s'est approché de moi. Ses trois hommes pissaient dos au vent, au-dessus du plat-bord. Ils tanguaient de houle et de vin.

— Tu m'écoutes, petit ?

J'ai hoché la tête.

— Pose tes cuillères.

Il surveillait ses hommes par-dessus mon épaule. Il était sombre. Il a chuchoté.

— Cinquante-six colons se sont échappés.

Je l'ai regardé.

— Tout à l'heure, au port, on m'a dit qu'ils en avaient déjà retrouvé trente-huit.

— Tant que ça ?

— Tant que ça, oui.

Alain se rapprochait. Le patron l'a chassé d'un geste.

— Va fumer une pipe, gars, je parle famille avec mon neveu.

L'autre a levé le bras. Il avait remarqué mon quart de vin intact. Il l'a brandi.

— Tu vas le boire, le mousse ?

Non. J'avais des crampes au ventre.

Alain s'est servi.

— *Yec'hed mat !*

Ronan m'a donné une bourrade.

— Tu es attentif ?

Je l'étais. J'avais recommencé à trembler.

— Toute l'île s'est lancée à vos trousses.

— J'ai vu.

— Même des touristes, tu te rends compte ?

Je me rendais compte.

Il était en colère. Je ne pensais pas qu'au-delà des murs, quelqu'un pouvait nous comprendre.

— Savais-tu qu'il y avait une récompense pour chaque tête ?

— Oui, j'ai murmuré.

— 20 francs argent, tu imagines ?

Il enrageait.

— Et ces salopards y sont allés pour toucher leur pièce !

Il a craché dans la nuit, par-dessus bord.

Nous nous sommes couchés sur les toiles, recouverts de couvertures humides. Même protégés du sac, mes vêtements étaient moites. Je commençais à avoir froid. C'était la première fois que je dormais entre deux corps. Alain respirait mal. Son nez était plein, sa gorge raclait de vieilles bouffées de tabac. Pantxo s'était endormi, son béret sur les yeux. Le novice marmonnait une dernière prière à voix haute. J'ai fermé les yeux.

Et puis Ronan s'est assis brusquement. Il a hurlé.

— Réveillez-vous !

Tout le monde a sursauté.

— Allez, on se réveille !

Alain s'est tourné.
— Qu'est-ce qu'il y a, patron ?
— Pantxo ! Perig !
Les deux se sont ébroués. Ronan a allumé une lanterne.
— Pas la lumière, Kadarn, merde ! a grogné Alain.
— Tout le monde assis !
Je me suis redressé comme les autres, le cœur dans la gorge. Envie de vomir.
— Je vous pose une question, et on se rendort.
L'équipage regardait le patron.
— Je veux savoir ce que mes gars pensent de la chasse aux enfants.
J'ai cessé de respirer.
Le novice a vaguement levé la main, comme à l'école.
— La quoi ?
— La battue pour retrouver les évadés de la colonie.
Le jeune a hoché la tête.
— Ah, ça ? Toute ma famille y a participé.
— Ta famille ?
Il a ri.
— Toute oui, même mon chien.
— Et ?
Le novice ne comprenait pas.
— Et quoi ?
— Tu es fier d'eux ?
Le visage du gamin, ses yeux, son front plissé. Il avait senti le piège.
— Dis-moi que tu ne les aurais pas suivis, toi ?
Alain s'est interposé :
— Ne réponds pas, petit !

Geste dur du patron.

— Laisse parler le novice !

Le jeune a hésité.

— Ben si, j'y serais allé. Ce sont des criminels !

— Mais ta gueule ! a coupé Alain.

Il le protégeait.

— Tu sais quoi, novice, je vais te dire ce qu'il y a derrière le mur. Des voleurs de chaussures, des orphelins, des vagabonds, des mendiants. Les voilà, tes criminels !

Jamais je n'avais entendu ça.

— Tu vois, tu y serais à la colonie si je n'avais pas aidé ta famille.

Ronan serrait les poings.

— Tu nous parles de ta famille ? Mais c'est quoi, ta famille ? Un ivrogne qui a foutu le camp, une mère malade, un grand frère boiteux, et toi que j'ai embauché ?

Le novice avait baissé la tête.

— C'est ça ta famille, garçon !

Il a claqué deux doigts.

— Et ton chien ! Merde, je l'avais oublié, celui-là !

Il s'est penché vers le jeune marin.

— La phtisie de ta mère, la patte folle de ton frère et les puces de ton chien, la voilà, ta famille ! Sans le travail que je t'ai donné, vos assiettes seraient vides. Sans mon bateau, tu aurais volé du pain et tu te serais retrouvé là-bas, comme un criminel !

Le petit, toujours tête basse.

— Regarde-moi, novice.

Il a levé les yeux.

— Ce sont des dizaines de Perig qui tentent de sauver leur peau cette nuit. Tu m'entends ?

Oui, de la tête.

— S'il te plaît, souviens-toi toujours d'où tu viens.

— Et toi, Alain, tu en penses quoi ?

Geste d'évidence.

— Si tu lisais *L'Huma*, tu saurais que le parti s'oppose aux bagnes pour les gamins.

— Je m'en fous de ton parti, camarade !

Le patron s'est levé.

— Je veux savoir ce qu'Alain Le Gallois, premier rameur de *La Sainte-Sophie*, pense de ceux qui ont poursuivi des enfants pour les livrer aux gendarmes !

Le marin a frappé sa paume avec le poing.

— Société bourgeoise, justice bourgeoise, une dégueulasserie !

Il défiait Ronan.

— Qu'est-ce que tu veux que je te dise d'autre, patron ?

— La même chose, mais avec ton cœur. Pas avec des slogans.

Pantxo avait remis son béret, tête rentrée dans les épaules.

— Et toi, l'Espagnol ?

Le deuxième rameur, voix dure :

— Basque !

Le patron a eu un geste de recul.

— Pas Espagnol, patron. Je suis basque !

Le patron a levé les mains en souriant.

— Pardon. Et toi, le Basque ?

Il a allumé une cigarette.

Voix forte.

— *Nere herrian ateak zabaltzen dizkiagu.*

Regard noir.

— *Ez diagu haurrik saltzen.*

Ronan a souri.

— Tu peux traduire pour les copains ?

— Dans mon pays les portes s'ouvrent.

Il m'a regardé bien en face.

— Et on ne vend pas les enfants.

Le patron a eu l'air satisfait. Il a regardé son équipage.

— Alors Messieurs, vous êtes les bienvenus à mon bord !

Il s'est laissé tomber sur la toile.

— Allez, on dort !

Le Basque s'est effondré. Le novice aussi.

— Et le neveu qui ne dit rien, il en pense quoi ?

Alain resté assis, ses yeux dans les miens.

Je n'ai pas répondu. D'un doigt, je tournais le ruban de ma mère autour de mon poignet.

— Pas assez concerné, c'est ça ?

Geste d'impuissance.

— Ou trop concerné, peut-être ?

Ronan a tapé dans ses mains. Il avait senti le danger.

— Extinction des feux !

Il a éteint la lumière.

J'étais glacé. Je me suis couché sur le dos, mains croisées sur le torse. Un gisant.

Alain s'est allongé à son tour.

— Il faut faire confiance aux autres, neveu.

Sa voix tranquille.

— Sans la confiance, tu es seul au monde.

*

J'ai mal dormi. Un mélange étrange de ronflements, d'angoisse, de vagues et de froid. Juste avant l'aube, l'équipage est retourné à terre avec la chaloupe du vieux mousse. Ces jours chômés leur allaient bien. Autour de nous, les derniers sardiniers filaient vers le large.

Un pêcheur roux nous a croisés, main sur la barre.

— Tu ne sors pas, Kadarn ?

Le patron a passé son bras autour de mon épaule.

— Non, j'ai un mousse à former !

L'autre a eu un bref regard pour moi.

— C'est Jules, mon neveu !

Il s'est penché. Entre ses dents :

— Ton béret !

Je l'ai enlevé. J'ai salué le pêcheur d'un geste. Il m'a montré son crâne en souriant.

— Ne te promène pas tête nue, mon gars, c'est pas la mode dans le coin !

J'ai éclaté de rire. Sans effort. Une bonne humeur de garçon honnête.

— Ne soufflez pas l'idée à mon oncle !

Ronan les mains en cornet :

— On partage les 20 francs, Jeannot ?

Même bon rire sur la chaloupe en face.

Lorsque le sardinier a passé le môle, le patron m'a souri.

Il était en train de me fondre dans le paysage.

7.

Le dernier mutin

Le vieux mousse nous attendait avec sa charrette, sur la jetée de Port-Vihan. Il a poussé les casiers pour que je prenne place à l'arrière, sur le rebord du plateau. J'avais les jambes dans le vide. Le patron a jeté son sac à côté du mien.

— Bien installé ?

J'ai dit oui de la tête.

— On va où ?

Il a allumé une cigarette, m'en a tendu une.

— Où veux-tu que j'emmène mon neveu ?

Pas de réponse.

— Chez moi, le temps que ça se calme !

— Que quoi se calme ? a interrogé le vieux.

— Il y a du grabuge entre son père et lui.

J'ai baissé les yeux. Ronan avait réponse à tout.

Machinalement, il a flatté l'encolure du cheval.

— Devine comment il s'appelle ?

Je ne pouvais pas savoir.

— Henri Queuille, comme le ministre de la Pêche.

Je ne voyais pas le rapport. Il a souri.

— Tu vas voir.

Le vieux a donné un bon coup de badine sur la croupe de l'animal.

— Hue Henri Queuille ! Allez, on bouge son cul !

Le patron s'est retourné en souriant.

— Compris, jeune mousse ?

La maison de Ronan Kadarn était une grosse bâtisse blanche à un étage, cachée dans un jardin, sur la route de Port-Belloc. Deux vélos étaient appuyés contre le mur. Aucun voisin. Le vieux nous avait laissés sur le chemin, sans entrer dans la cour.

— À vendredi, patron ?

— À vendredi, oui. On embarque à 5 heures.

L'autre a hoché la tête en répétant machinalement :

— Vendredi, 5 heures.

Coup de trique à Henri Queuille. Main levée en adieu. Cahots des roues sur la pierraille.

Le patron a ouvert la porte.

— Enlève tes chaussures.

Il a retiré ses bottes.

Je ne voyais pas sa maison comme ça. Des voiles blancs aux fenêtres, un napperon brodé sur la table, et d'autres protégeant les accoudoirs des fauteuils. Une Vierge à l'Enfant, en bois peint vermoulu, dominait la salle à manger. La pièce sentait la cire. Un grand vaisselier et un vieux buffet brillaient d'encaustique. J'ai passé un doigt sur les visages de l'homme au chapeau rond et de la femme en coiffe sculptés dans le bois des portes.

Ronan m'a observé. Je commençais à aimer son sourire.

— Je ne vis pas seul, tu l'auras deviné.

J'ai hoché la tête. Deux piles de draps frais attendaient d'être rangées. Sur une table basse, un nécessaire de couture et une vareuse d'homme, percée à la manche.

— Assieds-toi, le mousse.

Six chaises étaient disposées autour d'une grande table. Sur chaque dossier, les mêmes visages. Avant de m'asseoir, j'ai enlevé le coussin coloré.

Le patron l'avait remarqué.

— Trop moelleux pour toi, hein, colon ?

Il s'est assis à son tour. Ce même sourire.

— On enlèvera ton matelas, si tu veux dormir par terre.

Il a glissé vers moi deux verres, et il a débouché une bouteille restée sur la table.

— Un coup de vin ?

Pas de refus.

Ensuite, il m'a observé.

Long silence.

— Qu'est-ce que je vais faire de toi, Bonneau ?

Le vin était amer et tiède. J'ai grimacé.

— Monsieur est habitué aux grands crus ?

Je n'ai pas répondu.

Il s'est levé, a marché vers la fenêtre et soulevé le rideau.

— Le plus simple serait de te faire prendre le *Solacroup*.

Il est revenu à table.

— C'est quoi, ça ?

— *L'Émile Solacroup*, le vapeur pour Quiberon.

Il pensait que les gendarmes allaient surveiller l'embarcadère quelques jours et puis laisser tomber. Il me proposait un voyage en famille sur le continent, quand tout serait plus calme.

— L'oncle et son neveu en virée. Tu vois le truc ?

Je voyais.

— Tu serais avec moi, planqué au milieu de deux cent cinquante personnes. Ni vu ni connu.

Il a rempli son verre.

— Un autre ?

Oui, pas trop. Je n'étais pas habitué à l'ivresse.

— Seulement, je n'ai pas de quoi payer le billet.

Il m'a dévisagé.

— T'occupe pas, c'est mon problème.

Les coudes sur la table et la tête dans les mains, moi aussi je l'ai regardé.

— Pourquoi faites-vous ça, patron ?

— Ça quoi ?

— Qu'est-ce que vous en avez à foutre de moi ?

Il a bu d'une traite.

— De toi ? Rien.

Il s'est resservi.

— Je m'en fous de toi, Bonneau ! C'est à ces salauds que j'en veux.

— Quels salauds ?

Il a bu.

— Tous. Les juges, vos surveillants, les gendarmes, les curés, la presse aux ordres, ces joueurs de quilles qui se transforment en justiciers.

Il a claqué violemment son verre sur la table.

— Et puis ces pêcheurs, qui ont livré des gamins accrochés à leurs bouées.

Il a croisé les bras.

— C'est à eux que j'en veux, Bonneau. À ces pourris.

Il a regardé mon sac, jeté par terre.

— Avec toi, je leur cause du tort. Tu n'es pas ma raison, tu es mon moyen.

Je ne comprenais pas tout. Il parlait comme les professeurs de la colonie.

Un goéland s'est posé sur le rebord de la fenêtre.

— Tu n'as jamais aidé personne, toi ?

Camille Loiseau hurlait dans ma tête. Depuis la veille, son visage très pâle s'invitait quand je fermais les yeux. J'entendais sa voix comme s'il était dans la pièce.

— Si, j'ai essayé.

— Même si penser aux autres ne te ressemble pas ?

— Ce n'est pas mon genre, non.

— Eh ben moi c'est mon genre. J'aide parce qu'un jour, on m'a aidé.

Il a fini son verre, tête en arrière. Et puis il s'est levé. Il a passé son caban.

— Vous allez où ?

— Aux nouvelles.

J'ai fait un geste.

— Non, le mousse. Toi, tu restes ici.

D'un coup sur sa cuisse, il a déplié son large béret.

— Je vais prendre le pouls du port. Et aussi lui parler de mon neveu.

Ronan Kadarn ne m'enfermait pas. Il avait seulement claqué la porte. Il me laissait libre. Le bruit de son vélo sur le gravier. Je suis resté seul, pour la première fois depuis mon enfance. Seul sans cage, sans verrous, sans grincements de grilles, sans lourdes portes. Je me suis resservi un verre, jusqu'au bord. Je me suis penché pour aspirer le vin. Le bruit de mon grand-père avec sa soupe. Et puis je me suis levé. J'ai fait le tour de la grande pièce, les mains dans les poches. Aux murs, des dessins au crayon de Palais et de Sauzon. Sur la cheminée, deux vieux en photo dans un cadre, qui posaient devant un décor de toile peinte, un faux coucher de soleil. Sur le sol, les tommettes aussi étaient cirées. J'ai ouvert les portes du vaisselier, les tiroirs du buffet, ceux de la table. Je n'avais jamais vu d'assiettes en porcelaine et de verres à pied. Sauf une fois, lorsque j'avais été commis à la table du Bouc. Et peut-être une autre, lorsque les frères Rolin et moi avions visité des maisons en Mayenne. Les familles étaient à la fête des moissons, le village était désert. J'avais volé une soupière, trois coussins brodés de têtes de chevreuil et une chevalière gravée, plaquée-or. Lucien Rolin avait brandi deux chandeliers au-dessus de sa tête avant de les fourrer dans son sac. Il avait ri.

— Je suis Jean Valjean !

Il avait lu dix pages du roman de Victor Hugo. Le bagnard de Toulon était son héros, mais il n'avait pas encore rencontré le père Madeleine. Les évasions le fascinaient, la rédemption ne l'intéressait pas.

Dans le tiroir de la table basse, il y avait six petites cuillères dorées. J'en ai soupesé une. Elles ne pouvaient pas être en or. C'était impossible. Pas chez un pêcheur de sardines. Alors du plaqué, sûrement. Un peu d'or quand même. Je pourrais en tirer quoi ? Cent, deux cents francs ?

Avec l'horloge posée sur le buffet et la collection d'animaux en verre soufflé qui brillait derrière les vitrines, je pouvais même peut-être aller jusqu'à mille.

J'ai rassemblé les cuillères sur la table. J'allais les cacher dans mon béret. J'ai renoncé.

Il y avait peut-être encore mieux, ailleurs dans la maison.

Mon cœur battait à faire mal. Comme mes tempes. Je me suis resservi un verre de vin. Je tremblais. La moitié a été versée sur le sol. Il n'y avait rien d'intéressant dans le coin-cuisine, ni dans la buanderie. En face de l'escalier qui menait à la cave, une lourde porte bleu lavande en métal. Il y avait deux serrures fermées. Je suis monté au premier étage en courant. J'avais glissé le couteau dans ma poche. Trois portes. D'abord, une pièce minuscule, avec un lit, un bureau taché d'encre violette, une chaise en paille, une lampe de chevet et une lourde armoire de bois, vide. Sur le bureau, sommeillaient deux petits soldats plats en étain gris-bleu. Le premier était un Poilu qui montait à l'assaut, paquetage dans le dos et baïonnette au canon. Capote bleu horizon, bandes molletières, casque Adrian, gourde en bandoulière, il appartenait au 95e régiment d'infanterie de ligne. C'était inscrit en noir sous le socle. Le deuxième était un soldat allemand avec son casque à pointe, dans la position du tireur couché. Il avait perdu une botte. Ces jouets grossiers ne valaient rien. J'ai quitté la pièce.

L'autre porte donnait sur une sorte de bureau, avec une table encombrée de journaux, de lettres et de cartes marines. Sur une étagère, la maquette en bois de *La Sainte-Sophie*. Dans un grand classeur métallique, il n'y avait rien d'autre que des fiches cartonnées. Et des cahiers de comptes empilés sur une armoire. La clef était sur la serrure. Encore des dossiers, des plans, un vieux pare-battage couvert de moisissures, la plaque d'immatriculation d'un bateau d'Auray. Un rouleau est tombé, c'était une carte ancienne du Morbihan et de la presqu'île de Quiberon. Elle avait pris l'eau, la lumière, les couleurs étaient fanées. J'ai mouillé mon index. Le bleu pâle de mer déteignait. L'aquarelle était originale. Ce n'était pas une gravure. J'ai failli pousser un cri. Dans un coin, en bas à gauche, la date : 1891.

La carte datait du siècle dernier. Elle devait valoir une fortune. J'allais la glisser sous ma veste. J'ai hésité. Avant, je devais visiter l'autre pièce, la chambre du patron, avec sa grande armoire à linge. J'ai poussé une chaise contre le meuble. J'ai souri. Les braves gens étaient trop cons. Tous cachaient leurs économies entre les draps ou sur les armoires. C'est Jean Valjean qui m'avait raconté ça. Rolin disait que ça ne ratait jamais. Leur argent dormait dans la poussière ou au milieu des brins de lavande. Je ne voyais pas le dessus de l'armoire. J'y suis allé à tâtons. Mes doigts ont effleuré une boîte en fer, entourée d'une cordelette. Je l'ai descendue. Je me suis assis sur le lit.

J'ai suffoqué.

Roulées serrées, il y avait trois liasses de billets de 1 000 francs. Et aussi des billets de 50 et une cinquantaine de billets violets de 5 francs. Après une bagarre, à la colonie, j'en avais eu un entre les mains. Le prix de mon silence. Avec un voilier gravé. Et un docker sur une échelle, qui montait à quai, sac sur le dos. Mais je n'avais jamais vu les autres coupures.

J'ai pris un rouleau de 1 000 francs dans ma paume. De toute ma vie, je le savais, jamais je n'aurais une telle fortune à portée de main. Et puis j'ai remarqué les enveloppes brunes, au fond de la boîte. J'ai espéré encore de l'argent, mais je suis tombé sur les noms des pêcheurs. Alain, Pantxo, Perig, Matthieu Bihan, soigneusement calligraphiés. À chaque gars son enveloppe. Même Ronan avait la sienne.

Sur une feuille, coincée exprès dans le couvercle, il y avait écrit : « *Ceci est mon testament.* » Par ce document, Ronan Kadarn léguait son bateau et leur maison à Sophie Kadarn, son épouse, née Mével. Il lui laissait aussi la somme d'argent qui resterait dans cette boîte le jour de sa mort. Toute sa fortune. Il n'aimait pas les banquiers et se méfiait des notaires. « *Fait et écrit en entier à la main, à Sauzon le 14 mai 1931* », avait signé le pêcheur. Au dos de ses dernières volontés, il avait écrit au crayon à papier cette « *réflexion personnelle* » : « *Qui aurait pu penser qu'une crise économique, dans la lointaine Amérique, allait mettre les pêcheurs et les paysans bretons à genoux ? Sans le bateau de mon père et la vente du comptoir sardinier de mes oncles, je serais à la rue. Les temps vont être difficiles pour nous. Que celui ou celle qui lira ces lignes prie pour un pauvre pêcheur.* »

J'ai inspiré fort. J'avais la bouche en carton. J'ai fermé les yeux. Je venais de comprendre. J'allais voler la vie de Ronan, l'héritage de Sophie et la paie de l'équipage.

— Et alors ? a interrogé La Teigne.

— C'est un coup en vache, je lui ai répondu.

Les billets en main, je quitte la maison. Au patron, je laisse la vieille carte marine et aussi les petites cuillères en or. Je saute sur la bicyclette restée contre le mur et je file tout droit à l'embarcadère de Palais. Avec cet argent, je peux prendre un billet pour Quiberon et m'embarquer sur le vapeur. En plus de mon sac, je charge deux paniers de pêche sur mon dos et le tour est joué. Je suis le neveu Kadarn, mousse à bord de *La Sainte-Sophie* et je vais sur le continent retrouver Yann, mon père. Après Quiberon, je prends le train pour Paris. La ville où tout se perd. Et là, au milieu des ruelles, dissimulé par la foule des marchands, des bateleurs, des filles de rue, des artistes maigres, des vitriers hurleurs, des ramoneurs aux visages de suie, des cireurs de chaussures, des manœuvres courant l'embauche, des mendiants, des soldats en permission, des paysans perdus, des domestiques courbés, des écoliers, des voleurs et des bourgeois, je m'évanouis.

Je fais claquer un billet de mille sur le comptoir d'une logeuse. Elle me loue son garni. Et après, je bois un vermouth à la santé des frères Rolin, en terrasse, les jambes allongées sur le trottoir. Il fait beau. J'ai une veste à la mode, un pantalon à plis, des boutons de manchette, des chaussures bicolores, les cheveux un peu longs dans le cou. Je me suis acheté une pipe en bruyère, à tuyau long et fin. Je fume un tabac anglais. J'ai posé devant moi un journal parisien, sans l'horaire des marées ni le prix des criées. Je ne cherche pas de travail. J'ai toujours mon argent avec moi, contre les reins, dans une poche cousue. Je le recompte chaque soir. Je fais craquer les billets entre mes doigts. Je laisse des pourboires aux serveurs. Je vais au cinéma, voir

Harry Baur jouer Jean Valjean. J'achète des lunettes de soleil pour avoir l'air mystérieux. Je cherche une gentille fille, qui ne sait rien de tout ça. Je la promène en ville dans ma *Petite citron,* la Citroën 5 CV. La même que celle de la famille heureuse de Laval. Je salue un gamin pauvre qui nous regarde passer avec envie.

J'ai rangé le rouleau de billets dans la vieille boîte de biscuits. Sur le couvercle et les côtés, des gravures de noce bretonne, avec les danses et des binious. La rouille avait rongé le sourire du marié. J'ai refermé le trésor, grimpé sur la chaise. Longtemps, je suis resté comme ça, une main sur le couvercle, le regard tourné vers le sol.

Je ne pouvais pas.

Je voyais les pêcheurs courbés sur leur filet, le sourire d'Alain, le regard de Pantxo. Ronan, qui me rendait mon couteau avec délicatesse. Ses yeux, sa voix.

Je ne pouvais pas.

J'ai rangé la carte marine dans l'armoire de fer. Les cuillères dorées dans leur tiroir. J'ai redressé l'horloge. J'ai vidé mon reste de vin. J'ai lavé le verre. Je suis retourné m'asseoir à la table de la salle à manger. J'ai joint les mains sur la table de bois, dénoué le ruban de mon poignet pour le fourrer dans ma poche avec mon béret, posé la tête sur mes avant-bras. J'ai respiré doucement, les yeux clos. Un poids immense venait de s'évanouir. Mon ventre était au repos, mon cœur, presque tranquille. La Teigne grimaçait dans mon dos. Il riait, dansait comme un damné, sortait des billets de ses poches et me les jetait à la figure. Il m'a entouré l'épaule du bras.

— Tu es mieux que moi, Bonneau ! C'est ça, hein ?

Il jonglait avec les couverts en or.

— Tu te crois plus honnête que nous tous ?

Et puis il a froncé les sourcils et s'est précipité sur moi, couteau levé.

Le choc de la lame dans mon épaule, comme un coup de poing brûlant.

Le sang qui dégueule à petits bouillons.

J'ai crié.

— Qu'est-ce qui t'arrive, le mousse ? Ça ne va pas ?

Le patron, immense, au milieu de la pièce.

Je m'étais endormi.

Il a enlevé son caban et jeté des journaux sur la table.

— Tu es fameux, dis donc ! Il n'y en a que pour toi dans les gazettes !

Il a ri.

— Les reporters t'appellent « *le 56e* ».

À part moi, tous les évadés avaient été repris.

Ronan m'a raconté qu'une quinzaine s'étaient précipités vers *L'Araok*, le dundee-école de la colonie, qui mouillait au port de Palais. C'est Auzenet qui menait l'assaut. Selon lui, c'était le seul bateau de l'île qui se jouerait du vent et de la tempête. Il avait déjà navigué à son bord, ses compagnons aussi. L'aventure était jouable. Lorsqu'ils sont arrivés au port, pas de bateau mais les gendarmes, qui ont ouvert le feu au-dessus des têtes avec leurs pistolets d'ordonnance. *L'Araok* n'était pas là. Il avait levé l'ancre la veille, pour une campagne de pêche au large de l'Espagne. Les fuyards ont été arrêtés dans la lande, sur le chemin du bois Vauban. D'autres ont tenté de voler une barque. Trois se sont jetés à l'eau. Ils ont été repêchés, battus sur le quai, menottés les uns aux autres et ramenés à la colonie.

La femme du patron était présente devant Haute-Boulogne, lorsque les piégés du port sont revenus. Elle lui a raconté. Ils étaient une douzaine, enchaînés deux par deux, tête basse. En arrivant devant le mur de la Maison d'éducation surveillée, Auzenet le caïd a exigé que la direction leur ouvre l'entrée principale. Ils s'étaient rendus, ils avaient perdu, mais ils voulaient retourner en cellule par la grande porte. Refus. Alors tous se sont assis sur leurs chaînes. Et les gaffes les ont massacrés. Un par un, chacun son gamin. À coups de brodequins, de nerfs de bœuf. À force de frapper, deux gardiens avaient les poings en sang.

— Vous avez failli tuer vos moniteurs, bande de cochons !

C'est Chautemps qui hurlait le plus.

Le Goff avait perdu la raison. Il fouettait l'air de sa main valide en traitant les colons de sales Boches. Même Le Bouc était sorti. Il faisait des moulinets pour rien, avec sa canne.

— Réduisez cette vermine !

Des gendarmes sont arrivés en renfort. L'un d'eux avait sorti son pistolet. La femme du patron a dit qu'au même moment, deux autres fuyards arrivaient à la colonie par un sentier côtier. Des tout jeunes. 12 ans, pas plus. Ils se livraient d'eux-mêmes, les mains levées.

— Attention, c'est une ruse ! a crié un gardien.

Trois autres se sont précipités sur les enfants et les ont battus.

— Par la grande porte ? Vous vous prenez pour qui ? Chautemps, hors de lui.

— Et pourquoi pas les honneurs militaires ?

L'entrée triomphale est restée close. Encore des cris, quelques gifles. Les fuyards sont entrés deux par deux dans Haute-Boulogne, par l'étroite porte rouge réservée aux détenus.

Auzenet, lui, a été détaché de son binôme et jeté à terre par deux surveillants. Il s'est débattu. Ils l'ont maintenu à quatre pattes et l'ont obligé à avancer.

Il est entré comme ça dans la grande cour, à quatre pattes, comme un animal boueux.

Sur le port de Sauzon, chacun avait raconté ses exploits. Et Ronan imitait pour moi les chasseurs. L'un d'eux s'était vanté d'avoir simplement crié : « *Qui veut gagner des cigarettes ?* » en sifflant des coups brefs dans l'obscurité, pour faire apparaître des fuyards dans la nuit, poignets tendus aux menottes.

— J'ai fait comme pour appeler mon chien.

Il a sifflé dans ses doigts.

— Comme ça, vous voyez ?

Un autre, attablé à une terrasse, a raconté comment, armé de sa lampe, il avait découvert un jeune fuyard dans la boue, cheville cassée par la fondrière d'un sentier.

Remarquant le reporter de *Détective* qui prenait des notes, le gars s'est levé, son verre de blanc frais à la main.

— Hé, le journaliste ! Tu peux marquer mon nom si tu veux : Henri Lagorce, responsable de la maison de péage du pont Albert Louppe, qui relie Plougastel au Relecq-Kerhuon.

Le touriste était fier de lui. Il a même précisé au photographe du magazine qu'il était fonctionnaire au Conseil général. Comme les deux journalistes parisiens se dirigeaient vers d'autres témoins, il a commencé à leur donner les tarifs de passage du pont.

— 50 centimes pour une personne à pied, à cheval ou en voiture, pour un âne, une brebis, un cochon, mais seulement 25 centimes pour un chien.

Personne ne l'écoutait plus, mais il a continué.

— Et c'est Gaston Doumergue qui a inauguré mon péage. Vous le saviez ? J'étais là ! J'ai vu le président de la République comme je vous vois. L'évêque de Quimper m'a même serré la main.

Ronan singeait le gars, trottinant derrière les envoyés spéciaux.

— Vous ne voulez pas savoir ce qu'il m'a dit, l'évadé avec son pied cassé ?

Le reporter s'est arrêté net. S'est retourné, le photographe dans ses pas. L'autre a savouré cet instant, observant à droite et à gauche, les curieux qui se rassemblaient.

— Il m'a dit en pleurant : je ne suis pas un colon, je suis un fils de ferme et je me suis perdu dans le noir.

Les autres ont ri.

— Attendez, ce n'est pas fini ! a balancé le péager. Il avait quoi ? Peut-être 12, 13 ans. Il s'était nourri de mûres toute la nuit et ça lui faisait une moustache noire sous le nez !

Il a éclaté de rire à son tour. Et le journaliste a noté l'anecdote, sans un mot ni un sourire.

J'étais glacé. Je n'ai pas réagi. Pas parlé. Rien demandé.

Je me suis penché sur les journaux en désordre.

Le patron m'a dévisagé, courbé sur une page, les sourcils froncés. Il a eu un doute.

— Tu sais lire, le mousse ?

— Oui.

J'ai murmuré que j'avais mon certificat d'études primaires, et aussi que je piquais les revues du directeur dans sa poubelle. Oui, je savais lire, écrire et compter. Alors il a ouvert *L'Ouest-Éclair* sur la table devant moi, et tapoté le papier froissé : *« Une grave mutinerie éclate à la Maison d'éducation surveillée de Belle-Île-en-Mer. »* Plus loin : *« 56 détenus attaquent les gardiens au réfectoire, en blessent trois, leur volent les clefs et s'évadent. »*

— Et ça ?

Il a déplié *L'Ouest Républicain* à grands gestes.

« La mutinerie de Belle-Île », avait titré le journal en page 3.

J'ai pris l'article en main. *« Tous les colons ont réintégré la colonie et ont été mis en cellule. – Un mutin évadé reste introuvable. »*

— Tu es un mutin, a souri le patron.

Il s'est assis, a tiré une cigarette de son paquet et allongé les jambes.

— C'est joli comme mot, mutin.

L'article expliquait que les détenus de Haute-Boulogne n'avaient pas « *été recrutés parmi les enfants sages* » et que « *plus des deux tiers qui arrivent là portent un lourd atavisme de défauts transmis par leurs parents. Ivrognerie, veulerie, crétinerie, débilité* ». « *Un grand nombre a comparu devant les tribunaux pour vols, coups, cambriolages et autres délits* », écrivait encore l'hebdomadaire, « *et nous en voyons passer devant le tribunal pour enfants qui ne cèdent en rien aux malfaiteurs majeurs qui défilent devant les juges en audiences publiques* ».

— Conneries, j'ai dit.

Et j'ai repoussé le journal.

Le patron a rigolé.

— Lis jusqu'au bout, mutin. Tu perds le meilleur.

Je n'avais pas envie.

Alors il a repris la page et cherché des lunettes dans sa poche.

— Écoute au lieu de faire la gueule.

Son regard allait de *L'Ouest Républicain* à moi.

— Sache-le, les journalistes mettent toujours le plus important à la fin de leur article. Il a lu :

« *Celui qu'on appelle le 56ᵉ n'ira pas loin. S'il choisit la mer, son voyage ne pourra être que difficile par suite du mauvais temps et les parages de Belle-Île offrent maints dangers, surtout à un navigateur d'occasion.* »

Le pêcheur souriait toujours.

— Et attends, il y a mieux :

« *En fait, les gendarmes se demandent si, ayant volé sans doute quelque bateau, il ne se serait pas noyé en mer.* »

Le patron s'est levé, il a enlevé son grand béret et s'est incliné vers moi, main sur le cœur.

— Te voilà mort, Jules Bonneau.

Il a allumé sa cigarette. Inspiré longuement, exhalé une volute blanche.

— Et donc, libre comme cette spirale de fumée.

*

Au bruit d'une voiture qui entrait dans la cour, Ronan s'est brusquement levé. Il m'a poussé dans le couloir et montré l'escalier du doigt.

— Monte au premier, cache-toi dans mon bureau. Deuxième pièce à gauche !

— Les gendarmes ?

Il a vu ma peur. Il a souri.

— Bien pire.

Il a refermé la porte derrière moi.

— Pas un bruit, d'accord ?

J'ai monté les marches deux par deux. Retrouvé le bureau du pêcheur. La table encombrée de journaux, de lettres et de cartes marines. La maquette en bois de *La Sainte-Sophie*, sur son étagère. Le grand classeur métallique, les cahiers de comptes empilés sur l'armoire de fer.

Mon cœur a cogné. J'avais laissé la porte du meuble ouverte. La carte marine dépassait de l'étagère. Je l'ai repoussée en tremblant. J'ai refermé à clef. Je me suis assis sur une chaise en paille qui sommeillait près de la fenêtre.

Une voiture était garée sur les graviers, à côté des vélos, une vieille Peugeot qui avait souffert. J'ai entendu Ronan, sa voix étouffée. Il parlait avec une femme. Il ne m'avait pas trahi. Je me suis tassé sur la chaise. Machinalement, j'avais déplié mon couteau. Il était glissé dans ma poche, lame ouverte. La femme parlait haut. Ronan lui répondait avec calme. Cela ressemblait à une dispute. Un long silence. Quelques éclats de voix. Silence encore. J'étais tendu. Mon béret était plaqué contre mon torse, entre ma chemise et ma peau. Je l'ai remis sur la tête.

Bruit de porte en bas.

— Tu viens, le mousse ?

La voix du patron.

— J'ai une vieille connaissance à te présenter.

Je me suis levé lentement. Le couloir, les marches grinçantes une à une. Ronan était dans l'embrasure de la porte, il avait le visage fatigué. Je me suis arrêté sur le seuil. Geste du menton, il me demandait d'entrer. Il a ouvert en grand la porte de la pièce.

— Allez, mutin.

Je n'ai pas bougé.

— Tu vas te cacher toute ta vie dans mon bureau ?

Alors j'ai fait le dernier pas. Il s'est effacé, a posé une main sur mon épaule et m'a poussé légèrement dans la salle à manger.

J'ai enlevé précipitamment mon béret et reculé d'un pas.

— J'aurais dû me douter que c'était toi.

La Rousse était assise à table, devant un verre de vin. L'infirmière de la colonie, les cheveux relevés en chignon, son voile et sa blouse blanche posés sur la table.

— Je ne vous présente pas, a lâché le patron.

Il était tendu.

Visage dur de l'infirmière.

— Pas la peine, non.

Elle a souri. M'a regardé en face.

— Je n'oublie pas quelqu'un qui aurait eu plaisir à m'arracher les yeux.

8.

Une déesse en jupons

C'est Ronan qui cuisinait. En silence, sa femme avait épluché des pommes de terre, des carottes du jardin, émincé l'ail et l'échalote. La nuit était tombée. J'étais assis, comme inutile.

Le pêcheur :

— On mange des queues de lotte ce soir, du poisson de rupin.

Il les faisait dorer au beurre et à l'huile. Il meublait le silence pour moi. Commentait chacun de ses gestes.

— Laisser blondir, c'est important.

L'infirmière nous regardait. Elle allait de l'un à l'autre. Ronan, moi. Elle avait croisé les mains sur la table.

— Tu comptais me dire que nous avions un invité ?

Il était penché sur la marmite.

— Oui, ce soir, comme je l'ai fait.

Bref regard de Ronan.

— Tu voulais quoi, que je le vende aux gendarmes ?

Elle a regardé la pluie par la fenêtre.

— Ne te fais pas plus bête que tu n'es, Ronan Kadarn.

Il m'a fait un clin d'œil, une bouteille à la main.

— Vin blanc et tomates écrasées, c'est le secret.

Grésillements, gerbes de beurre brûlant agacé par le liquide, fumet d'ail et de persil.

— Tu mets le couvert, le mousse ?

La Rousse, son regard acier.

— Le mousse ? Tu l'as pris à bord ?

Je plaçais les assiettes, les couverts. Dans un tiroir, la vue des cuillères dorées m'a donné le frisson.

— Disons que je n'ai pas vraiment eu le choix, a répondu le patron.

Les yeux de sa femme sur moi.

— Tu voulais tenter la traversée ?

Je n'ai pas répondu. Elle a levé les yeux au ciel.

— La Teigne tout seul à bord d'un sardinier. Je rêve !

Ronan a levé un sourcil. Jamais il n'avait entendu ce surnom.

— Ils l'appelaient comme ça, là-bas, lui a expliqué l'infirmière.

Il m'a regardé.

— La Teigne ?

— C'est comme un nom de guerre.

Ronan a ouvert de grands yeux. Il était grave.

— Quelle guerre ?

— La mienne, j'ai répondu.

Le patron a hoché la tête.

— Je comprends.

Il comprenait.

Nous sommes passés à table, les hommes face à face. La lotte était bonne et grasse.

— Et maintenant ? C'est quoi, l'idée ? a interrogé la Rousse.

— Que Bonneau remplace Matthieu Bihan à bord, jusqu'à ce que tout se tasse.

Sa femme s'est resservi un verre de vin rouge.

— D'accord, mais après, tu fais quoi de lui, après ?

Ronan a posé sa fourchette.

— Et après, on verra.

— Mais on verra quoi ?

— On verra ! Et c'est tout.

Le patron s'était levé. Il avait jeté sa serviette sur la chaise.

— Tu en as au moins parlé à tes gars ?

Dos tourné, penché au-dessus de la grande cheminée, il allumait des journaux au briquet pour démarrer un feu de brindilles. Dans la maison, l'humidité cloquait le papier peint.

— Il faut que je leur en parle.

Le pêcheur a jeté des bûchettes de bois sec dans les flammes.

Sa femme était tendue.

— Que tu leur parles tout de suite.

Un silence. Le feu qui grésille. L'odeur de bois mouillé.

— On ne sort pas avant vendredi.

— Justement. Il faut que tu voies ça quand vous êtes à terre.

Ronan s'est servi un verre.

— Et je leur dis quoi ? Qu'on a un évadé à bord de *La Sainte-Sophie* ?

L'infirmière s'est penchée au-dessus de son assiette.

— Tu es leur patron de pêche, ils te font confiance.

— Et donc ?

— Et donc tu ne les entraînes pas là-dedans sans qu'ils le sachent.

Je mangeais le poisson sans un mot, tête baissée. J'avais l'impression d'être chez mes grands-parents, lorsqu'ils se disputaient à table, à cause de moi. Sous ce toit, j'étais encore prisonnier de la colonie. La liberté était de l'autre côté du mur, de Ronan, de la Rousse, de l'océan. J'étais coincé devant une assiette fumante. Je ne voulais pas que ces gens soient mon boulet. Si j'en avais eu le courage, je me serais levé, j'aurais mis mon béret, pris mon sac, et je serais parti. Mais il pleuvait.

— Vous voulez que je m'en aille ?

Ronan a déposé une bûche dans le feu. Sa voix grave.

— Bien joué, ma femme. Je te félicite.

La Rousse m'a regardé.

— Et pour aller où, imbécile ?

Je n'ai pas répondu.

Le patron s'est levé, mains dans les poches. Il est allé à la fenêtre griffée par la pluie.

— Tu peux m'expliquer en quoi tout cela te concerne, Sophie ?

La femme a regardé la nuque ravinée de son homme, ses cheveux ébouriffés de sel.

— Tu es mon mari, c'est ma maison, nous sommes liés.

Il a allumé une cigarette. Essuyé la vitre de la paume.

— Oui, et alors ?

— C'est avec ma liberté que tu joues.

Il s'est retourné, regard dur.

— Je t'interdis de dire ça !

La Rousse s'est levée.

— Tu m'agaces, Ronan.

Elle contre la table, lui, dos à la fenêtre. Il avait croisé les bras.

— Il est là parce que nous n'avons pas eu le choix. Ni toi, ni moi, ni lui.

Elle a eu un sourire moqueur.

— Pas le choix, évidemment. Comme souvent dans notre vie, hein ?

— Sophie, merde, il va avoir 21 ans ! S'ils le retrouvent, c'est le bagne.

Elle a grogné :

— Et moi c'est la prison ! Ça te va comme ça ?

Le marin s'est raidi. Son regard ordonnait le silence.

J'étais figé, la cuillère de sauce contre mes lèvres closes.

J'ai regardé cette femme, son mari, ce couple que je ne connaissais pas. Je me suis demandé qui ils étaient. D'où venaient ces liasses de billets cachées dans la boîte à biscuits. Et elle, pourquoi risquait-elle d'aller en prison ? Parce qu'ils hébergeaient un fugitif ? Non, évidemment. La femme cachait un secret. C'est pour ça que ma présence la dérangeait.

— J'en parle à l'équipage aujourd'hui, a promis le patron.

J'ai cherché son regard.

— Après leur avoir dit que j'étais votre neveu ?

Ricanement de l'infirmière.

— C'est ton neveu ?

Ronan a eu un geste d'évidence.

— Oui. Mon neveu. C'est comme ça. Il faudra bien qu'ils comprennent !

Sa femme a secoué la tête.

— Tu nous as mis dans une sacrée misère, mon ami.

Nous avions à peine touché nos assiettes. J'ai hésité à mordre dans le pain blanc. Le patron était retourné à la cheminée pour nourrir le feu. Il parlait pour lui tout seul.

— C'est l'histoire de quelques jours, le temps que les choses rentrent dans l'ordre.

Sa femme s'est enveloppée dans un châle violet qui traînait sur une chaise.

— Je suppose que ton neveu prendra la chambre d'Alexandre ?

Voix lasse.

— C'est l'histoire de quelques jours, a répété Ronan.

Elle a hoché la tête.

— J'espère que tu sais où tu vas.

Elle a fait trois pas vers la porte.

— Je vais aérer la chambre d'Alex, faire le lit et lui trouver une serviette.

Et puis elle s'est retournée vers moi. Elle m'a tendu la main.

— Ah, au fait, je m'appelle Sophie.

Elle a vaguement souri.

— Ni la Fauvette, ni la Rousse, Sophie.

Je crois avoir rougi. Protester ne servait à rien.

Ma voix étranglée.

— Vous vous appelez comme le bateau ?

Regard surpris.

— C'est le bateau qui s'appelle comme moi.

*

Je me suis réveillé dans un lit, avec des draps frais, un édredon et un oreiller sous la nuque. En pleine nuit, j'avais bougé violemment. Le temps de me tourner sur le ventre. Je rêvais. J'étais habillé d'un nuage de coton. Ronan et Sophie m'avaient laissé dormir. Pas un bruit dans la maison. Le jour perçait à travers les volets. J'avais dormi comme ça, tout habillé, mais sans mes galoches à cause de la boue. Je me suis levé silencieusement. La clef était restée à l'intérieur. Je n'étais pas enfermé. J'en étais maintenant certain, ils ne me dénonceraient plus. J'avais un trou au talon de mes chaussettes, et les gros orteils qui dépassaient. Je suis descendu comme ça, mes souliers crottés à la main.

— Bien dormi, le mousse ?

Ronan était torse nu, assis à la table. L'infirmière lui désinfectait les bras.

— Tu as voulu tuer mon homme ?

Le patron lui a souri.

— Il m'a simplement griffé, comme un chaton qui a peur.

Je voulais m'excuser. Je ne l'ai pas fait.

Ronan remettait sa chemise.

— Suis-moi dans mon cabinet, m'a soufflé l'infirmière.

J'ai hésité. Elle s'est retournée en souriant.

— Je sais qu'ils t'ont dérouillé, va. Tu n'as pas de honte à avoir.

Un cabinet d'infirmière. La porte bleu lavande en face de l'escalier, c'était ça. Elle a sorti un trousseau de clefs de son sac et ouvert les deux serrures. Un lit de consultation, une grande armoire, une table basse, un bureau et trois chaises.

— Enlève ta chemise et ton pantalon.

Pas de discussion.

Elle avait remis son voile blanc. J'avais gardé mes chaussettes grises. Bref regard sur les trous et mon slip fatigué.

— Va falloir repriser ça.

Elle a fait deux pas en arrière, sans me quitter des yeux.

— Tourne-toi.

Elle m'auscultait.

— Lève les bras.

Elle a hoché la tête.

— Ils ne t'ont pas raté les salauds.

— Moi non plus, j'ai répondu.

Une phrase idiote. J'avais joué au dur. Je m'en suis voulu. Elle n'a pas relevé.

— Allonge-toi sur le ventre.

Je me suis couché sur le lit de camp, face à une gravure qui occupait presque tout le mur. C'était une planche anatomique en couleurs. « *GROSSESSE ET CYCLE MENSTRUEL* », quatre corps de femmes sans tête, représentées de la poitrine à mi-cuisses. Dans leur ventre écorché, une graine, puis un fœtus, puis un presque bébé qui prenait toute la place. Je regardais surtout les seins, qui grossissaient chaque semaine. J'avais la bouche ouverte. Elle l'avait remarqué.

— Tu peux fermer les yeux si tu préfères.

Je les ai gardés ouverts.

Elle tamponnait mes plaies à l'alcool, piquait, brûlait. Je ne me suis pas plaint.

— Retourne-toi.

Je me suis mis sur le dos. J'étais gêné. Sur le ventre, je m'étais souvenu de Marcelle, la sœur des Rolin, qui me montrait sa poitrine. Et me permettait de la toucher contre des petits cadeaux. En voyant les seins sur l'affiche, c'est à elle que j'ai pensé. Mais l'infirmière a regardé ailleurs. Elle nettoyait doucement ma peau abîmée. Sur la cuisse, j'avais une trace de semelle cloutée. Une tache noire bien dessinée.

— Ça va ?

Ça allait.

J'ai remis ma chemise, mon pantalon. Elle a soigneusement refermé la porte bleue à clef et nous sommes retournés dans la salle à manger. Elle avait préparé pour moi une cafetière, un bol et une tranche de pain. Ronan semblait soucieux. Il a regardé sa femme.

— C'est moche comment ?

— Comme d'habitude. Ils se sont bien défoulés, a répondu sa femme.

Je me suis assis à table, le patron à côté de moi. Il a interrogé sa femme du regard.

— Tu lui racontes, Soph ?

Elle s'est servi un verre de lait.

— Ce qui s'est passé après l'évasion, raconte-lui, a ajouté Ronan.

Elle m'a interrogé d'un mouvement de tête. Regard inquiet.

— Tu veux savoir ?

Oui, je voulais savoir.

Elle a bu la moitié de son verre, sans me quitter des yeux.

— Tous les colons qui se sont rendus ont été battus, mais...

Je lui ai coupé la parole.

— Et Camille Loiseau ?

L'infirmière était à la porte du pénitencier, lorsque Le Rosse et les gendarmes l'ont ramené. Elle a voulu l'aider mais le directeur lui a barré la route.

J'ai demandé :

— Il boitait ?

Sophie semblait embarrassée.

— J'avais vu Le Rosse lui massacrer la jambe à coups de canne.

— Il boitait le gamin ?

Elle a baissé la tête. Long silence. Ronan l'encourageait du regard.

— Il ne marchait pas.

J'ai répété cette phrase terrible à voix haute, détachant chaque mot.

Une saloperie de larme a coulé sur ma joue. Je l'ai laissée faire.

— Un gendarme le portait sur son épaule, tête dans le vide avec les bras qui flottaient.

J'ai serré les poings, bouche tordue.

— Qu'est-ce qu'il disait, le petit ? Il gueulait ? Il se débattait au moins ?

Elle a secoué la tête.

— Non, il ne bougeait pas. Il était comme un sac.

Je me suis penché vers elle.

— Mais il était vivant ?

Son même regard gêné.

— Quand le gendarme l'a balancé contre le mur de la cour, il a râlé.

Je me suis levé. Je voulais tuer.

— Et il est resté par terre ?

Oui. Du bout des yeux.

— Et personne n'a rien fait ? Vous l'avez laissé comme ça ?

L'infirmière a baissé la tête.

— Le directeur voulait faire un exemple.

J'ai caché mon visage entre les mains. Mes jambes battaient sous la table. Je courais dans la lande, barre de fer levée à deux mains. J'enfonçais les crânes. J'écrasais la gueule du Rosse à coups de talons. J'égorgeais les sœurs à pleines dents. Je sauvais mon ami. Je le portais dans mes bras jusqu'à Sauzon, au port, à *La Sainte-Sophie*. Je le cachais sous une bâche. Je le présentais à Ronan, à Alain, au Basque, au novice. Il serait tombé dans les bras de l'infirmière qui venait de passer la porte. Il aurait pris la chambre, le lit. Je le veillerais, assis dans le fauteuil. Et maintenant, il dormirait dans mes draps frais. Lui, le gamin, l'orphelin. Lui le violé, le blessé, le moineau. Il dormirait et personne ne pourrait plus lui faire de mal.

— Bonneau ?

J'ai levé les yeux. Le patron me croyait endormi.

Alors l'infirmière a continué. Des enfants se sont rendus jusqu'au matin. Trempés, terrorisés, poignets tendus pour les menottes à peine arrivés sur le chemin de ronde. D'autres sont revenus avec les gendarmes, mains ligotées dans le dos. Un tout jeune a été ramené au porche par une famille guerrière. Le père, la mère et leurs trois enfants. Tous les fuyards ont été battus. Les gardiens étaient en colère. Leurs collègues avaient été blessés, du mobilier cassé, la cour empestait encore l'incendie mais, pire encore, ils avaient été obligés de courir toute la nuit. De monter sur leurs vélos pour patrouiller. En service, hors service, les gaffes s'étaient épuisés sous la pluie et dans le vent, se tordant les chevilles sur les chemins semés de fondrières alors qu'ils pensaient dormir tranquilles dans leur lit. Au milieu de la nuit, alors que les gendarmes avaient regagné la caserne, que les habitants étaient barricadés chez eux, que les routes de l'île étaient désertes, ils étaient encore debout et ils se vengeaient. Les fuyards ont été fouillés au corps et jetés dans les cachots, cul nu, avec une simple chemise sur le dos, sans boire ni manger. Quelques meneurs ont été enfermés dans les chambres de sûreté, où la lumière du jour ne perce que par une cheminée garnie de pointes. Pendant des heures, l'infirmière les a entendus hurler de douleur et de colère sous les coups de matraques et de nerfs de bœuf.

Avec le Dr Verhaeghe, elle a voulu leur porter secours, mais le directeur a refusé.

— Ils sont enragés. C'est trop risqué pour vous, cette nuit.

Vers trois heures du matin, les gardiens ont tenu conseil dans le réfectoire dévasté. Le directeur était parti se coucher. Chautemps avait fait les comptes. Seize colons manquaient encore. À cause de l'orage, les derniers évadés avaient dû fuir les lits de fougères et chercher un abri. Dans les tunnels militaires, sous un arbre, un toit en ruine, une barque retournée. Les plus jeunes devaient être effrayés par les éclairs. Le gardien-chef tournait en rond dans la pièce, cravache à la main. Les trombes d'eau le faisaient jubiler.

— Ils vont connaître le châtiment de la solitude.

La chasse aux enfants était suspendue, mais il savait qu'elle reprendrait à l'aube. Que les colons gelés, terrorisés, se rendraient d'eux-mêmes aux rabatteurs. Qu'ils se jetteraient à genoux dans la boue et les mains sur la tête pour un morceau de pain, un bol de café délavé, une cigarette. Qu'ils supplieraient de laisser sécher leurs bourgerons trempés, leurs pantalons à tordre, leurs sabots blessants. Et que cela leur serait refusé. Qu'ils resteraient comme ça, des heures, au garde-à-vous dans la grande cour. Une leçon pour les autres. Avant d'être transférés en bateau à Quiberon, entassés dans le compartiment spécial d'un train pour Villeneuve-sur-Lot, puis dans le car cellulaire qui les conduirait au pénitencier d'Eysses.

À 10 heures du matin, quinze nouveaux évadés étaient rentrés à la colonie. L'Abeille était l'un d'eux. Par groupes de deux ou trois, comme des bêtes traquées, encordées les unes aux autres. Puis ils ont été exposés à leurs camarades, couverts de pluie et de vent, le long du navire-école.

L'Abeille saignait de la bouche et du nez. Il se débattait sous les liens.

— Ma peau vaut plus que 20 francs, bande de salauds !

L'infirmière a vu tout cela. Elle me l'a raconté avec tristesse.

Mais il manquait un colon à l'appel.

Et c'est là qu'elle a entendu mon nom. Dans le grand préau. « *La Teigne* », chuchoté par Le Goff, répété par Le Rosse, par le père Bricout qui torturait son chapelet. Je n'étais pas rentré. Le directeur était en colère. Il ne comprenait pas que j'aie pu échapper aux recherches.

— On est sur une petite île, pas dans la casbah d'Alger, tout de même !

Au moment où l'infirmière reprenait son service, deux journalistes sont entrés dans la colonie. Un rédacteur et un photographe. François-Donatien de Colmont avait lui-même appelé la direction locale de *L'Ouest-Éclair* en lui promettant un scoop. Les reporters ont été accompagnés à l'infirmerie par Le Goff et Toupet, avec sa vilaine tête nue. Aucun bastonné sur les lits, pas un puni, mais quatre jeunes colons frigorifiés qui avaient passé la nuit dehors.

— Nous aidons ces pauvres pupilles à s'en remettre, avait déclaré le directeur, surveillant du coin de l'œil le stylo du journaliste qui courait sur son carnet.

Il a expliqué que des meneurs avaient fomenté la révolte et que ces enfants-là les avaient bêtement suivis. Sans les gendarmes, ils seraient probablement morts noyés, à l'heure qu'il était. Et sans les soins prodigués par la colonie, un mauvais froid les aurait sûrement emportés. L'infirmière s'affairait. Elle écoutait aussi avec attention.

— Et cette histoire de colon manquant ?

Hésitation de Colmont. Puis il a regardé le reporter en souriant.

— Je vous avais promis une exclusivité, la voici.

Non, leur a dit-il confié, contrairement à ce qu'avaient écrit leurs concurrents de *L'Ouest Républicain,* aucun évadé ne manquait. Les cinquante-six avaient bien été repris. Tous dormaient sous les verrous. En revanche, a encore menti le directeur, un colon est effectivement absent, mais sa disparition n'avait aucun rapport avec la mutinerie. Il s'était enfui quelques jours avant la grande évasion, d'une ferme où il avait été placé comme vacher en récompense de sa bonne conduite. C'était un garçon amendable, prêt à refaire sa vie. Et le directeur n'avait pas compris son geste. Il l'a humblement avoué aux journalistes.

— J'ai trop confiance en ces hurluberlus, cela me perdra.

L'évadé n'avait emporté ni vivres ni vêtements de rechange, seulement son ciré de pêcheur et un éclat d'acier pour en faire un rasoir.

— Auriez-vous son nom ? a interrogé le journaliste.

Le directeur a eu un mouvement de recul. Il réfléchissait.

— Rouxelin.

Il a claqué des doigts.

— Oui, c'est ça. Il s'appelle Léo Rouxelin.

Et puis, se ravisant :

— Mais je vous demande bien sûr de protéger son identité.

— Avez-vous la moindre idée d'où il pourrait être ?

Le directeur a observé le journaliste. Un jeune reporter aux dents blanches et yeux brillants. Il piaffait, dans son pantalon de golf et sa veste à carreaux.

— Vous voulez du croustillant, c'est ça ?

L'envoyé spécial a hoché la tête en riant.

— Je vais vous le dire. Mais si vous me citez, je démentirai.

Il s'est rapproché du rédacteur.

— Selon un gendarme de mes amis, une femme le cacherait sur l'Île.

Le journaliste souriait encore en notant.

— C'est bon ! C'est très bon, ça !

Le directeur a croisé le regard de l'infirmière. Jamais elle n'avait entendu parler de Rouxelin. Pas plus que de la fuite d'un garçon-vacher. Sans honte et en sa présence, François-Donatien de Colmont écrivait la légende de la grande évasion du 27 août 1934.

Il a baissé la voix. En confident :

— Mon ami gendarme pense même qu'une déesse en jupons lui a apporté des vivres, quelque part, dans la grotte marine d'une pointe rocheuse.

J'ai levé les yeux.

— Une déesse en jupons ?

— C'est l'expression qu'il a employée, a souri l'infirmière.

Le reporter gourmand a levé son crayon, l'a humecté sur sa langue.

Il réfléchissait.

— Puis-je écrire que je crois bien avoir percé le secret de l'évadé Rouxelin ?

Le directeur a ri.

— Ne vous gênez pas, mon ami. Après tout, la presse est libre.

Ensuite, Colmont a demandé à être photographié auprès d'un enfant alité.

— Je peux le réconforter ?

Le reporter a hoché la tête, l'œil collé à son objectif.

Lorsque le directeur a avancé la main pour serrer celle de l'enfant, l'autre a plaqué son avant-bras sur son front, en protection. Moment de flottement.

— Ne sois pas ridicule, Bourquin !

Le petit a dégagé son visage, l'autre lui a pris la main, se penchant sur lui comme un parent inquiet.

— On ne bouge plus !

Éclair du flash.

— Belle photo, s'est extasié le rédacteur.

Il a demandé si son collègue pouvait immortaliser les bâtiments de la colonie, mais la réponse a été non. Ni le réfectoire dévasté, ni la corderie saccagée, ni la voilerie brûlée. Aucun colon dans l'objectif. Pas de gardien non plus. Rien.

Ronan écoutait sa femme, l'air sombre.

— Bande de corniauds.

— Sauf que le journaliste a mordu à l'hameçon, a repris Sophie.

Dans le journal du lendemain, il avait tout recopié soigneusement, sans aucune vérification. Et il n'y avait pour toute illustration que le cliché touchant du saint directeur consolant le bon Larron. Plus tard, on a retrouvé le nom de Rouxelin un peu partout dans les journaux sérieux et les gazettes légères. Dans le fameux hebdomadaire *Détective*, un gendarme anonyme disait avoir été touché par son histoire d'amour avec une Belliloise. Ronan m'avait entouré un passage de l'article : *« Une déesse en jupons lui aurait apporté des vivres. »* Il disait que les journalistes copiaient sur l'épaule du voisin. Nous en avions la preuve. En riant, il m'a même assuré que dans quatre-vingts ans, nos petits-enfants trouveraient les jupons de la déesse et le beau Rouxelin dans de doctes travaux consacrés à la colonie, une fois que seule une poignée d'historiens locaux se passionneront encore pour ses murs.

Mais pour l'heure, Ronan savourait.

Au matin du mercredi 29 août 1934, deux nuits après la révolte, la Maison d'éducation surveillée de Haute-Boulogne se retrouvait avec un Jules Bonneau en moins et un Léon Rouxelin en plus. Et pourtant, le compte y était. Si le récit national bellilois validait ce tour de passe-passe, personne, jamais, n'avait plus aucune raison de me rechercher.

Pour la première fois, je me suis dit que j'allais peut-être réussir mon évasion.

9.

Aux Frères de la Côte

Après ma deuxième sortie en mer, le patron avait insisté pour que j'accompagne l'équipage Aux Frères de la Côte, le café du port où nous buvions *« le verre de terre »*, comme l'appelait Ronan. Une gorgée d'eau-de-vie qui saluait le retour de notre sardinier. Il m'avait expliqué qu'une campagne de pêche devait s'arrêter là où l'équipage se séparait. Pas sur le pont au milieu des vagues, ni sur le quai parmi les hurlements de la criée, mais devant ce comptoir humide, un verre de gnôle entre le pouce et l'index.

C'était une tradition.

Le patron des *Frères* s'appelait Cothias. Un fier gaillard. Il avait été pêcheur de sardines à Palais, avant un accident qui l'avait privé d'océan. Alors il avait vendu son bateau pour ce bar.

— J'aime bien ce gars, jamais un mot de trop, m'avait expliqué Ronan.

Ce soir-là, sur ses conseils, j'avais enfoncé un bonnet de laine, monté un foulard sur mon menton et relevé le col de mon ciré. Un pêcheur comme un autre. Nous avons remonté le quai en silence, et poussé la porte du café. La salle était bruyante d'hommes, enfumée de tabac, frissonnante de légendes marines et des exploits de vieux pêcheurs aujourd'hui prisonniers du quai. Le limonadier avait le regard franc, un sourire de beau temps. Lorsque nous sommes entrés, les cinq, soudés comme à la remonte du filet, il a lancé aux clients attablés :

— Mesdames, Messieurs, *La Sainte-Sophie* !

Il a souri. Et ajouté :

— Même si les *Frères* manquent parfois de dames.

J'ai aimé sa façon de ne pas nous adresser la parole, comme l'aurait fait un patron normal à des clients ordinaires. Il a prononcé le nom du bateau et aligné nos ballons sur le comptoir, sans un regard pour nous, rajoutant pour lui un sixième verre. J'ai aimé sa manière de servir la goutte, du brutal, réservé aux équipages sauvés des eaux. Il levait et abaissait le goulot au-dessus de chaque verre.

— C'est comme ça que les Arabes servent leur thé.

Longtemps il avait pêché au large des « Barbaresques », comme il disait. De ces côtes lointaines, il avait rapporté un narguilé en verre bleu, qui trônait sur une étagère, et un poignard turc recourbé, avec un manche en bois et un fourreau d'argent vieilli. J'ai aimé sa manière de porter un toast silencieux à notre pêche, verre posé contre son front et les yeux clos. J'ai même aimé la fin de ce cérémonial. Lorsque tout est redevenu banal. Les dés roulant à nouveau sur la table. Le frottement des cartes à jouer. Le bourdonnement des conversations. L'ancien pêcheur, assis au fond, qui jurait à sa bière qu'au temps du Grand Métier, la mer était bien plus cruelle.

Pour la première fois, j'ai ressenti la fierté d'être parmi ces hommes.

Ce jour-là, nous avions bu un deuxième verre de fine. Tout en essuyant son comptoir, Cothias le bistrotier jetait des coups d'œil inquiets vers le fond de la salle. Il était nerveux.

Mon patron l'a interrogé du regard.

— Un problème ?

L'autre a désigné une table d'un coup de menton.

— Tu as déjà vu ce zig dans le coin ?

Nous nous sommes retournés. Le gars était seul, penché sur un verre de rouge, une cigarette en coin de lèvres. Chemise d'été, veste légère, il avait gardé son chapeau sur la tête. Il a trempé ses lèvres dans son ballon en nous regardant. La trentaine, teint gris, poches bleues sous les yeux. Il prenait des notes dans un petit carnet.

— Un Parisien, a souri Ronan.

Il allait retourner à son verre lorsque Cothias a lâché :

— Et moi je dis que c'est un flic.

Un flic ?

J'ai regardé mieux. Cela se pouvait. Mais sa veste était froissée, ses chaussures pleines de sable. On aurait dit un touriste qui s'ennuyait.

— Pourquoi un flic ? a grogné Alain.

Le patron des Frères a expliqué qu'il avait posé des questions aux habitués, sur la Colonie pénitentiaire, l'évasion des gamins, les battues dans la lande pour retrouver les évadés.

Ronan m'a jeté un regard embarrassé. Il y avait peut-être danger.

— Allez, mousse, faut pas trop traîner, Sophie va râler si je tarde pour préparer la soupe.

Nous rapportions des merlans pour la maison. Et Cothias avait eu droit à sa sole.

— C'est un flic, a murmuré Alain. Je le sens.

Il a tapoté nerveusement le comptoir du bout des doigts.

— Ah non ! Tu ne déconnes pas, a prévenu Ronan.

Il connaissait bien Alain. La seule présence d'un policier le mettait hors de lui. Les Renseignements généraux l'avaient souvent interrogé pour des tracts révolutionnaires. Des flics, venus exprès de Rennes, avaient saccagé deux fois son appartement pour trouver des preuves d'activités subversives. Ses connaissances étaient suivies, harcelées, fichées. Pour les registres de police, un ami d'Alain Le Gallois ne pouvait être que son complice. Le marin était aussi défavorablement connu des services de justice. En décembre 1924, il avait parcouru cent cinquante kilomètres à vélo pour soutenir la grande grève des ouvrières Penn Sardin de Douarnenez, qui luttaient pour gagner un franc de l'heure. Il avait corrigé l'un des « jaunes » venus de Paris casser le mouvement. Et jeté des cailloux sur les gardes mobiles. Un an de prison ferme. Une autre fois, à Auray, il avait goûté de la garde à vue pour avoir troublé une réunion des Comités de défense paysanne. Après s'être infiltré dans la salle avec une poignée de syndicalistes, il avait déchiré une affiche dénonçant « *LA GRANDE CASSE*

DU MARCHÉ DU BLÉ PAR LES TRUSTS APATRIDES » et arraché le calicot : « *L'ENNEMI DE NOTRE TERRE C'EST LE COMMUNISME.* » Il avait renversé une table où était vendu *Haut les fourches*, le journal de l'association, et en était venu aux poings.

Les Chemises vertes avaient attaqué les perturbateurs en scandant : « *Croire ! Obéir ! Servir !* »

— Valets des youpins ! leur avait même crié un organisateur.

En face, Alain et ses camarades cognaient comme des loups. La haine, la colère, le dégoût. Pas de place pour les slogans. Ils labouraient les fascistes. Dans la rue, les policiers avaient établi une souricière. Et Alain s'était retrouvé à l'hôpital avec un bras et trois côtes cassés.

Il a frappé le comptoir du plat de la paume.

Ronan l'a retenu.

— Pas d'ennuis, je t'ai dit !

L'autre s'est dégagé d'un geste.

— Mais tu m'entends, tête de granit ?

Alain a souri. S'est penché.

— En douceur, patron, promis.

Et il a traversé la salle en direction de l'inconnu.

— On le suit ?

Ronan m'a regardé.

— Tu ne bouges pas. Je te rappelle que ta tête est mise à prix.

J'ai ricané.

— 20 francs, tu parles !

À l'approche d'Alain, qui avançait dans la pièce, tendu et les poings fermés, le petit homme s'est levé en souriant. Il l'a salué, soulevant son chapeau et lui tendant la main. Puis lui a proposé la chaise qui était en face.

Alain a semblé hésiter, mais il s'est assis.

L'autre a levé deux doigts en désignant son verre vide au barman.

Le flic invitait le communiste à boire un coup de rouge.

Ronan m'a souri.

— Nous avons fait fausse route, le mousse.

L'autre avait ouvert son carnet. Alain le feuilletait, penché sur la table. L'autre s'était rapproché. Il lui parlait, le faisait rire.

Au moment où nous allions partir, Alain a fait signe à Ronan de le rejoindre.

— Reste là, colon. On va y aller après.

Le patron de pêche est allé rejoindre son rameur, le verre à la main. Même cérémonial. Le petit homme s'est levé, main tendue. Il a soulevé son chapeau en lui indiquant une chaise. Dans le brouhaha, je n'entendais rien. Mais les trois riaient fort à présent. Ils ont trinqué. Ronan s'est incliné pour prendre congé. Alain a commandé deux verres de vin. Il restait avec son nouvel ami.

Nous sommes sortis dans la rue, le patron et moi. Il était excité.

— Tu ne devineras jamais qui est ce Parisien !

Je ne devinais pas, non.

Il m'a regardé.

— C'est le contraire d'un flic.

Il a fait une mine, bouche en cul-de-poule et cils battants.

— C'est un poète.

Il a levé un doigt en l'air.

— Mais attention, il est très drôle !

10.

Une famille

Alain savait, il avait toujours su. Du premier jour où Ronan m'avait présenté comme son neveu, il n'avait jamais été dupe. Lors de notre deuxième sortie de pêche, le communiste s'était amusé avec moi. Pas méchamment. Des questions sans importance, les mains sur sa rame, les sabots dans le filet.

— Au fait, mousse, ton père il vit où, déjà ?

J'avais cessé de respirer. Nous n'avions jamais vu ça avec le patron. Je l'ai cherché des yeux. Il avait entendu. C'est lui qui a répondu, les bras encombrés d'une aussière.

— Près de Douarn.

Alain avait souri.

Je n'avais jamais entendu ce nom.

— Tu veux que je sois plus précis ?

Alain a observé son patron, qui enroulait une drisse, entre sa main et son avant-bras.

— Tu vois Douarnenez ?

Alain a hoché la tête en souriant.

— Saint-Vendal ? Sur la route de Pont-Croix ?

— Non, ça ne me dit rien.

— Mais si, la chapelle rectangulaire, avec le clocheton.

Le patron avait repéré un banc de poissons. Alain s'est penché sur sa rame.

— Je ne vois pas, non.

— Le pardon des bigoudènes ?

Ce même sourire silencieux sur le visage du matelot.

Le patron a joué l'exaspération.

— Si tu ne connais pas le coin, pourquoi je t'explique ?

— Pour pas que le gamin dise trop de conneries.

Il avait répondu ça tête baissée, en reprenant sa place au banc de nage.

La sortie était rude. Nous étions en pleines vagues. Gros temps, pluie, forte houle. J'étais malade. Même le patron avait une gueule de craie. Il nous avait ordonné de nous harnacher. Un moment, le bateau a plongé. J'ai marché sur ma ligne de vie, glissé. Je suis tombé. J'ai frappé le câble avec mon front, juste au point d'ancrage. Je me suis assis sous les gifles d'écume. J'avais une bosse, rien de sanglant. Je me suis adossé contre un casier. Alain était debout, en équilibre contre le grand mât, pipe retournée pour protéger le tabac.

— Ça va, le mousse ?

Ça allait, oui. À peu près.

Il a regardé les vagues qui frappaient jusqu'aux voiles.

— Et encore là, c'est calme. Tu verrais le coin par gros temps.

J'avais du mal à disposer les sardines dans les paniers. Alain m'a rejoint. Il s'est agenouillé à côté de moi pour aligner les poissons proprement.

— Pour un fils de Douarnenez, tu ne fais pas honneur !

Il parlait fort, à cause du vent.

— Tu les abîmes !

Un peu plus tôt, j'avais même laissé quelques têtes prisonnières des filets.

— Tu crois que les usiniers vont t'acheter les queues ?

Je me suis cru retourné à la colonie maritime, avec un maître sur le dos.

— Il ne t'a jamais appris, ton père ?

Je n'ai pas répondu. L'océan et la pluie me fouettaient le visage.

— Ou alors tu n'as pas bien écouté les leçons de la colo ?

Silence.

— Tu faisais quoi, à la colo ? Paysan ou marin ?

— Marin ! j'ai crié.

Pour couvrir le vent. Pour en finir avec ses questions. Pour que ma tempête s'apaise.

C'était un mot digne, un mot fier. Je venais de le revendiquer.

Le premier rameur m'a regardé. Il m'a tendu la main, sans sourire.

— Alain Le Gallois, communiste de Dinard.

Je me suis assis, en colère contre moi d'avoir avoué. Saleté d'orgueil. J'ai pris sa main. J'ai pensé à une scène de film ridicule, ou à l'un de ces moments tragiques que je m'inventais.

— Jules Bonneau, mayennais évadé du bagne.

Et puis je me suis remis à quatre pattes, tout tremblant, ramassant les sardines avec soin, comme des feuilles mortes sur une tombe aimée.

*

Et maintenant, que faire ? C'est la question que j'ai posée à Ronan en rentrant au port. Il avait promis à sa femme de tout dire à l'équipage mais ne l'avait pas fait. Alain savait. Tous allaient savoir. Il fallait que ce soit lui, patron de *La Sainte-Sophie*, qui leur avoue la vérité.

Pour cette quatrième sortie de pêche, je ne l'avais pas accompagné à la criée. Il m'avait confié l'installation du réchaud à l'abri de la grand-voile et la préparation de la cotriade avec le chinchard, du maquereau et les sardines que j'avais saccagées. Je devais aussi couper le pain, disposer les pommes de terre dans la gamelle, le gros sel dans le papier journal et le vinaigre dans une timbale. À cause du temps mauvais, la pêche avait été misérable. Le patron avait décidé que nous dormirions à bord et repartirions le lendemain à l'aube.

Pantxo dressait la misaine en toile de tente. Perig vomissait par-dessus bord, à cause de l'odeur de cuisine. Et Alain m'observait, couché sur des cordages, pipe de maïs à la bouche. Son sourire avait disparu avec mon aveu. Il ne jouait plus. Il réalisait la gravité de la situation. Un mutin échappé de Haute-Boulogne travaillait clandestinement comme mousse à bord d'un bateau de Sauzon. Il réfléchissait, plissait les yeux à cause de la fumée.

Je remuais le ragoût de poisson, sa voix cassée :

— On mangeait quoi dans ta famille ?

J'ai accusé le coup. Un bref mouvement d'épaules.

— Mes parents mangeaient leur enfant, j'ai répondu.

Comme ça. Sans réfléchir. Une image de Barbe-Bleue qui traînait dans ma mémoire. Un gros bonhomme aux yeux fous, qui allait égorger des petits dormant au creux de leur lit.

Il a éclaté de rire, en vidant sa pipe contre le talon de son sabot.

— Deux communistes à bord, ça va faire chavirer la chaloupe !

Le patron est remonté avec le vieux mousse. Le matelot portait trois bouteilles de vin dans ses bras. Ronan a sorti un flacon de lambig de sa poche de ciré et l'a posé sur la tablette.

Pantxo a vu la bouteille. Il a longuement sifflé, les poings sur les hanches.

— On fête la mauvaise pêche ?

— Tendez vos timbales, a ordonné Ronan sans lui répondre.

Perig a tendu son gobelet. Le patron l'a ignoré.

— Tu es trop jeune ! Tu auras du vin, mais pas ça.

Le vieux mousse a débouché une bouteille de rouge.

— Une rasade de Grand Ordinaire pour le *c'hwiltouz* !

Les hommes se sont assis en cercle, le patron debout au milieu. Il a baissé les yeux sur le pont brillant d'écailles et poisseux de mer. Silence. Le clapot des vagues, la lumière qui baissait. La fumée lourde de la cotriade.

— Pas facile, ce que j'ai à vous dire.

Jamais je n'avais vu le patron comme ça, tête basse, évitant de croiser le regard de ses hommes. Alors il s'est accroché au mien. Il cherchait des mots dans mes yeux. Aucun gobelet n'avait encore été levé.

— Je ne suis pas le neveu du patron.

Ma voix. Haute, claire, presque cristalline.

Tous ont entendu le soupir de Ronan.

— Je me suis évadé de la colonie.

Perig s'est étouffé.

— Ce sont des gars comme moi que tes parents recherchaient.

Pantxo a bu sa gnôle d'un trait. Alain n'a rien dit. Il a bu aussi. Comme le vieux mousse, comme Perig. Chacun en silence, les yeux dans son verre.

— Tu le sais depuis quand patron ? a interrogé le vieux.

— Depuis la première nuit, quand je vous l'ai présenté.

Silence, accablement, une toux embarrassée. Les hommes étaient tendus.

— Tu l'as ramassé sur la route ?

Ronan a regardé le vieux.

— Non. Il était en train de nous voler le bateau.

Alain, son mauvais rire.

— Et pour le remercier, tu l'as embauché !

— Ne sois pas con, s'il te plaît.

Pantxo était en colère. Ses sourcils barraient son front. Il s'est levé, poings serrés, menaçant.

— *Gurekin ontziratu aitzin abisatu behar gintuken ?*

Soupir du patron.

— En français, s'il te plaît.

D'un mouvement du bras, Alain a obligé le Basque à se rasseoir. Et à traduire.

— Tu aurais pu nous prévenir avant de l'embarquer, tu ne crois pas ?

Silence de Ronan.

— Et tu sais quoi, patron ? Je m'en fous que tu ne comprennes pas ma langue !

L'autre a baissé la tête.

— J'aurais pu vous prévenir. Vous avez raison.

— Sauf que tu n'as pas confiance en ton équipage, a grincé Alain.

Ronan a haussé les épaules.

— Ce n'est pas ça.

Alain s'est levé brusquement. Pour être à sa hauteur d'homme.

— Bien sûr que si, c'est ça. Dis-le, patron !

Il a fait un pas en avant.

— On travaille ensemble, on souffre ensemble des mêmes tempêtes, le même froid l'hiver, le même soleil l'été, on partage les joies, les peines, le salaire de la pêche, on mange ensemble, on dort ensemble, ou chie ensemble en équilibre sur le plat-bord, on se bat ensemble tous les jours et tu ne nous fais pas confiance !

Le patron a levé une main.

— Je t'interdis !

— Et moi je t'interdis de te conduire comme un patron d'usine ! Tu es un pêcheur comme nous. Rien de plus. Tu as hérité de la chaloupe de ton père, tu l'as réparée et tu l'as remise à l'eau. Rien de plus. Cela ne te donne aucun droit sur nous. Et surtout pas celui de nous mentir.

— Je n'ai pas menti !

— Tu nous as caché l'une des choses les plus importantes de notre vie : ça fait plus d'une semaine qu'on passe nos jours et nos nuits avec un évadé.

— C'est vrai, tu as raison.

— Pourquoi as-tu pris ce risque ?

— Le risque de l'embarquer ?

— Mais non ! Le risque de ne pas nous associer.

Ronan dévisageait son matelot. Il était livide.

— Mais tu croyais quoi, patron ? Que j'allais baver aux flics ? Que le Basque allait baragouiner sa petite dénonciation aux Bretons du coin ? Que Perig allait courir chez papa maman pour que sa famille rapplique avec des fourches ?

Le communiste avait du mal à reprendre son souffle.

Il s'est laissé tomber, assis sur la drisse.

— Mais franchement, tu croyais quoi, patron ?

Silence.

— Tu fais honte à ton équipage.

Nous avons dîné sans un mot. Éloignés les uns des autres, alors que ce repas était une communion. Alain a bu trois godets de lambig et une bouteille de vin, seul dans son coin de chaloupe. Perig s'est couché tôt, en bout de toiles cirées. Pantxo regardait silencieusement les lumières du port. Ronan tapotait inutilement les filets rangés pour la pêche. Et le vieux mousse dormait, adossé à un plat-bord, son béret enfoncé sous les yeux.

Et puis Pantxo s'est retourné. Il s'est approché de Ronan. Sa voix, son accent rocaille.

— Ça veut dire quoi, barouinier ?

Le patron a levé la tête.

— Pardon ?

— Barouinier, ça veut dire quoi ?

De l'autre côté de la chaloupe, Alain a ri. Il s'est déplié. Il flageolait. Il a remonté le bateau en titubant, de la lumière plein le visage et les bras ouverts en grand.

Il a crié :

— Viens là, mon Basque !

Pantxo l'a regardé, vaguement inquiet.

— Viens là, mon barouinier !

L'autre a hésité. Puis il s'est relevé lentement, corps prêt à l'assaut. Alors Alain s'est avancé vers lui et l'a pris dans ses bras. Il l'a claqué contre son torse. Il l'a serré fort, longtemps, sans un mot et les yeux fermés. Il l'a soulevé, l'a fait légèrement tourner dans l'air. Un père et son fils.

Le vieux mousse a ouvert les yeux. Il a bu son fond de verre en souriant.

Perig s'est assis sous les couvertures.

Alain a lâché le Basque et s'est agenouillé en pénitent, bras écartés.

Sa voix, une bouillie de mots.

— Pardon mon Pantxo, je ne me suis pas moqué de ton charabia.

Il a froncé les sourcils, levé le doigt au ciel.

— Langue de tous les pays, unissez-vous !

Il s'est retourné vers Ronan, glissant sur ses genoux.

— Pardon, patron. Tu as fait ce que tu as pu avec cette putain d'histoire, je le sais.

Ses gestes d'à peu près, ses regards chavirés disaient l'ivresse et l'émotion.

— Pardon aussi Perig, de ne pas t'avoir soutenu quand le grand capital t'a privé de lambig.

Il s'est relevé. Il a versé une rasade d'eau-de-vie dans le verre du novice.

Et puis il a agité son gobelet pour trinquer.

— *Yec'hed mat !* Perig Bihan !

Le jeune a interrogé son patron du regard. L'autre a eu un geste d'impuissance.

Alain a levé son verre au-dessus de la tête.

— Santé à tous, mes camarades !

Et il est retombé sur son banc, comme un boxeur sonné.

Le patron a inspiré bruyamment, comme soulagé.

— Je ne débarquerai pas le mousse.

Il a jeté la tête en arrière et croisé les bras.

— Tant que Matthieu sera au fond de son lit, Bonneau restera à mon bord.

Un temps.

— Mais je vais vous demander de lever la main pour m'approuver.

Pas un geste sur le pont.

— Et ceux qui s'y opposent prendront la barque pour le port, demain matin.

Alain a été le premier. Bras levé, son verre entre ses doigts.

— À ta santé, le colon !

Ronan a observé l'équipage.

— Qui lève encore la main ?

Le Basque, poing gauche tendu. Le vieux mousse, les bras en l'air.

— Perig ?

Le jeune a hésité. Il était sombre. Il a levé deux doigts timides.

— Ce secret doit rester absolu ! On est bien d'accord ?

D'accord, tous. Un hochement de tête, un pouce levé.

— *Bai*, a murmuré Pantxo.

Dans sa langue et pour lui seul.

*

En se glissant sur la paillasse de bord, Ronan a expliqué à Pantxo que baragouiner était un mot inventé par les Français pour se moquer d'une langue qu'ils ne comprenaient pas. Pendant la guerre de 1870, les fantassins bretons réclamaient davantage de pain et de vin à leurs officiers pour mieux botter le cul aux Prussiens. Ces soldats ne parlaient pas français. Et c'est en breton qu'ils revendiquaient du *bara* frais et des pichets de *gwin*.

Ils scandaient Bara ! Gwin ! Bara ! Gwin ! prêts à mettre la crosse en l'air.

— Cessez de baragouiner ! hurlaient les gradés.

Depuis Napoléon III la formule était restée. Et le mépris qui va avec.

*

Cette fois, la pêche avait été bonne. La chaloupe est rentrée, lourde de paniers et de casiers pleins. Pendant le travail, personne ne s'était intéressé à moi, mais lorsque le vieux mousse est venu nous chercher en barque, j'ai compris que quelque chose n'allait pas.

Ronan est descendu dans le canot. Le vieux m'a regardé, il a secoué la tête.

— Reste à bord ! m'a demandé le patron.

J'allais enjamber le plat-bord, sac sur le dos. J'ai fait un pas en arrière. Le vieux murmurait à l'oreille de Ronan. Aucun des deux ne me regardait. J'ai su qu'ils ne parlaient pas de moi.

— Tu peux descendre maintenant, garçon.

Mes pieds sur l'échelle de corde, sans quitter les deux hommes du regard.

— La mère de Sophie est morte, a lâché Ronan.

Le vieux mousse s'est signé discrètement. Je me suis assis sur le bord. Le patron s'est emparé de la godille.

Sophie nous attendait sur la jetée, entourée de trois femmes en noir. Ronan l'a enlacée sans un mot. Les pêcheurs l'ont serrée tour à tour, puis sont allés boire *le verre de terre* sans nous, à la mémoire de ceux qui restaient.

Dans la carriole, personne n'a parlé. La mort nous tenait compagnie. À mi-chemin, sur la route côtière, le soleil a criblé les nuages, baignant la terre gorgée de pluie. Les haies, les herbes, les arbres, la lande, tout était encore vert d'été. Je me laissais bercer. Mon corps répondait aux cahots du chemin, ma tête battait d'arrière en avant. J'avais fermé les yeux. Le cri des goélands, le murmure de l'océan, la caresse du vent. Je me suis senti bien. Après avoir charrié son sable, cassé ses cailloux, craint son mur et ses vagues, j'ai aimé cette île et sa beauté tragique.

Le temps de rejoindre la maison endeuillée, je n'étais plus La Teigne, ni un matricule sur une fiche cartonnée, ni un vaurien de Haute-Boulogne. En ce jour de septembre 1934, nous étions une famille. Sous le ciel lavé par l'orage, il y avait Henri Queuille, le cheval de peine, un vieux mousse, une orpheline donnant le bras à son homme, et puis moi. Les jambes dans le vide, qui retenais nos sacs. Je n'étais plus un colon marin en cage mais un pêcheur de Sauzon. J'en avais l'allure et la force. J'avais retrouvé les gestes appris sur le bateau ensablé de la grande cour. Je connaissais le rugueux de la drisse, le cri de la misaine qu'on hisse, le poids du filet frétillant qu'on ramène, sa force bouillonnante, sa violence argentée. J'avais goûté au frisson de quitter les maisons basses, les rues, le quai, de dépasser le môle, de laisser le phare dans mon dos, les balises, les bouées malmenées. De filer vers le large le cœur serré. La peur au ventre, lorsque le ciel était en colère. De m'agripper à un câble de vie quand l'océan jouait avec les nôtres. De trembler dans le matin pâle, de nous voir si petits, tellement fragiles entre deux cathédrales de vagues. J'avais goûté au bonheur du retour. À la ligne d'horizon qui emballe le cœur. Aux paniers pleins qui dégueulaient de poissons à vendre. J'avais goûté à la sirène de bienvenue du phare, à l'image des ombres pressées accourues sur le quai. Aux marins qui me saluaient comme l'un des leurs, à bord d'autres bateaux. *Au verre de terre*, qui achevait de faire de moi un homme.

Cette fois, j'étais parti en pêche sans mon couteau. Je l'avais abandonné sous mon oreiller, comme une colère ancienne. Je n'avais plus peur de mourir, plus aucune raison de tuer.

11.

Les perles de vérité

Le cercueil de Line Mével avait été installé au milieu de la salle à manger, sur deux tréteaux de bois. Ronan l'avait recouvert d'un voile de tissu noir tout simple et entouré de quatre chandeliers hauts comme des hommes. Avec Alain, j'avais déplacé la grande table pour y installer le déjeuner, un buffet de sardines, de salades et de charcuteries. Le Basque m'avait prêté une chemise blanche et un pantalon sombre.

Avant l'arrivée des premiers voisins, Ronan m'avait répété les consignes. Parler le moins possible, éviter de répondre, baisser la tête et les yeux. J'étais le neveu timide. Et même un peu simplet. Celui qui gardait son bonnet de laine enfoncé devant le cercueil. Il avait demandé à sa femme d'être attentive aux visiteurs de la colonie. Accroché à la façade de la maison, il y avait un carillon marin. Une vieille cloche de quart, que Ronan avait rachetée à la fille d'un capitaine de frégate. Elle ne guidait plus de bateaux dans la brume, ne prévenait plus d'un abordage. C'était la sonnette de la maison. Le facteur heurtait son battant de bronze lorsqu'il déposait du courrier, les livreurs tiraient sur sa chaîne, les gamins s'amusaient à y jeter du gravier. Lorsque les personnalités de Haute-Boulogne se présenteraient, c'est elle qui me préviendrait du danger. François-Donatien de Colmont avait projeté de venir saluer l'infirmière. Le directeur avait choisi quelques surveillants pour l'accompagner. Gracieusement, il mettait aussi l'Harmonie pénitentiaire à disposition des funérailles. Elle jouerait une marche funèbre sur le chemin du cimetière marin.

Les pêcheurs sont arrivés les premiers, habillés en dimanche, avec leurs femmes et leurs enfants. Les cols de chemise rebiquaient, les cravates bâillaient, les ceintures pendaient. À part quelques sabots crottés, tous avaient sorti les chaussures de messe. Une fois rentrés à terre, ces hommes ne savaient que faire de leur corps. Ils tanguaient devant le cercueil, comme s'ils essuyaient un coup de vent. Ils tenaient leur béret devant eux, à deux mains. Quelques femmes portaient la coiffe de coton brodé, les lacets de satin noués dans le cou. Elles s'étaient saluées furtivement, par le nom des bateaux de leurs hommes. Le ciel était lumineux, le vent ami et la mer belle, mais aucun marin n'était sorti en pêche. En solidarité avec *La Sainte-Sophie*. Il y avait là des gars de Sauzon, de Palais, et même l'équipage du *Jacana*, un chalutier de Lesconil qui représentait *« Les pêcheurs républicains du Pays bigouden »*.

Ils étaient venus faire masse. Pour le patron, et aussi pour l'infirmière.

— Respect, Messieurs !

C'est par ces mots que Ronan Kadarn les avait accueillis dans la cour.

Égarés au milieu des voisins, les camarades d'Alain sont arrivés ensuite.

— La vieille les détestait, m'avait glissé Ronan.

C'est pour sa fille qu'ils étaient là.

Pas de cravate noire mais des bleus de travail neufs, des coutils ouvriers lavés et repassés. Deux d'entre eux avaient noué un foulard rouge autour de leur cou. En souriant, Sophie leur a demandé d'en faire des pochettes moins voyantes. Une poignée de communistes, de libertaires, le chef du service « pêche » de l'hebdomadaire *La Bretagne ouvrière, paysanne, maritime*. Et aussi, le directeur du *Prolétaire breton, « l'organe de l'Union départementale des syndicats du Morbihan et des environs »*. Un jour, Alain avait tenté de m'expliquer la phrase imprimée sous le titre du journal : *« L'émancipation des travailleurs ne sera l'œuvre que des travailleurs eux-mêmes. »* Il roulait des yeux et des mots. Je n'avais pas tout compris. Et puis je préférais l'autre maxime, imprimée juste à côté. Je la trouvais drôle : *« Prolétaires, l'aumône est une honte ! »*

— Drôle ? m'avait interrogé Alain.

Finir une phrase par un point d'exclamation, j'avais toujours trouvé ça rigolo.

Les amies de Sophie étaient restées entre elles, dans le jardin.

— Des catins, disait d'elles la morte.

Institutrices, infirmières de guerre, cantinières des écoles, elles faisaient partie des sections féminines des œuvres laïques du Morbihan. Il y a trois mois, elles avaient organisé une grande fête à Locminé, fédéré les sociétés sportives, musicales, artistiques, et dressé un banquet populaire par souscription, qui s'était terminé aux cris de *« La Française doit voter ! »*

— Une orgie de suffragettes ! avait éructé la vieille.

Ce même jour de juin, Line Mével avait remis le Prix de Vertu des fondations Cognacg-Jay à France Gravier, veuve de guerre de Ploërmel qui avait élevé seule ses huit enfants.

Ronan m'avait raconté tout cela à voix basse, la nuit d'avant, alors que sa femme veillait le corps de sa mère. Sophie s'en voulait. Peu avant sa mort, la vieille avait appris que des *« traînées laïques »* avaient pour habitude de se réunir chez Ronan. Une mauvaise langue lui avait même juré que cette maison était pervertie. Qu'on y voyait entrer des femmes en cheveux, sans chapeau ni fichu, et des fumeurs de pipe aux allures de voyous. Qu'à la nuit tombée, il s'y passait des choses contraires à la loi et à la morale.

Alors l'état de la mère s'était dégradé. La contrariété lui avait donné de la fièvre. Un soir, elle avait envoyé une voisine chercher son fils, qui était à Palais pour quelques jours. Il fallait que Francis raisonne sa petite sœur. Lui, le capitaine d'infanterie, l'ancien Poilu devenu boulanger puis agent d'assurances. Lui qui, avant de s'installer à Lorient, accompagnait sa mère à la messe et lui offrait un gâteau à la crème chaque dimanche, après le *« Ite missa est »*. Ce soir-là, elle voulait que ce fils la conduise jusqu'à sa fille perdue.

Depuis des années, Francis était fâché avec Sophie. Mais il avait quitté l'île et vraiment rompu avec sa sœur lorsqu'elle avait épousé *« le Rouge »*, comme il l'appelait.

Il détestait Ronan. Son métier, son allure, sa pensée, ses manières. Un jour, son beau-frère avait cru le calmer en lui assurant qu'il n'était pas communiste. Qu'il n'avait aucun rapport avec les bolcheviques et la IIIe Internationale. Le slogan *« classe contre classe »* lui était étranger. Lui, Ronan Kadarn, était inscrit à la Fédération socialiste du Morbihan. Il était réformiste. Son modèle s'appelait Blum, pas Thorez.

— Blum ? Nous voilà entre bons Français ! avait craché le capitaine Mével.

Depuis, le grand frère et la sœur s'évitaient. Leur mère chérissait Francis et maudissait sa fille ingrate. Quant à Ronan, qui l'avait pervertie, il méritait la prison ou l'enfer.

La nuit où sa mère est morte, le capitaine Mével est arrivé en retard. La voisine était venue lui demander secours, mais il avait traîné à table avec des amis. Chaque fois qu'elle le savait en visite sur l'île, la vieille appelait à l'aide son soldat de fils. Pour un rien, une colère, une humeur. Elle se vengeait de ses absences. De l'idée qu'il avait eue, un jour, de s'installer sur le continent. Cette nuit-là, il a tardé. Et elle n'a pas eu la force de l'attendre. Fille égoïste, fils oublieux, elle s'était retrouvée bien seule. Elle s'est effondrée devant sa haie, sur le trottoir herbeux, la colère au cœur, son chapelet en main et deux billes en terre à ses pieds.

Bien plus tard, Sophie m'avait raconté. Ces billes avaient hanté sa jeunesse. Bille rouge, bille noire, une tradition qui remontait à sa grand-mère. Elle les appelait *« les perles de vérité »*. Lorsqu'elle devait prendre une décision grave, la femme attendait le soir. Certains pensaient que la nuit portait conseil, elle, laissait une journée entière à la réflexion. Puis elle jetait les billes sur le sol et attendait l'obscurité. Dès qu'elle ne pouvait plus faire la différence entre le rouge et le noir, elle prenait sa décision. Line, sa fille, avait perpétué ce rituel. Ses enfants en avaient gardé un souvenir un peu effrayant. Un soir, la mère avait obligé Sophie et Francis à attendre avec elle l'arrivée des ténèbres. Ils s'étaient assis en rond à l'approche du crépuscule, et avaient gardé le silence, jusqu'à ce que les perles soient identiques.

— C'est décidé, votre père et moi allons vivre séparément.

C'est comme ça que le mari a quitté la maison et qu'il est mort dans la solitude.

En attendant Francis, la vieille avait fait rouler les billes à ses pieds. En priant pour qu'il arrive avant que les couleurs ne s'effacent. C'est pour ça que le fils et la fille se sentaient également responsables de la mort de leur mère. Sophie pour ne pas l'avoir épargnée, Francis pour ne pas l'avoir secourue.

*

Line Mével n'était pas aimée à Belle-Île. Errant de son lit au confessionnal, elle pourchassait les enfants trop bruyants à coups de parapluie, dénonçait les baisers volés derrière le presbytère. Un jour, à l'enterrement d'une plus vieille, elle avait fait pleurer une enfant. La fillette chantait *Le vieux pays de mes pères*, l'hymne breton, devant le cercueil de sa grand-mère. Line Mével s'est penchée vers elle en soufflant :

— Ton charabia me casse les oreilles, petite !

La veuve Mével pestait. Contre tout et tout le monde. L'escroc Stavisky, le réarmement de l'Allemagne, l'enfermement des animaux sauvages dans un nouveau zoo, à Vincennes. Ses lèvres ne savaient pas sourire, ses yeux étaient mi-clos. Le jour, elle veillait derrière sa fenêtre, en sentinelle méfiante. Sur le port, au marché, Madame Mével voulait qu'on lui cède la place. Elle, fille d'un notaire de Locmaria et d'une mère dévote, aînée de quatre enfants. Elle, veuve éplorée mais digne, d'un pharmacien sans importance dont elle avait renié le nom même après sa disparition, marchait dans les rues en majesté. Un chef de fanfare à la parade.

Surtout, elle avait une aversion pour les pupilles de Haute-Boulogne. Ces bandits n'avaient pas leur place sur son île.

Un jour qu'elle prenait le thé avec sa fille, elle lui avait même reproché de les soigner.

— Il n'y a pas d'enfants qui tiennent, tu rafistoles des criminels !

Comme Sophie protestait, sa mère avait quitté la pièce.

— Leur place est à Cayenne, pas sur nos plages !

La nuit de la grande évasion, elle avait préparé de la citronnade pour les chasseurs d'enfants, qu'elle servait avec fierté, comme Madelon sous sa tonnelle.

*

— Attention le mousse, danger à tribord !

Ronan m'a légèrement repoussé vers les escaliers. Cinq hommes sont entrés dans la pièce. Béret étroit sur les oreilles, costume sombre, cravate, pochette, gants blancs, médailles rouges et vertes au revers. Au milieu d'eux, un garçon plus grand, blond, une canne à la main.

— Le grand frère maudit, m'a soufflé le patron.

Le groupe a toisé l'assistance. Les présents se sont écartés. Puis les visiteurs ont enlevé leur béret et se sont approchés du cercueil ouvert. Seul le capitaine Mével s'est avancé jusqu'au corps. Les yeux secs, il s'est penché et a déposé un baiser sur le front de sa mère. Je n'ai croisé aucune larme dans la maison. À part quelques pleureuses en noir, assises contre le mur, cinq amies de la morte se lamentant sur elles, cet endroit était sans tristesse.

— Monte dans le bureau, m'a ordonné Ronan.

J'ai refusé d'un geste. Ce type ne me connaissait pas, ses amis non plus. Où était le danger ? Le patron a insisté. Je me suis réfugié auprès de Sophie, dos tourné à la petite troupe.

L'infirmière était tendue.

— Tu ne devrais pas disparaître, toi ?

Non, de la tête. Je voulais que mon visage devienne familier.

Elle allait insister, mais elle s'est tue. Elle a ouvert les yeux en grand. Son frère et ses hommes arrivaient sur nous.

— Tu te moques de qui ?

Le capitaine, sa voix forte.

— Bonjour Francis, a répondu sa sœur.

Je me suis retourné. Il était à quelques centimètres de moi, sourcils froncés.

— Je répète : tu te moques de qui ?

Elle ne comprenait pas.

— Le cercueil de notre mère sur des tréteaux ?

Il a balayé la pièce du pommeau de sa canne.

— Quatre chandeliers, c'est ça ?

Silence.

— Et les tentures noires au-dessus de la porte, elles sont où ?

Ses poings sur les hanches.

— Et la passementerie ? Les galons ?

Il haussait le ton.

Sophie baissait la tête. Une enfant prise en faute.

— C'est sous cette bâche que notre mère va aller au cimetière ?

— C'est un drap mortuaire.

Voix tranquille. Ronan s'était rapproché. Le capitaine a eu un mouvement de recul. Je connaissais bien ce geste et ce regard. À la colonie, des caïds avaient souvent cette attitude. Ils hurlaient, mais reculaient d'un pas face à moi. Ils avaient peur. J'ai su que le frère de Sophie craignait Ronan. Et j'ai compris que Ronan le savait.

— Quel drap mortuaire ? C'est une couverture pour chien !

— Moins fort ! a commandé Sophie.

Regards gênés dans la pièce. Quelques amies de l'infirmière se rapprochaient. Les hommes du capitaine Mével se tenaient prêts. L'un d'eux a ostensiblement enlevé, plié et rangé ses lunettes rondes. J'ai pensé aux gardiens au moment de nous corriger.

Ces jeunes hommes étaient habitués à faire le coup de poing.

Le capitaine dévisageait méchamment son beau-frère.

— L'enterrement prolétaire, c'est ton idée, Kadarn ?

Sophie connaissait bien son homme. Pour que cela ne dégénère pas, elle s'est glissée entre son frère et lui.

— On a fait comme on a pu et avec ce que nous avions, lui a-t-elle répondu.

Ronan m'avait expliqué que Mével vivait à Lorient, mais qu'il avait gardé une chambrette à Palais. C'est là qu'il dînait lorsque sa mère agonisait. Une seule pièce, avec l'eau courante mais les toilettes sur le palier. Organiser des obsèques dans ce réduit lui était impensable. Alors il avait ordonné à sa petite sœur de le faire. Sans jamais lui proposer de l'aide. Il disait que son divorce l'avait ruiné. Le retour de guerre avait été difficile. Avant 1914, il s'occupait du syndicat des patrons boulangers mais il avait été obligé de fermer son fournil. En rentrant des tranchées, il n'avait plus jamais porté le maillot de corps et le tablier blancs. Ses mains avaient délaissé la farine. Il avait trouvé un emploi dans une compagnie d'assurances. Surtout, il faisait de la politique. Et ce n'était pas avec ses discours sur la pureté française qu'il aurait pu payer un bel enterrement à sa mère.

Le frère a quitté la pièce au moment où le corbillard attelé est entré dans la cour. Il a poussé un cri de surprise. Ronan m'avait prévenu, il serait en colère. Sophie et lui avaient quêté chez leurs amis, pour que la morte ne soit pas portée en terre sur une charrette à bras. À contrecœur, tous avaient donné une pièce mais cela n'avait pas suffi. Même un enterrement de sixième classe était au-dessus de leurs moyens.

Alors, Ronan et ses amis avaient bricolé. Avec l'accord du vieux mousse, et la promesse de remettre sa carriole de pêche en l'état, ils l'avaient poncée, et passé son plateau au goudron de pin. Pas de coffre. Aucun plumet noir planté de chaque côté du dôme mais un double liséré argenté dessiné tout le long par le frère de Perig, très doué en dessin. Yves, un camarade des pompes funèbres de Quiberon, avait prêté une housse noire à franges pour habiller le vieil Henri Queuille. Grâce à lui, l'animal était caparaçonné d'argent comme le palefroi d'un prince. Il avait aussi fixé deux écussons en velours vert sur les côtés du tombereau. Les monogrammes correspondaient à un autre deuil, mais le doré faisait joli. Il avait aussi trouvé un drap mortuaire étoilé d'or, pour remplacer la « bâche de marine ». Mieux, il avait enfilé son costume d'officier de deuil pour mener la procession, avec bicorne noir et or, livrée bleue, fourragère et bâton de cérémonie. Le vieux mousse, lui, se retrouvait déguisé en cocher, gants blancs et chapeau haut de forme.

Le capitaine avait traité les deux hommes de guignols. À voix basse, mais je l'avais entendu. Il répétait à tous que tout cela manquait de dignité.

— C'est le corbillard des indigents !

Ronan arrangeait un gland doré, passé derrière les œillères du cheval.

— Non. C'est celui des gens simples.

Il a caressé le naseau de l'animal inquiet.

— Victor Hugo avait le même attelage.

Francis Mével a regardé son beau-frère avec mépris.

— Mais je me fous de Victor Hugo !

Lorsque Sophie a sonné la cloche, tout le monde s'est rassemblé.

Elle a crié, les mains en cornet.

— Fausse manœuvre, désolée !

C'était le signal du danger.

La voiture de François-Donatien de Colmont venait d'entrer dans la cour.

Il était seul à bord. Cinq personnes, entassées dans une camionnette, avaient suivi sa Peugeot. Et un petit camion transportait la fanfare.

Dissimulé par la porte ouverte de l'escalier, j'ai regardé les visages connus. Le chef Chautemps, Chameau le cogneur, Le Goff le manchot encombré de médailles, le Dr Verhaeghe et l'abbé Bricout.

Mon ventre tordu, ma bouche sèche. Le bruit de leurs pas, le son de leurs voix, tout me racontait les coups, les sermons, l'alcool sur mes plaies vives.

J'ai refermé la porte de l'escalier derrière moi. Je n'avais pas tremblé depuis longtemps. Bousculé par la rumeur, les conversations, quelques rires de contrebande, je me suis assis sur les marches. J'ai eu envie de pleurer. Je ne l'ai pas fait. Depuis tous ces jours, j'étais comme un homme libre. Je faisais face à la mer et au vent. Je marchais le front presque haut, le regard presque droit. Des pêcheurs me saluaient des chaloupes voisines. Des cheveux commençaient à ombrer mon crâne. Je prenais peu à peu ma place au milieu des vivants. Et voilà qu'en un instant, mon cœur s'était décroché. Revoir ces hommes m'a rappelé que je leur appartenais. J'avais échappé à leurs griffes, mais j'étais encore à portée de matraque. Assis la tête dans les mains, prostré sur la dernière marche de l'escalier en bois, seulement protégé par une mince cloison. J'ai reconnu la voix forte de Chautemps, son timbre grave au-dessus du brouhaha.

Rêve ou cauchemar ? Si je me réveillais, maintenant, ce jeudi de septembre, où serais-je ? À l'enterrement d'une mère de capitaine ou en cellule grillagée ? Est-ce que cette révolte avait vraiment eu lieu ? Et cette évasion insensée, vraiment ? J'avais traversé l'île avec un enfant battu sur mes pas ? Avait-il vraiment été capturé pour 20 francs à cause des deux sœurs ? Et Ronan, le patron ? Je m'étais vraiment caché sur son sardinier, prêt à tuer ou à mourir ? Et le Basque, et Perig, et le vieux mousse ? Et mes mains, plongées jusqu'aux coudes dans la sardine grouillante, ma gorge griffée par la gnôle des Frères de la Côte, vraiment tout ça ? Et si ma folie vous avait inventés, tous ? Une fois encore. Si je ne m'étais enfui que dans ma tête. Comme j'avais égorgé Chautemps, poignardé Le Rosse, brûlé Auzenet. Et si je me réveillais à l'infirmerie après des jours de coma ? Et si j'avais de la fièvre, des visions ? Et si le mur était toujours là ?

J'ai sursauté.

La porte de l'escalier, légèrement ouverte.

— Ça va ?

Sophie, visage inquiet et moi dans la pénombre.

Elle s'est penchée contre le chambranle.

— Tu as pleuré ?

J'ai secoué la tête, passé le dos de la main sur mes yeux.

La rumeur avait quitté la maison pour gagner la route.

— La procession va commencer.

J'ai hoché la tête.

— Tu connais trop de monde. Il vaut mieux que tu restes ici.

Oui, encore.

— Mais ne reste pas dans les escaliers.

Je me suis soulevé légèrement.

— Dans ta chambre, tu seras mieux.

J'ai poussé la porte, aveuglé par la lumière.

— Ne te mets pas à la fenêtre.

Je savais, oui.

Au moment où elle repartait, je lui ai demandé comment elle se sentait.

Elle m'a regardé.

— C'était ma mère, quand même.

Elle a cherché ses mots.

— Alors je me sens comme une orpheline.

J'ai refermé la porte de la chambre. Le ruban de maman était sous le matelas, blotti contre mon couteau. Je me suis assis sur le lit, jouant avec la soie. Dans la cour, les cuivres et les tambours de l'Harmonie assassinaient Chopin. Je me suis approché de la fenêtre. Je l'ai ouverte, dissimulé par un pli du rideau. J'ai cherché Loiseau. Il n'était pas là. Ni avec les tambours, ni avec les cuivres. J'ai reconnu deux clairons, Petit Malo et Brillat L'Andouille. Et aussi Jesson, si fier de battre son tambour militaire. Les colons étaient déguisés en marins, nos habits de cérémonie. Leurs instruments, recouverts de crêpe noir.

J'ai aussi reconnu les regards, portés par la foule sur les colons.

— Ce sont des détenus, vous êtes sûr ?

Le père Bricout ouvrait la procession, habit violet brodé passé sur sa soutane, entouré de quatre enfants de chœur. Le plus âgé portait une grande croix. Juste derrière, la fanfare de Haute-Boulogne massacrait *la Marche funèbre*. Le frère de Sophie et ses amis à béret se sont glissés derrière les musiciens.

— Pas de Croix-de-Feu en tête, seulement la famille ! a crié Sophie.

Moment de flottement. L'infirmière a pris son frère par le bras, puis entouré l'épaule de son mari pour les placer ensemble derrière le corbillard. Les proches et les voisins se sont massés, puis les pochettes rouges, les pêcheurs, les suffragettes. Sans leur capitaine, les anciens combattants ont eu du mal à trouver leur place. Alors ils ont décidé d'entourer le cortège, deux à gauche, deux à droite, comme s'ils avaient eu pour tâche de le protéger.

*

Je m'étais endormi. Je suis ressorti de ma chambre en début d'après-midi. Il n'y avait plus de danger. Les gens de Haute-Boulogne étaient déjà repartis, comme de nombreux voisins. Le buffet avait été dévasté. Des carafes vides traînaient partout dans la pièce et dans l'herbe de la cour. C'était l'heure des enfants énervés, des confidences et des serments d'ivresse.

Perig était debout derrière un arbre. Il était en colère contre un garçon de son âge. Il l'avait agrippé par le col. Le novice parlait bas. Il semblait inquiet.

— Patron ?

Ronan m'a souri.

Son visage fatigué. Ses yeux brillants. Sa voix de papier mâché. Le verre de trop.

— Tu avais disparu, le mousse ?

J'avais dormi, rien de plus.

Du doigt j'ai désigné les gamins qui se chamaillaient.

Ronan a hoché la tête.

— C'est Matthieu, le mousse que tu remplaces.

Il a ouvert un paquet de cigarettes. M'en a tendu une. Son visage s'est crispé.

— Et merde, danger à bâbord !

Francis Mével et ses hommes venaient vers nous.

— Un dernier verre, mon capitaine ?

— Pourquoi dernier ? a répondu l'autre sans sourire.

Il s'est planté en face de moi.

— Ton bonnet, m'a soufflé Ronan.

Je l'ai remis sur ma tête.

Mével, mains sur les hanches.

— Nouveau dans le coin ?

Ses yeux clairs me dérangeaient.

J'ai hoché la tête, sans un mot.

— Je te présente Jules, mon neveu.

Le capitaine ne me quittait pas des yeux.

— Le fils de Yann ?

— C'est ça, a souri Ronan.

Silence.

L'homme avait un regard à détecter les mensonges.

— Et tu fais quoi sur l'île, fils de Yann ?

— Il fait le mousse, en attendant le retour de Matthieu Bihan.

Mével n'avait pas un regard pour Ronan. Il m'interrogeait.

— Tu es arrivé quand ?

— Le 15 août, a répondu le patron.

Le capitaine s'est penché vers moi. J'avais quitté son regard pour observer l'insigne épinglé au revers de sa veste. Une tête de mort en bronze sur une croix de feu dorée et deux glaives croisés. Tous les cinq avaient le même emblème, à côté de leurs médailles militaires. Je l'ai reconnu. Napoléon le portait à la colonie. Et aussi Le Goff, une seule fois. Après les émeutes du mois de février. Il l'avait agrafé entre sa Légion d'honneur et sa médaille militaire, mais le directeur lui avait demandé de l'enlever.

— On n'est pas au Palais Bourbon, ici !

Il avait grondé ça un midi, en plein réfectoire. Et la salle avait ri sans rien comprendre. C'était la première fois que Le Goff se faisait sermonner en public. Ensuite, il s'était vengé sur nous pendant deux jours.

— Tu regardes mon insigne ?

J'ai hoché la tête.

— Tu l'aimes ?

— Le père d'un de mes amis avait le même.

Le capitaine s'est détendu.

— Le crâne, c'est pour célébrer nos morts au combat.

Ronan s'était rapproché.

— Allez, tu vas m'aider à ranger, mousse.

Le capitaine a eu un geste.

— Tu permets, Kadarn ?

Le capitaine a rectifié sa position. Ce même regard.

— As-tu entendu parler des Croix-de-Feu ?

— Comme ça, j'ai dit.

— Comme ça ?

Il a ri, et ses hommes avec lui.

— Comment, comme ça ?

J'étais embarrassé. Je n'y connaissais rien. J'avais entendu ce nom, dans des conversations, je l'avais lu dans les journaux du directeur, mais je n'en savais pas plus. Ils s'étaient battus contre la police. Alain ne les aimait pas. Je ne savais rien d'autre.

— Tu ne serais pas en train de recruter, par hasard ?

Ronan souriait mal. Une vilaine grimace.

— T'imagine ça, Kadarn ? Un Volontaire national à bord de *La Sainte-Sophie* ?

Le patron était tendu.

— Nous avons une réunion d'information dimanche soir, ça te dirait, mousse ?

J'ai regardé Ronan. Il était livide.

— Il y aura le camarade Leroy, chef de la section de Lorient.

— Je crois bien que mon neveu s'en fout, a lâché Ronan.

Il avait besoin de s'asseoir.

— Tu t'en fiches, le mousse ?

— Non, j'ai dit.

Jamais Ronan ne m'avait jeté un tel regard.

Le capitaine caressait son torse médaillé.

— Jeter un œil, ça n'engage à rien, n'est-ce pas ?

Il a posé ses mains sur mes épaules.

— Et puis tu nous connaîtras mieux que « *comme ça* ».

— Un problème ?

Sophie avait rejoint notre petite assemblée.

— Pas du tout, mon neveu va s'engager dans les Croix-de-Feu.

Elle a regardé son mari, son frère, et m'a interrogé du regard.

— Qu'est-ce que c'est que cette blague ?

— Ce n'est pas une blague, a grincé Ronan.

Il a desserré sa cravate et s'est adossé à un arbre.

— Ton cher frère l'a invité à leur prochaine réunion.

Francis Mével souriait. Ses hommes se servaient un dernier verre au tonneau.

— On ne va pas tarder, Messieurs.

Et puis il m'a tendu la main sans sourire.

— Alors à dimanche, le neveu.

*

Sophie était sans voix. Je ne comprenais pas son embarras. Pas non plus les regards de Ronan. Aller à une réunion dimanche, et alors ? Cela faisait des jours que plus personne ne parlait de la colonie. Il n'y avait plus d'évadé sur l'île. Où était le problème ? Je me suis senti moins libre. Le nouveau centre d'éducation surveillée, c'était ma chambre, Aux Frères de la Côte et le bateau. Comme s'ils m'avaient enfermé. Et s'ils étaient jaloux ? Et s'ils voulaient me garder rien qu'à eux ? Bien pratique, le colon. À trier la sardine, à porter les paniers, à ramender les filets, à laver la chaloupe, la maison, les vitres, à chercher l'eau au puits et à fermer sa gueule ? J'étais libre ou non ? Oui ? Alors je pouvais aller dans n'importe quelle réunion. Communiste, fasciste, régionaliste, œuvres laïques. Tiens, et si j'exigeais de communier à l'église du Christ-Roi ? Et si je voulais aller à la colonie pour écrire *« je vous emmerde »* sur le mur ? Parce que c'était ça, être libre. Ça et plus encore. Rattraper sept années de hauts murs.

Au milieu de l'après-midi, après le départ des anciens combattants et des pêcheurs, Ronan est allé se reposer. Avec quelques femmes, j'ai aidé à ranger les verres, les dernières assiettes qui traînaient. Sophie passait le balai dans la salle à manger.

— Laisse.

Je le lui ai pris doucement des mains.

Elle me regardait, l'index posé sur les lèvres.

— Parle-moi, Jules.

J'étais courbé, une poire avait filé sous le grand placard.

— Que je te dise quoi ?

— Tu ne serais pas en train de te payer la tête de Ronan ?

Je me suis relevé. Leurs questions me fatiguaient.

— Pourquoi dis-tu ça ?

Geste d'évidence.

— Mon frère représente tout ce que mon mari combat.

— C'est votre histoire de famille, ça !

Elle a haussé le ton.

— Ronan t'a protégé, mon frère t'aurait vendu. Ça n'a rien à voir avec la famille, tu comprends ça ?

— Et ?

J'ai laissé tomber le balai. Son manche a claqué sur le sol. Je me suis assis.

— Comment ça, et ?

Elle a ramassé le balai.

— Mon frère et les siens, ce sont eux qui ont construit ton bagne.

J'ai pensé à Le Goff, à Napoléon, à ce même symbole qu'ils portaient sur leur veste.

— Ton frère ?

— Ses semblables, oui ! Pour eux tu n'es pas digne d'être français.

— Je m'en fous !

Bras d'honneur forcé.

— Et pour vous, je suis quoi ?

— Comment ça, pour nous ?

— Je suis quoi moi, pour toi et ton mari ?

Elle a réfléchi un instant.

— Quelqu'un dont on se sent solidaires.

— Et donc, vous voulez m'enfermer, c'est ça ?

J'avais retrouvé les accents de bagne.

— Ronan te protège, imbécile !

Elle était hors d'elle.

— Et moi aussi, je te protège !

À son tour, elle a laissé claquer le balai sur le sol.

— Tu veux te faire reprendre, colon ?

J'ai haussé les épaules.

— Si c'est ça, rien de plus simple. Tu as qu'à défiler en bagnard avec un tambour.

Elle a marché au pas dans le salon, mimant les roulements de baguettes.

— Moi, Jules Bonneau, je n'en ai plus rien à foutre de la liberté !

Elle a ramassé des épluchures de légumes sur la table et me les a jetées au visage.

Même voix de crieur publique.

— Moi, Jules Bonneau, ça fait sept ans que je tourne en rond dans ma cage et aujourd'hui, je fais le malin pour y retourner.

— Le malin ?

— Ces gens veulent ta peau. Si tu te montres chez eux, bien sûr que tu fais le malin !

Elle m'a montré du doigt, les cheveux dans les yeux.

— En fait ils ont raison ! Tu n'es qu'une sale teigne bouffie d'orgueil !

Je me suis levé.

— Tu ne nous mérites pas ! Tu m'entends, Bonneau ? Tu ne nous mérites pas !

Tout est allé très vite dans ma tête. Prendre ma veste, le sac, mon couteau, le ruban de ma mère et filer.

— Je me casse, j'ai dit.

Ronan a ouvert la porte des escaliers.

— Tu te rassieds. Tu ne te casses nulle part.

— Tu m'en empêcherais ?

— Je t'en empêcherai.

Sa force était effrayante et tranquille.

Il m'a montré une chaise. Il était calme, reposé. Il s'est servi de l'eau à la cruche.

— Assieds-toi, Sophie.

Elle a croisé les bras.

— S'il te plaît ma femme, autrement on ne va pas s'en sortir.

L'infirmière s'est assise à table. J'ai repris ma place, tête basse.

Une épluchure de poireau traînait sur mon épaule.

Nous calmer. Sophie tordait son tablier, ma jambe battait, repliée sous ma chaise.

Ronan est resté longtemps silencieux, les coudes sur la table, les mains en cathédrale.

Et puis il m'a regardé.

— Tu sais qui occupait ta cellule avant toi ?

— À la colonie ?

— À Haute-Boulogne, oui.

J'ai secoué la tête. Je ne savais pas.

Il m'a servi un verre de vin.

— J'espère que tu aimes un peu l'Histoire.

Un peu, oui.

— Tu as entendu parler des journées de juin 1848 ?

Un instituteur de la Pénitentiaire nous les avait enseignées. La Deuxième République et le Parti de l'Ordre avaient fort heureusement étouffé une insurrection socialiste à Paris.

Ronan a souri.

— On peut voir ça comme ça.

Il m'a aussi demandé si je savais quand la colonie avait été construite.

Je ne savais pas, non.

En fait, tout était lié. Les journées de juin avaient précipité la construction du « Dépôt de Belle-Île », sur le glacis de la citadelle Vauban. Avant qu'il ne devienne une « Maison de détention et de déportation ». Le maître d'école avait oublié de nous dire que les premiers prisonniers de notre colonie étaient des insurgés parisiens.

— Un peu tes copains, donc ?

Le pêcheur m'a souri.

— Un peu, oui. Si tu veux.

Sophie ne le quittait pas des yeux.

— Alors disons qu'en quatre jours, 5 000 copains ont été tués dans les combats, 1 500 fusillés sans jugement et 25 000 arrêtés.

Le vin était tiède.

— Et des centaines de copains ont été enfermés ici, en attendant le Conseil de guerre ou le bateau pour la Nouvelle Calédonie.

Le pêcheur s'est servi un fond de verre.

— Et toi, tes copains du 2ᵉ quartier, ils s'appelaient comment ?

— Leurs noms ?

— Oui, leurs noms, leurs pseudos, comme tu veux.

Je promenais mon doigt sur le verre. J'ai récité.

— Camille Loiseau, Moysan, Trousselot, Carrier, Petit Malo, Soudars, Auzenet.

— En 1850, ils s'appelaient Auguste Blanqui ou Armand Barbès.

Cela ne me disait rien.

— Et en 1866, ta colonie est devenue un bagne, un vrai.

— Pour enfants ?

— Non, une Maison centrale de force et de correction.

Sophie, sa voix douce.

— Vous arriverez plus tard, les enfants, en 1880. En attendant ce sont les Communards qui se sont cognés à votre mur.

J'ai regardé Ronan, Sophie.

— Pourquoi m'avez-vous raconté tout ça ?

— Parce que les héros de mon frère ont toujours été d'un côté de ce mur et nous de l'autre, a souri Sophie.

Et puis elle s'est excusée de m'avoir rudoyé.

*

Nous étions sortis de table. Vers 21 heures, quelqu'un a frappé violemment la cloche. J'étais dans ma chambre. Par ma fenêtre j'ai vu Perig qui pleurait, effondré sur le banc de pierre. Je suis descendu en courant. Le novice ne voulait pas entrer. Il restait sur le banc, le dos parcouru de frissons.

— Apporte un verre d'eau, le mousse.

Sophie était assise à côté de lui, Ronan debout et moi un genou à terre, qui l'aidait à boire. La lumière jaune du fronton rendait la scène dramatique.

— C'est le mousse, répétait Perig.

— Quoi, le mousse ?

L'infirmière lui caressait le dos de la main.

— C'est Matthieu Bihan.

Les deux se chamaillaient au moment des obsèques mais personne n'y avait fait attention.

Le novice m'a regardé, plein de larmes, il a levé les yeux vers Ronan.

— Pardon, je m'en veux tellement. Pardon…

J'avais compris.

Je me suis relevé d'un bond. Je l'ai pris rudement par les épaules.

— Tu lui as dit ?

Une immense plainte. Je l'ai secoué.

— Tu m'as dénoncé ?

— Non ! Il a agité les mains en tous sens.

Je l'ai agrippé par le col, j'ai levé mon poing mais Ronan l'a bloqué violemment de sa main ouverte. Il m'a broyé les doigts. Un étau d'acier. Une douleur formidable. Sophie a poussé un cri. Il a cogné son front contre le mien et m'a jeté sur le gravier avec force.

— Reste à terre La Teigne !

J'étais sonné, stupéfait, mais je savais que le pêcheur avait eu raison. J'aurais pu tuer le novice. Remonter chercher mon couteau en courant et le saigner. Mais j'avais renoncé. J'étais sidéré et soulagé à la fois. Le gamin était intact.

Ronan avait posé un pied sur le banc.

— Qu'est-ce que je vais faire de toi, novice ?

L'autre répétait pardon jusqu'au dégoût.

Sophie s'est assise dans l'herbe, contre moi. Elle m'a enlacé l'épaule. Elle a murmuré.

— La Teigne est morte.

Elle chuchotait.

Je l'ai regardée. Son sourire lumineux. J'ai abandonné une larme.

— Tu nous mérites tellement, Jules.

Elle a déposé un baiser léger sur ma joue, dans le sillon de chagrin.

— Nous sommes fiers de toi.

Nous sommes entrés dans la maison. Perig hoquetait toujours. L'infirmière lui a servi une bolée de cidre et offert un mouchoir plié. Elle s'était assise à côté de lui.

— Qu'est-ce qu'il a dit, Matthieu ?

Le novice, tête basse.

— Que vous cachiez un criminel et qu'il vous dénoncerait aux gendarmes.

Ronan était adossé à la porte.

— Quand ? Il t'a dit quand il irait les voir ?

— Non, il n'a rien dit.

— Il faut que tu partes cette nuit, Bonneau. Je vais te trouver un point de chute.

Le novice m'a regardé.

Il s'est remis à pleurer.

— C'est de ma faute ?

— Tu crois quoi ? a doucement répondu Sophie.

— Mais si vous payez, il ne dira peut-être rien.

Le novice se mouchait bruyamment.

Ronan s'est avancé vers lui.

— Tu peux répéter cette phrase ?

Légère hésitation.

— Il ne dira peut-être rien ?

Sophie a posé sa main sur son avant-bras, comme elle consolait les colons malades.

Elle lui a souri.

— Toute la phrase, Perig.

Il a réfléchi.

— Contre de l'argent, il est prêt à se taire.

Le patron a posé ses mains sur sa tête.

— Et il t'a dit combien ?

— 10 000 francs.

— Le prix pour cinq cents évadés, a calculé Sophie.

Le patron de pêche observait son novice.

— Et si je paie il monte à quoi ? 20 000 ?

L'autre a secoué la tête.

— Non, il m'a dit qu'il avait besoin de ça.

— Il a compris que *La Sainte-Sophie,* c'était fini pour lui ?

Gêne du novice.

— Il a signé il y a deux semaines avec un coquiller de Saint-Brieuc.

— De Saint-Brieuc ? a répété Sophie.

Ronan a regardé sa femme, pensive.

— Il en faut de l'argent pour s'enfuir au bout du monde.

Perig était nerveux. Il surveillait la porte et les fenêtres.

— Tu attends quelqu'un, novice ?

La cloche à la porte, en pleine nuit. Le patron est allé ouvrir.

— Un problème les gars ?

Alain et Pantxo sont entrés dans la pièce.

Dans l'après-midi, Perig leur avait tout raconté.

Le Basque était encore en colère.

— Chez moi, on retrouverait ce salaud dans la baie de Txingudi.

Le Rouge, plutôt malheureux.

Pantxo était resté près de la porte. Il avait sa tête des très mauvais jours.

Ronan l'a interrogé du regard.

— On respire. Tout le monde se calme.

Il a aligné les verres sur la table. Alain a bu d'un coup. Pantxo a ignoré le sien.

— Tu penses quoi de tout ça, Bonneau ?

Alain m'observait. J'ai eu l'impression qu'il lisait en moi.

— Je vais m'en aller.

Je l'avais dit. Je le pensais. Je ne savais pas si j'en aurais le courage. Et une fois encore, pour aller où ? J'étais un poids pour tous, un souci trop grand pour eux. Je mettais des vies en danger.

— Et tu vas aller où ?

J'ai regardé mon verre sans répondre.

Et brusquement, Alain a ri. Un rire carnassier, immense, presque dément.

— Eh bien non. Tu vas nulle part, le mousse !

Il s'est tourné vers Pantxo.

— Sors ton jeu, camarade !

Le Basque a brandi fièrement une musette en tissu vert, qu'il cachait sous sa veste.

Ronan a eu peur de comprendre.

— Vous n'avez pas fait de connerie, les hommes ?

— On a joué les Frères de la Côte, les vrais ! a répondu Alain.

— Et détroussé quelques gogos en douceur, a rigolé Pantxo.

Il a ouvert la sacoche en grand sur la table. Des billets, des pièces en vrac.

— On n'est pas loin du compte, a souri Alain.

Ronan a inspiré tout l'air de la pièce. Il rayonnait.

— Vous êtes fous !

Il a regardé le petit trésor.

— Mais qu'est-ce que je vous aime, mes fripouilles !

Et alors je me suis levé. Si brusquement que ma chaise s'est renversée derrière moi. Depuis les larmes de Perig, j'avais cessé de respirer, inutile partout et dangereux pour tous. Devant mes yeux dansaient les enveloppes brunes de la paie des marins. J'allais te voler, Ronan ! J'étais à deux doigts. Te piquer l'argent de l'équipage, l'héritage de Sophie, ta belle carte marine, tes cuillères dorées. J'aurais même pu repartir avec tes animaux en verre soufflé et les soldats en étain. Je ne l'ai pas fait, tu vois, mais j'aurais pu. J'aurais dû, peut-être. Et puis foutre le camp pour vous débarrasser du voyou. Tu sais, Ronan, je suis un bandit. C'est une canaille de Haute-Boulogne que tu as accueillie dans ta chaloupe et sous ton toit. Pas un orphelin pitoyable, qui sanglote avec un caïd entre les reins, mais une Teigne. Une vraie. Un chacal pelé, sans père, sans mère, sans rien de ce qui fait votre humanité. On ne se refait pas, Ronan. J'essaie d'adoucir ma gueule de bagnard, je ponce les aspérités, je lime mes dents de hyène, mais le charognard trépigne en moi.

Tu crois quoi, Ronan le pêcheur ? Que j'ai été touché par la grâce parce que tu multiplies les poissons et le pain ? Oui, j'ai été affamé, frigorifié, assoiffé ma vie entière. Mais tu sais quoi, Ronan ? Je me venge. Regarde-moi lorsque je me sers la cotriade. Les meilleurs morceaux de poisson sont pour moi. Les plus gras. Chaque fois. Ton vin, je me le verse à ras bord. Sous la misaine de nuit, j'enroule toujours ma jambe dans une couverture, pour la tirer à moi lorsque vous dormez. Tu sais quoi, Alain ? Il m'est arrivé de mimer la remonte sans toucher au filet, les jambes arquées, les bras tendus, le dos cassé, et de vous laisser seuls avec le poids de la pêche. Tu espérais quoi, le communiste ? Que j'allais défiler avec toi contre la vie chère ? Je m'en fous de tes combats. Quand je lève le poing, c'est pour ma gueule. Et toi le Basque, tu attendais quoi ? Que je te rende la chemise et le pantalon que tu m'avais prêtés pour enterrer la vieille ? Jamais, tu m'entends ! Ils resteront au fond de mon sac. Et toi, jolie Sophie, tu crois quoi ? J'ai été enfermé toute ma vie. Les seules filles qui m'ont soulagé sont celles en gaine, dessinées sur les réclames des catalogues. Tu me vois comme un gamin mais j'ai 21 ans. À la colonie, pour m'endormir, tu savais que je dégrafais les boutons de ta blouse blanche ?

C'est ça que vous voulez sauver ? Ce chien enragé ? C'est pour cette crapule, ce voleur, ce menteur, ce cogneur de bagne que vous avez cassé vos économies ? Mais pourquoi, putain ? De quel droit ? Expliquez-moi ! Qu'est-ce que je vous ai fait ? Pourquoi je mériterais votre bonté ? Vous savez quoi ? Je me fous de votre bienveillance. Cette solidarité me dégoûte. C'est à Matthieu Bihan que je ressemble le plus. Le salaud, le mouchard, l'Iscariote, celui qui bouffe son plat de lentilles en se branlant avec ses trente deniers. C'est ça que vous avez recueilli. Alors laissez-moi avant que je ne vous fasse du mal. Quittez cette pièce, ma vue, ma vie. Permettez-moi de m'enfuir de vous.

Ma chaise s'était renversée. J'étais tombé avec elle. J'avais une immense douleur dans la nuque, et le cœur broyé. Ronan m'a relevé. Il m'a porté jusqu'au vieux canapé.

— Laissez-lui de l'air ! a ordonné Sophie.

J'ai ouvert les yeux. Regard embué. Comme sur la chaloupe en plein vent. La pièce tournait lentement. Les voix étaient alanguies, graves, déformées. Un vieux phonographe à bout de manivelle. Je respirais la gueule ouverte, comme un poisson. J'étais pathétique. Sophie a placé une étoffe mouillée sur mon front. Le Basque humectait mes lèvres avec du cidre amer. Alain frappait sa paume du poing. Un boxeur énervé qui entre sur le ring.

— Ne t'inquiète plus de rien, c'est fini, on va payer, a murmuré Ronan.

— Je refuse !

Voix de fausset. Ridicule. Une image m'est revenue en tête, une vignette de Daumier dans un vieux livre d'école. C'était un tribunal. Un petit homme à binocles, chauve, maigrelet, étriqué dans son costume à carreaux. Il était juché sur une caisse en bois pour être à la hauteur des juges. D'une main de moineau, il s'agrippait à la barre des témoins, brandissant l'autre vers les moulures du plafond. Il était sur la pointe des pieds, en déséquilibre. Il couinait :

— Je proteste !

J'étais ce petit homme, entouré de géants.

*

Perig a remis l'argent à Matthieu Bihan en pleine nuit, sur le port de Palais. La collecte n'était pas complète. Il manquait 600 francs. Le mouchard n'était pas seul au rendez-vous. Un homme l'accompagnait, masqué par l'ombre d'un mur et appuyé sur une canne. Quand le novice leur a dit que l'équipage ne pouvait pas donner plus, l'inconnu a répondu :

— Ça va bien comme ça.

Et puis ils sont partis.

— On aurait dit son chef, a expliqué Perig.

Je suis resté alité deux jours. Un mélange de fièvre, de honte et de rancœur. J'avais eu l'impression de crier tout haut alors que j'avais seulement pensé tout bas. Les hommes étaient repartis en mer. J'étais seul avec Sophie. Elle recevait souvent des visites, le jour, le soir, la nuit. Depuis mon arrivée, j'avais remarqué ces fantômes discrets. Leurs allées et venues, entre le chemin côtier et la porte bleu lavande du cabinet médical. Les tours de clefs, avant et après chaque consultation. Sophie s'enfermait avec son patient, comme à la Colonie pénitentiaire. Mais à domicile, l'infirmière ne recevait que des femmes, souvent seules.

Un matin, un homme est venu. Il accompagnait une fille mais il n'est pas entré. Il l'avait attendue dehors, sur le banc, fumant une cigarette le temps de la visite.

Une autre fois, j'ai été réveillé en pleine nuit par un moteur de voiture et des pleurs étouffés. Lumière jaune des phares. Une jeune femme était dans la cour, en capeline noire, au bras d'une dame âgée. J'ai entrouvert la porte de ma chambre.

— Il fallait y penser avant, ma pauvre fille.

Les inconnues chuchotaient devant l'escalier.

— Ce n'est pas comme ça que tu vas m'aider !

— Mais tu veux quoi à la fin ? Que je t'applaudisse ?

— Mais maman…

La voix calme de Sophie :

— Moins fort s'il vous plaît, j'ai quelqu'un à l'étage.

Bruits de clef dans la serrure. Et puis la porte bleue a étouffé les voix.

Il y a quelques jours, nous revenions de pêcher, Ronan et moi. Tous deux assis dans la carriole du vieux mousse. L'ancien fredonnait une chanson bretonne à Henri Queuille. Son truc, c'était la Bretagne. Elle et elle seule. Sur sa charrette, à côté d'une Vierge à l'Enfant, il avait collé une gravure de la reine Anne. Et coincé un petit drapeau breton entre deux ridelles. Lorsqu'il levait son verre, il quittait théâtralement sa chaise et lançait :

— *Breiz Atao !*

Il se signait sur la route en croisant les calvaires et détournait le regard en présence du drapeau tricolore. La France ? « *Toull Foer* », il l'appelait. Le trou à diarrhée. Il défendait les idées du Parti national breton. Et quand on lui parlait de Francis, le frère Croix-de-Feu de Sophie, il reniflait bruyamment et crachait entre les sabots de son cheval.

Ce soir-là, j'avais demandé à Ronan de quoi souffraient les patientes de Sophie. Ces ombres si discrètes, qui se faufilaient derrière la porte bleue. Il avait inspecté le fourreau de sa pipe, craqué une allumette en aspirant fort, les yeux dans les nuages. Une fumée grise, légère, puis plus lourde, grasse, odorante. Il avait fermé les yeux. Il profitait.

— Elles souffrent de trucs de bonnes femmes, m'a répondu Ronan.

Je l'ai regardé. Il observait l'horizon, une lumière qui déjà murmurait l'automne.

— Des trucs de bonnes femmes ?

Il a tourné la tête, m'a souri.

— Des trucs de bonnes femmes, c'est ça.

*

Perig a eu du mal à reprendre sa place à bord. J'ai eu du mal aussi. Lui le traître, moi le trahi, une même honte à partager, le même dégoût commun.

Sophie avait tenté de le rassurer.

Je l'avais aidé à ranger les sardines, à quatre pattes dans le poisson.

— Tu m'en veux ?

J'ai pensé à la minuscule trahison de Camille, obligé de donner le nom d'Auzenet au Bouc. À son corps martyrisé.

— Je ne t'en veux pas, novice.

Alain rangeait sa rame. Il a bougonné.

— Quand même, heureusement que j'ai réparé cette connerie.

Pour collecter l'argent que réclamait le mousse, Alain et Pantxo avaient sollicité des amis de circonstances, des alliés d'intérêt, des prétentieux ravis de se faire valoir. Comme Le Du, l'arrogant de la baie, qui empestait l'air avec un nouveau moteur diesel au cul de sa chaloupe. Ou Biard, le patron d'un trois-mâts goélette qui s'amusait à chahuter les sardiniers dans son sillage. Mais que pouvaient-ils leur dire ?

— On cache un évadé à bord de *La Sainte-Sophie* et son mousse nous fait chanter ?

Impensable.

Ils avaient alors décidé que Line Mével porterait seule le fardeau. Pour lancer leur collecte, ils avaient menti et lui avaient brodé une terrible légende :

La mère de Sophie buvait sec et parlait aux esprits. Toute sa vie, elle avait consulté des cartomanciennes en secret, des diseuses de bonne aventure, des rebouteuses. Elle avait interrogé toutes les voyantes de l'île. On l'avait vue danser sur la tombe de Naïa, la sorcière de Rochefort. Aperçue aussi en train de psalmodier dans une assemblée druidique. Elle avait appris à lire dans les feuilles de thym, le marc de café, à jeter le mauvais sort et à se protéger des envoûtements. Des charlatans lui avaient fait croire que Ronan et son bateau étaient prisonniers d'un charme. Que sa pauvre fille avait été pervertie par un korrigan de dolmen. Au cours d'un rite secret, Line Mével avait même obtenu de Merlin qu'il signe un pacte funèbre avec l'Ankou, pour que le charretier de la Mort l'oublie dans ses tournées.

Tout cela n'était qu'escroqueries et poudre aux yeux, mais la vieille y avait cru. Pire encore, elle avait beaucoup payé pour ces sottises. Elle était couverte de dettes. Et devait même de l'argent à un sorcier de Locmaria. Après sa mort, elle n'avait rien laissé à ses proches, ni à la paroisse, rien non plus à la commune. C'est pour cela qu'elle avait été enterrée comme une pauvresse et que ses enfants s'étaient disputés le jour de l'enterrement.

Son fils pestait contre son égoïsme, sa fille la trouvait bouleversante de naïveté.

Maintenant, Sophie et Ronan devaient rembourser ces jeteurs de sorts. Pour protéger la réputation de la vieille, sauvegarder sa mémoire. Pour que le ridicule ne retombe pas sur la région tout entière. Voilà ce que les deux compères étaient allés répéter aux pigeons.

Alain a souri.

— Pauvre Line, quand même.

En quelques anecdotes, ils avaient fait de cette catholique exemplaire et ennemie mortelle du « *folklore breizhou* », comme elle l'appelait, un détestable démon de Sabbat.

La tromperie était énorme. Elle avait marché. Et tous les gobeurs avaient payé.

12.

La chasse à l'enfant

Alain est entré dans le salon, un petit homme dans ses pas.

— Jules, tu te souviens de Monsieur ?

Je me souvenais, oui, le poète attablé aux Frères, qu'on avait pris pour un policier.

Alain et lui s'étaient revus trois fois. Le rameur était en confiance. Tellement, qu'il lui avait parlé de moi. Je l'ai compris dès que l'inconnu est entré. Il a serré la main de Ronan et celle de Sophie sans même les regarder. C'est moi qu'il dévorait des yeux. Il a enlevé son chapeau et m'a offert un sourire triste, cigarette fichée entre ses lèvres. Je connaissais ce rictus. Celui des dames patronnesses, les dimanches silencieux, qui regardaient passer les colons dans la rue.

Le poète savait qui j'étais. Alain m'avait dénoncé. J'en ai eu la certitude.

J'étais assis à la table. Je me suis levé doucement, sans quitter des yeux le poète.

Le rameur s'est avancé.

— Attends le mousse, je t'explique.

— Tu m'expliques quoi ?

Le Parisien venait lentement vers moi. Il était en train de grignoter mon espace.

Il a interrogé Alain du regard.

— Je peux lui expliquer moi-même, si vous préférez.

Une voix basse et grave.

— M'expliquer quoi ?

Il s'est arrêté à un mètre de moi, main tendue.

Je ne l'ai pas prise.

L'homme a penché la tête sur le côté, en souriant.

— Rassurez-vous, jeune homme, je ne vous demande pas votre main.

Il s'est incliné.

— Mais la serrer me serait agréable.

Un accent parisien, légèrement voilé, essoufflé, rugueux de vin et de tabac.

Je n'ai pas bougé. J'étais transi.

Sophie m'a pris le bras.

— On serait mieux autour de la table, non ?

Je me suis assis le premier. Je ne sais pas pourquoi. Je ne rendais pas les armes, je reprenais des forces. Alain a pris place en face, à côté du poète. Machinalement, l'homme avait sorti son carnet noir et un crayon. Je n'ai pas aimé ce geste. Il s'installait. Sophie a ouvert une bouteille de vin. Le Parisien me regardait toujours. Il a tendu son verre en souriant.

— Votre ami Alain m'a traité de poète, ce qui est bien aimable de sa part.

Il s'est penché.

— Mais voulez-vous savoir qui je suis vraiment, Monsieur Jules ?

Il connaissait mon prénom.

Il est resté suspendu, doigt levé et les yeux ronds. Il attendait ma réponse.

— Je m'en fous.

Ce même sourire.

— C'est un bon début.

Et il a vidé son verre, le tendant immédiatement à Sophie.

— En fait, je suis aussi un rêveur et un artisan de cinéma.

— Tu sais qu'il a fait un film ? m'a demandé Alain.

Je n'ai pas répondu.

— L'affaire est dans le sac, a bredouillé le Parisien.

Coup de coude complice à Alain.

— C'est le titre de ce film.

Il a ri, une fois encore.

— Mais ce n'est pas vraiment la tournure que prend cette conversation.

Alain s'est tourné vers Sophie.

— À Paris, les copains de ton frère ont voulu mettre le feu au cinéma qui le projetait.

Le poète a levé son verre à l'infirmière.

— On ne choisit pas sa famille, Madame.

Elle a hoché la tête, sans un mot.

Ma voix, dure comme un poing.

— Tu veux quoi, le poète ?

Il a levé les mains. Mimé la surprise. Une voix chevrotante.

— Je ne veux rien, Monsieur l'agent !

J'allais bondir. Ronan a plaqué une main sur ma cuisse. L'autre a allumé une cigarette.

— Je suis en vacances ici. Et il s'est passé sur cette île quelque chose que je n'ai pas aimé.

Il m'a observé.

— Vous voulez savoir ?

— Je m'en fous.

— Vous avez raison, il n'est jamais trop tard pour rien faire.

Il a refermé brusquement son carnet. Il s'est retourné, pour prendre son chapeau, posé en équilibre sur le dossier de sa chaise. Je m'en suis voulu. Je me comportais comme au parloir de la colonie. Ce n'était pas François-Donatien de Colmont et ses brutes en uniforme que j'avais en face de moi, mais un touriste rieur. Ce gars-là ne m'avait pas fait de mal. Il n'était pas venu avec un nerf de bœuf mais avec un crayon. C'est Alain qui avait trop parlé, pas lui. Et pour qu'Alain se confie, lui le communiste, le bagarreur, le bouffeur de flics et de curés, il fallait qu'il ait sacrément confiance dans ce petit bonhomme.

— Attendez, Jacques !

Alain a arrêté net le poète qui se levait.

Le rameur s'est penché sur la table, vers moi, menaçant.

— Mais tu te prends pour qui, le mousse ?

Il a posé une main sur l'épaule du Parisien.

— Ce monsieur a droit à ton respect.

Le poète s'est légèrement incliné.

— Mes intentions méritent au moins son attention.

— Et tu lui parles comme à un maton ou à un baltringue, ce n'est pas bien.

Le marin avait raison.

— Ce gars-là, il fait aussi du théâtre. Et pas pour les bourgeois, le mousse. Il joue ses trucs dans les usines occupées, pour les piquets de grève, les gars de Citroën, les chômeurs, les moins que rien comme nous. Et toi, hein ? Tu fais quoi de ta vie ?

Je soutenais toujours le regard du poète. De plus en plus difficilement. Mes yeux brûlaient, les siens riaient. Je n'avais aucune chance. Il a rallumé une cigarette. Il a inspiré fort.

— Vous m'êtes bien supérieur en ombres, Monsieur Bonneau.

Je me suis tassé sur la chaise.

— Je n'aime pas les inconnus.

— Et moi, je n'aime ni les gendarmes ni les matons, ni les médaillés. Je suis géré par l'indiscipline. On devrait s'entendre, Monsieur Bonneau.

Alain lui avait aussi balancé mon nom. Après tout, peu importait désormais.

La Teigne était retournée à la niche.

Ronan le savait. Il a lâché ma cuisse. Sophie a ouvert une autre bouteille. Le poète a reposé son chapeau, et lissé d'une tranche de main son carnet ouvert.

— Où en étions-nous ?

Il ne quittait pas le vin qui dansait dans son verre.

— Ah oui !

Une gorgée. Il était revenu à moi.

— Une nuit, j'ai entendu des cris d'enfants, près de mon hôtel.

Il s'était mis à la fenêtre, puis il était descendu sur le trottoir. Il a vu deux gamins, les mains attachées dans le dos par des ceintures, entourés par une petite foule.

Il a tourné les pages de son carnet. Relu ses notes. Il a bondi sur sa chaise.

— Capturés ! C'est ça !

Il m'a regardé, crayon à la main.

— Une femme a dit qu'ils en avaient capturé deux.

Le Parisien n'a pas compris tout de suite ce qu'il se passait. Il avait entendu la sirène du fort, celle du phare, des klaxons et la rumeur de la rue sans relier ces éléments entre eux.

— J'ai cru que c'étaient des voleurs.

Cigarette aux lèvres, il a suivi la cohue.

— La populace, a craché le poète.

À un carrefour, deux gendarmes avaient menotté un troisième enfant.

— Alors, j'ai remarqué leurs blouses de prisonniers.

Nos bourgerons blancs sales et nos pantalons gris.

— Et là…

Il relisait ses notes.

— Et là, un pandore m'a dit que c'étaient des évadés.

Des évadés de quoi ?

— De Haute-Boulogne, m'a répondu le militaire.

Le poète avait lu un article dans *Paris-Soir*, sur ce que les journalistes appelaient des *« Bagnes d'enfants »*. Mettray, Eysses et Belle-Île étaient les plus souvent cités.

— Alors j'ai compris. Et j'ai noté le cri d'une vieille pie au passage des enfants.

Il a saisi un torchon qui traînait sur la table, l'a posé sur sa tête comme un foulard et grimacé un visage hideux.

— Bandits !

J'ai sursauté. J'ai été surpris. J'ai failli rire mais ce n'était pas drôle. Le Parisien a arraché son foulard de mégère et s'est agrippé à son verre vide.

— Pauvres gosses.

Silence autour de la table.

— Et je n'ai rien pu faire.

Sophie repliait le torchon pour occuper ses mains, Alain observait ses poings, Ronan me regardait. Le poète, lui, tournait les pages de son petit carnet.

— Et vous voyez, lorsque j'ai raconté ça à Monsieur Alain, il n'a pas résisté.

Le rameur, ses yeux désolés.

— Il était fier de me dire qu'un enfant leur avait échappé.

Ma colère avait disparu, avec les mots du poète et quelques gorgées de vin.

Ma voix blanche.

— Sauf que c'était un secret.

Geste de lassitude du poète. Il a levé un doigt vers le plafond.

— Comme l'a écrit Jean Cocteau : Un secret a toujours la forme d'une oreille.

Il consultait ses notes. Nous l'observions en silence.

— J'ai interrogé pas mal de braves gens, comme on dit. L'un d'eux m'a raconté que des touristes avaient pris part à la traque. C'est vrai, ça ?

C'est moi qu'il interrogeait.

Oui, c'était vrai. Ils avaient des chapeaux de plage, des pantalons courts, des filets à papillon, des bouées. Ils trépignaient. C'était une fin de vacances inespérée.

— Et vous étiez là quand la bagarre a commencé ?

J'étais là, oui. Je lui ai raconté Loiseau, le fromage, la raclée, le porte-clefs du gardien sur ses dents.

Le Parisien avait levé son crayon.

— Il lui a brisé les dents à coups de clefs.

Il a allumé une autre cigarette.

— Je note ça, je note.

Je lui ai raconté la fuite, la suite, la fin.

Sophie, le front inquiet.

— Sans indiscrétion, vous allez faire quoi de tout ça ?

Il a attendu qu'elle remplisse son verre pour lui répondre.

— Je vais en faire un cri d'enfant.

— Un film ? a hasardé Ronan.

Il a souri.

— Qui sait, mais pour l'instant, ce sera un poème.

Un poème ? J'étais déçu. Le poème, c'était un truc pour nous endormir. Une berceuse trempée dans du miel. Le poète, pour moi, c'était un riche qui jouait au pauvre. Qui n'avalait pas la fumée des cigarettes. Qui buvait du muscat dans des verres à pied. Le poète ne racontait ni la peine ni le travail. C'était un danseur en collant. Il ne souffrait que de lui. Ses histoires ne nous ressemblaient pas, ses couleurs n'existaient pas, ses mots étaient trop malins pour nos gueules. J'ai connu un colon qui en écrivait, des poèmes. Il faisait rimer *mer* et *amer*, *mur* et *murmure.* Il s'appelait Goujon. Il disait venir de Paris. Et aussi, qu'il avait publié un recueil de ses vers à 13 ans, dans une revue vendue à la criée sur les boulevards. Je crois qu'il mentait. Une seule fois je l'avais vu réciter un poème, protégé par un muret. Il se cachait des gaffes et des caïds, du ridicule et des insultes. Je ne me souviens que d'une phrase : *« par-delà le vague des vagues »*. Cela ne voulait rien dire. Il m'avait énervé, avec ses mots, ses gestes, ses grands airs. Il se croyait plus important que nous. Alors Petit Malo et moi, on lui a fait bouffer son poème à genoux. Il tremblait. Il a mâché la feuille. Il a avalé sa poésie.

— On va voir si tu chies des rimes, j'avais dit.

Et les copains avaient ri.

Le Parisien a compris notre silence.

— Un poème pour moi, c'est un écrit qui dénonce.

Il a ouvert son carnet, nous a regardés, l'un après l'autre.

— Voulez-vous entendre quelques mots ?

Sophie a hoché la tête.

— Voulez-vous entendre ces mots, Monsieur Bonneau ?

Je n'ai pas répondu. Je n'y tenais pas. En fait, je m'en fichais. Jamais son poème ne me libérerait de l'océan, jamais non plus il ne nous rendrait Camille.

Le poète s'est levé quand même. Il s'est adossé contre le mur. Goujon, encore. Le rimailleur de Haute-Boulogne lorsqu'il prenait ses aises.

— J'y vais ?

Alain a hoché la tête. Sophie a dit oui. J'ai regardé mon verre.

« Bandit ! Voyou ! Voleur ! Chenapan !
Au-dessus de l'île on voit des oiseaux,
Tout autour de l'île, il y a de l'eau. »

J'ai raclé ma chaise sur le sol. Pas fait exprès, juré !

« Qu'est-ce que c'est que ces hurlements ?
C'est la meute des honnêtes gens
qui fait la chasse à l'enfant. »

Il a refermé son carnet avec précaution.

— J'en suis là.

Silence.

— Et je vais l'appeler comme ça mon poème : « La chasse à l'enfant. »

Alain m'a regardé.

— Pas mal, hein ?

Sophie, menton posé sur ses mains jointes.

— Ce ne sont pas des vers ?

Il a souri.

— Non, de simples paroles.

— Des paroles ? a-t-elle répété.

Il a porté son verre à ses lèvres.

— Paroles, oui. L'anagramme de *la prose.*

Le ton énervant de Goujon.

— C'est pour ça qu'on y est vraiment, a lâché l'infirmière.

Le poète m'a souri.

— Ça vous va ?

Je ne savais quoi répondre. Il a encore ouvert son carnet.

— Et bien sûr, il y aura le gardien qui brise les dents de votre ami à coups de clefs.

Ronan s'est agité. Grand sourire.

— Moi, je trouve ça bien.

Petit geste amical au poète.

— Vous nous l'enverrez lorsqu'il aura été publié ?

— Lorsque je serai rentré, promis.

— À Paris ? a interrogé Sophie.

— Non, à Saint-Germain-des-Prés.

— C'est un quartier ?

Mouvement de tête.

— Plutôt une habitude.

J'ai terminé mon verre. Légère ivresse. Besoin de tirer une dernière fléchette.

— J'avais un copain comme toi, il lisait des trucs à haute voix pour se rendre intéressant.

Le poète s'est levé.

— Pas pour me rendre intéressant, pour vous rendre intéressant, Monsieur Bonneau.

Mais qui allait s'intéresser à nos vies ? À la colonie pénitentiaire, aux injustices, aux mauvais traitements, à notre évasion pitoyable ? Qui allait écouter une poésie commençant par « *bandit ?* » Le Parisien a remué ses mains.

— Tout le monde, vous verrez. Ça commence déjà à prendre.

De la poche intérieure de sa veste, il a sorti un journal roulé.

— Écoutez !

Il a lu *Détective*. « *L'ÎLE DES RÉVOLTÉS* ». Un titre sur toute la première page, illustré par la photo d'un colon actionnant une roue. « *Sans répit, sans espoir, rivés à leur morne tâche comme un boulet de forçat, les petits prisonniers de Belle-Île-en-Mer ne survivent que grâce à un mirage : l'appel du large et l'évasion.* » Il a frappé le papier d'un revers de main.

— Ce n'est pas beau, ça ?

Il m'a regardé.

— Écoutez ça, Bonneau : *« Lire le magistral et pathétique reportage de notre envoyé spécial, Henri Danjou. »*

— Je l'ai croisé sur le port, a glissé Ronan.

— Et regardez : Quatre pages rien que sur vous !

Il a déplié le journal au milieu des verres et des traces de vin.

— Vous vous rendez compte ? Le premier hebdomadaire français de faits divers, en date du 6 septembre 1934, qui fait sa couverture et quatre pages sur vous et vos copains.

Il a glissé les mains dans ses poches.

— Alors comme ça, vous n'intéressez personne, Bonneau ?

J'ai tendu la main vers le magazine. Il avait publié les photos de trois des hommes bien peignés qui nous avaient traqués, en train de boire un verre à la terrasse d'un café de Palais.

« MM. Lorec, Kerjouan, Huchet, chassèrent les mutins. »

Et aussi une image des gendarmes pendant la battue.

Je lui ai tendu le journal. Le poète a souri.

— Non, gardez-le. Il vous revient de non-droit.

Et puis il a remis son chapeau, allumé une nouvelle cigarette. Petite toux.

— Aujourd'hui un article, demain un poème. C'est parti, je vous dis !

Il était désarmant. Il a fini son verre tout en me regardant.

— Et s'il vous plaît, ne vous moquez jamais d'un poète, ça vous fait trop ressembler à un gendarme.

Il m'a tendu la main. Poignée douce, franche, chaleureuse.

— Au fait, je ne me suis même pas présenté.
Encore sa petite toux.
— Jacques Prévert.
Ma main protégée par la sienne, j'ai répondu :
— Et moi c'est Jules Bonneau.

13.

Croix-de-Feu

9 septembre 1934

Je voulais assister à la réunion des amis de Francis. Je l'ai répété une nouvelle fois à table.

— Mais pourquoi, Bon Dieu ? m'a interrogé Ronan.

Je ne savais pas. Je voulais voir ces Croix-de-Feu de plus près. Je voulais entendre ce qu'ils avaient à dire. Ces gars-là puaient la bagarre et j'aimais ça.

— Et après, tu en feras quoi, hein ?

— Jules ne devrait pas avoir que les sardines et nous dans sa vie.

Ronan avait souri à la remarque de sa femme.

— S'ils te mettent leurs sales idées fascistes en tête, tu es fichu.

— Personne ne me mettra rien dans la tête.

— Ils sont malins, tu verras.

« Tu verras. » Il l'a dit. Sans l'approuver, il venait d'accepter l'idée que j'y aille. Après tout, pourquoi pas ? C'était une réunion de brasserie, j'étais le neveu d'un pêcheur respecté. Quel était le risque ?

— Le risque, c'est de tomber sur un maton de ta colonie. C'est le genre de ces gars, non ?

J'ai balayé la remarque.

Alain aussi avait accepté que j'aille à ce rendez-vous, mais à deux conditions. Que je me considère comme un espion communiste en mission de renseignement. Et que j'assiste à une réunion du Parti.

— Comme ça, tu pourras choisir entre eux et nous.

Il se moquait gentiment, je le savais. Je l'acceptais. J'avais baissé les armes.

— En fait, vous êtes jaloux de sa curiosité, avait souri Sophie.

Cette idée m'allait bien.

L'infirmière m'a accompagné à la réunion en voiture. Elle ne m'a pas déposé devant le restaurant qui l'accueillait, mais plus haut, à un angle de rue.

J'avais mis mon couteau dans ma poche.

À l'entrée de l'établissement, deux porte-drapeaux montaient la garde. *VOLONTAIRES NATIONAUX, SECTION DE LORIENT*, proclamaient les étendards tricolores. Des anciens combattants de première ligne, Croix de guerre au revers, casque de tranchée sur la tête.

Un autre vendait son journal à la criée.

— Ni bleu, ni blanc, ni rouge, demandez le mensuel des vrais Français !

J'ai baissé la tête, enfoncé mon béret. Personne ne m'a rien demandé. C'était une arrière-salle de restaurant, pas très grande. Ni scène ni estrade, rien d'autre qu'une dizaine de bancs, quatre chaises d'école pour les orateurs, un bureau, des verres et une carafe d'eau. Je me suis assis près de la porte, sur le banc du fond, face aux dos. Dans la salle, surtout des hommes. Un prêtre en soutane, des costumes d'été, des chapeaux de paille, quelques cravates légères. Aux revers, des décorations. Quelques cannes aussi, deux bras en moins, un fauteuil roulant en osier près de la porte. Et aussi, quelques femmes poudrées, venues avec leur mari.

Francis Mével m'a reconnu. Il a traversé la salle.

Je ne me suis pas levé.

— Tu as pu échapper aux bolcheviques ?

Il a ri.

J'ai souri.

Ses yeux, très mobiles, surveillaient les arrivants, les hésitants, le brouhaha.

Il est revenu à moi. Il a posé une main sur mon épaule.

— Plaisanterie mise à part, c'est courageux d'être venu.

Il s'est accroupi. Mouvement de tête en direction d'un gros homme.

— Tu vois le gars là-bas ?

Le type avait enlevé son chapeau et s'épongeait le front.

— Il s'appelle Cuvillier. Il est venu tout exprès de Lorient.

Le type passait son mouchoir entre son col de chemise et sa peau.

— C'est un agent de la Sûreté, un flic.

Je me suis raidi.

— Mais c'est un ancien combattant, alors il nous a à la bonne.

Il s'est relevé. Puis penché à mon oreille.

— Ne t'inquiète pas. Son boulot c'est les politiques, pas les colons évadés.

Il m'a fait un clin d'œil et m'a tourné le dos.

J'ai serré mes mains entre mes cuisses. Je ne respirais plus. J'ai fermé les yeux. Un coup de matraque. Un ballon de cuir jeté contre un mur, qui rebondissait brutalement à l'intérieur de ma tête, dans mon ventre, mes reins, mon cœur. J'étais transi de froid.

Ne t'inquiète pas.

Que savait-il ?

J'aurais voulu m'enfuir. Trop tard. Les orateurs avaient pris place derrière la table. Deux hommes, une femme. Le frère de Sophie ne faisait pas partie des conférenciers. Il s'était adossé contre le mur. Avec une dizaine de gars, ils encerclaient la pièce. Bérets, gants noirs, chemises bleues, baudriers en travers du torse, pantalon cavalier et bottes de dressage, ils protégeaient la réunion. Tous portaient un brassard tricolore, avec la tête de mort en bronze, la croix de feu et les deux glaives dorés que j'avais remarqués au revers de Napoléon et du frère de Sophie, le jour de l'enterrement. Ce soir, le capitaine Mével n'était pas un officier, mais un simple soldat.

Le conférencier a excusé le chef de la section de Lorient.

— Notre cher camarade est retenu dans ses foyers pour un heureux événement.

Applaudissements de la petite foule.

Puis l'homme a brandi deux journaux.

— Dans ma main droite, *Le Flambeau Morbihannais,* notre journal.

Applaudissements.

— Dans celle de gauche *L'Ouest Républicain.*

Quelques sifflets, un cri.

— Alors, que dit *Le Flambeau* ce mois-ci ?

Il a mis ses lunettes.

— Je cite ici les propos de notre cher ami Jacques Péricard, journaliste catholique et écrivain nationaliste dont vous respectez la plume : *« Qui n'a pas combattu à Verdun ne connaît rien à la misère humaine » !*

Applaudissements.

— Et voilà que seize ans après cette misère, alors que le magnifique *« Debout les morts ! »* résonne encore dans le ventre de nos frères de combat, l'ennemi allemand réarme ? Voilà qu'il remet son casque à boulons ? Voilà qu'avec une furieuse ardeur, il s'apprête à dévorer la Sarre, grâce au plébiscite bidon imposé par le traité de Versailles ? Et nous, face à ces vieux ferments barbares qui remontent en surface, que faisons-nous ? Que sont donc devenus les fiers Poilus, les lions rugissants de Verdun ? Ils ont été transformés en chiens rampants !

Vivats. Deux femmes se sont levées pour applaudir.

— Alors qu'Adolf Hitler salue la noblesse du glaive et appelle les soldats de la guerre à diriger l'Allemagne de demain, que font nos politiques ? Ils tergiversent, ils minaudent, ils ergotent, vautrés dans un armistice que nous appelons victoire, faute de mieux !

Je me suis surpris à applaudir aussi. Je ne comprenais pas tout ce que disait cet homme mais la foule était debout et le frère m'observait.

Ses mots, murmurés à mon oreille, couvraient encore le vacarme de la réunion. *Ne t'inquiète pas.*

Je donnais le change.

— Et tandis que la presse germanique exalte l'esprit de 1914, que font nos chères gazettes françaises ? Après avoir pleurniché sur une poignée de petits malfrats échappés du bagne, les voilà qui donnent la parole au Reichsführer allemand !

Indignation sur les bancs.

D'un geste théâtral, il a agité l'autre journal.

— Oui, mes camarades Croix-de-Feu, oui, les Briscards, oui fils et filles de Volontaires nationaux, aujourd'hui, dimanche 9 septembre 1934, *L'Ouest Républicain* publie en première page l'intégralité de la proclamation prononcée par Hitler à Nuremberg.

Tapage dans la salle.

— Et c'est ainsi que le fier éleveur de Locmaria ou le brave pêcheur de Palais apprend par la bouche même du chef du Reich que… Et je le cite : *« La formule de la vie allemande est maintenant fixée définitivement, pour les mille prochaines années. »*

Le policier notait la phrase dans un carnet. La salle s'était dressée.

— Nous ne voulons pas plus des mille ans du Reich allemand que des mille ans moscovites que nous promettent les communistes, les socialistes et les ra…

— Et les juifs ! a glapi un homme.

— À bas les juifs ! a répété une femme.

L'orateur a réclamé le silence en agitant les mains.

— Je disais donc : « … Les socialistes et les radicaux. »

Applaudissements, une fois encore.

Mon cœur était ailleurs. Je le retenais à deux mains. Et si le frère avait lâché *« colon évadé »* par hasard. Ou pour plaisanter. Et si j'étais en train de m'inquiéter pour rien ? Pourtant, son clin d'œil m'avait prouvé le contraire. Et aussi sa façon de soutenir mon regard.

Le deuxième intervenant lisait. Il égrenait les réunions du mois, que le flic notait avec sérieux, tête baissée. L'homme avait la voix d'un très vieux prêtre, marmonnant la messe. À Guéméné-sur-Scorff, grande salle de l'Hôtel des Voyageurs, réunion contre le jour de consommation obligatoire de pain rassis, imposé par le ministère de l'Intérieur, en raison de la fermeture dominicale des boulangeries. À Lorient, Cercle Auguste-Brizeux, conférence du colonel Chevassu sur l'évacuation criminelle de la Rhénanie et la Sarre, en présence de ses adjoints, le capitaine Fauchet et le chef d'escadron Nicaise. À Auray…

J'ai voulu quitter la réunion. La fébrilité me gagnait. Et si cette invitation avait été un piège ? Et si j'étais, moi, Jules Bonneau, évadé de la Colonie pénitentiaire de Belle-Île-sur-Mer, le plat de résistance de ce rassemblement ?

*

Les gendarmes bloquent les issues, Le Bouc, Le Goff et Chautemps entrent dans la salle enfumée, des triques à la main. Deux Volontaires nationaux s'emparent de moi. Avec des accents militaires, le frère de Sophie me montre du doigt, fustigeant une nouvelle fois *« la presse aux ordres qui a menti »*.

— Ils vous avaient dit : tous les évadés de la Maison de redressement ont été repris. Mais ils vous avaient dupés, une fois encore !

Il enlève son béret. Il plaît aux dames. C'est à celles du premier rang qu'il s'adresse.

— Les journalistes et les pouvoirs publics ne voulaient ni perdre la face, ni que vous trembliez pour vos filles tandis que ces voyous erraient dans la lande !

Il se redresse et remet son béret.

— Mais ce qu'un gouvernement de lâches a été et est incapable d'accomplir, les Croix-de-Feu l'ont réalisé pour vous.

Il s'avance vers moi, suivi par l'incandescence d'un projecteur blanc.

— Nous avons capturé Jules Bonneau, le dernier évadé de Haute-Boulogne !

*

Je m'étais assoupi.

Des applaudissements m'ont réveillé, destinés à une dame, dressée contre la table.

— Jamais l'Allemagne ne nous aurait attaqués si nous avions été dix millions de plus.

Mouvements dans la foule.

— Alors oui, pour nos enfants, nos maris, nos pères tombés sous le drapeau, nous femmes patriotes devons travailler à repeupler la France !

Elle a brandi son poing protégé par un gant de dentelle noire.

— La dénatalité est un péril national !

Elle savourait chaque mot.

— Un crime contre la race française !

Je me suis levé, comme tous les autres.

— Battons-nous contre la restriction des naissances !

Elle a joint ses mains sur sa poitrine, narines pincées, les yeux clos.

— M'entendez-vous, Mesdames ? Contre ce péril national, il faut faire naître !

Elle a désigné la chaise vide, derrière le bureau.

— Prenons exemple sur notre camarade Leroy, absent ce soir parce qu'il a offert une âme nouvelle à notre patrie.

Applaudissements. Un verre d'eau.

— Pour en finir avec les natalistes, dénonçons sans remords les avorteuses, ces ruines de femmes salies par le déshonneur. Il faut les faire juger sans trembler et exiger qu'elles soient lourdement condamnées. C'est notre mission !

Hurlements. Des chapeaux d'homme jetés en l'air.

— C'est la riposte sacrée des Repopulateurs !

*

Sophie devait venir me chercher. Sa voiture n'était pas là. Alors j'ai attendu. Que la salle se vide, s'éteigne, que les derniers spectateurs s'enfoncent dans la nuit en chantonnant la France. Le frère est passé à pied sur la route, il m'a vu. Geste de la main.

— Les antifascistes t'ont laissé tomber mon garçon ?

J'ai baissé la tête.

— Votre sœur devait revenir me chercher.

Il a ri fort. Un rire vulgaire. Un rire de caïd.

— Elle est peut-être coincée dans les embouteillages ?

Il a cherché ses cigarettes.

— C'est l'heure de pointe à Moscou.

J'ai tourné les talons. Et commencé à marcher sur le bas-côté.

— Tu vas où, comme ça ?

— Je rentre à Port-Belloc.

Son rire, dans mon dos.

— En courant, tu en as pour à peine plus d'une heure !

J'ai relevé mon col de marinière, enfoncé mon béret et allongé le pas.

Le regard du frère sonnait comme un tocsin. Il savait. J'en étais certain. Il prenait son temps. Il allait jouer avec moi. Une voiture est arrivée en face. Je me suis accroupi dans un bosquet. Une autre dans mon dos, tous phares éteints. Le bruit de son moteur dans l'obscurité. Elle m'a dépassée, s'est arrêtée. J'allais courir vers le rivage.

— Tu montes, le neveu ?

Francis Mével, penché par la fenêtre.

J'ai été suffoqué. Une Citroën 5 CV. La famille heureuse de Laval, la photo coloriée sur mon mur de cellule. Mes espoirs de liberté.

— Allez dépêche, il va pleuvoir.

Il a fait une marche arrière, m'a ouvert la portière. Il avait passé un imperméable sur son uniforme.

— Tu as trop d'orgueil, gamin.

Silence dans la voiture. Je caressais sa banquette de mes paumes. J'avais tellement rêvé de prendre place dans *La Petite Citron* que je me souvenais du grain de son cuir.

Les premières gouttes de pluie s'écrasaient lourdement sur la capote et le pare-brise.

Le frère conduisait d'une main, le bras gauche accoudé à la fenêtre ouverte. Il avait refermé la capote noire.

— Alors, les fascistes ? Première impression ?

Je n'ai pas répondu. J'étais sur mes gardes.

— Tu trouves vraiment que j'ai une tête de Mussolini ?

Il regardait la route, le rétroviseur, comme s'il avait peur d'être suivi.

— Et pourquoi pas national-socialiste, pendant que tu y es ?

Il a plié son avant-bras, le regard en coin.

— *Sieg Heil !*

Il a ri.

— C'est pratique, le fascisme, hein ? Mais tu sais, la France est plus compliquée que ça.

Il voulait que je comprenne, mais c'est à lui qu'il parlait. Il n'y avait qu'une poignée de Croix-de-Feu à Belle-Île. Trois paysans et un pêcheur rentré du front à peu près intact. Les orateurs, les miliciens en uniforme, la moitié des personnes qui assistaient à la réunion venait comme lui du continent. Il y avait aussi quelques touristes, venus frissonner avant de rejoindre l'automne. Un Parisien avait serré la main du colonel de La Rocque, dans une manifestation.

— Je ne l'ai pas lavée pendant une semaine, avait-il confié au frère.

J'avais entendu ce nom à la radio et vu sa photo dans *L'Excelsior*. C'était le grand chef de Francis Mével et de ses copains. Il ressemblait à un maton du 1er quartier de Haute-Boulogne, un bas de plafond qui tapait dur mais ne comprenait rien. On l'appelait « le Corniaud ».

Le capitaine m'observait à la dérobée. Un sourire.

— Si tu confonds fasciste et ancien combattant, tu es mal parti dans la vie.

Le chemin était défoncé. De toutes les routes bretonnes, celles du Morbihan étaient les pires.

Il était concentré sur sa conduite.

— Et qu'est-ce que tu vas raconter aux Rouges ?

Cette même voix sans timbre. J'ai haussé les épaules.

— Rien.

— Comment ça, rien ?

Les phares d'une voiture sur son visage dur.

— Tu n'as rien à leur dire ?

Silence.

— Tu as pourtant entendu de belles choses, non ?

Silence.

— Je t'ai même vu applaudir plusieurs fois.

Il a allumé une cigarette.

— Et à moi, tu n'as rien à raconter ?

J'ai pris peur. Réfléchir, vite. À cause de la roue de secours fixée dessus, la portière du conducteur était condamnée. Seule celle du passager pouvait être ouverte. J'aurais pu sauter en marche, rouler sur le bas-côté, courir dans la lande, me perdre dans l'obscurité. Le temps qu'il arrête sa voiture, qu'il glisse de son siège au mien, j'aurai pris de l'avance. Bien sûr, et puis quoi ? L'océan, encore et toujours. Depuis le premier jour à la colonie, il ne m'avait jamais quitté. Même après avoir fait le mur. Lorsque je pêchais dans sa houle, la mer ne me portait pas, elle m'encerclait. Sa fureur hantait mes jours, mes rêves. Quand j'ouvrais les yeux, elle me barrait l'horizon. Lorsque je les fermais, elle me submergeait. J'étais devenu une île. Une prison ancrée au milieu de l'eau. Je n'avais pas réussi à m'évader. Je tournais en rond comme une mule sur le chemin côtier.

Et cette nuit encore, l'océan ricanait. Il était là, en contrebas de la route. Ses vagues, la blancheur des crêtes dans les ténèbres. J'ai posé mon front contre la vitre.

— Je ne suis pas un mauvais bougre, tu sais ?

Silence.

— Je peux même t'aider à sortir de là.

Lueur rouge de sa cigarette. Il a passé une main dans ses cheveux.

— Tu sais, je n'ai jamais cru à cette histoire de neveu.

J'ai fermé les yeux.

— Ta petite gueule qui sort de nulle part le lendemain de l'évasion ?

Il a ri.

— J'ai passé l'âge des fables.

J'aurais voulu répondre, mais dire quoi ? Je n'étais pas démasqué, j'étais une évidence. Je ne pouvais pas nier, ni m'expliquer. Il me balançait tout ça pour en tirer quelque chose.

— Mais tu vois, jusqu'à ce que le mousse se mette à table, je n'en étais pas certain.

Matthieu Bihan ?

Le frère a ri, une fois encore.

— On lui a tellement fait peur qu'il s'est pissé dessus.

La pluie avait cessé.

— En décembre dernier, ce salopard avait piqué la caisse d'un match de bienfaisance.

Il a frappé rageusement son volant à deux mains.

— Malheureusement pour lui, nos gars étaient en cheville avec le comité local du timbre antituberculeux.

Il guettait mes réactions.

— Il avait barboté un peu plus de 6 000 francs. Tu imagines ?

Longue inspiration de fumée.

— On l'a chopé une semaine après. Et il s'est pissé dessus.

Nous arrivions.

Le capitaine a arrêté sa voiture au bord d'un talus. Il s'est retourné vers moi.

— On aurait pu massacrer cette ordure mais on a décidé de jouer avec lui.

Il m'a tendu une cigarette.

Non merci.

— On tenait le mousse d'un patron de pêche communiste. Et c'était bien pratique.

Alors ils l'ont retourné. Pendant plusieurs mois, ils lui ont demandé des renseignements sur Ronan, sur Alain, sur Pantxo, sur ce que disaient les uns, sur ce que faisaient les autres, leurs contacts à terre, les journaux qu'ils lisaient, les réunions auxquelles ils assistaient.

— Et puis un beau matin, voilà ce neveu qui tombe du ciel.

Il s'est étiré, bras par-dessus la tête.

— Mais cette fois, j'ai gardé le tuyau pour moi.

Il a sursauté. Un lièvre a traversé la route.

— Je ne voulais pas que ma petite sœur ait des ennuis avec l'association.

Il a souri.

— Tu vois, j'aime autant ma famille et ma patrie.

Il a enjambé sa portière. Tourné la manivelle. La voiture était âgée mais répondait bien.

— Et puis j'ai eu l'idée du chantage.

L'ombre qui accompagnait Matthieu au rendez-vous de la rançon, c'était lui. Lui aussi qui avait estimé la somme suffisante.

— « On aurait dit son chef », nous avait expliqué le novice.

Le frère a éteint ses phares avant d'arriver au tournant.

— C'est tout droit. Tu reconnais ?

Je reconnaissais, oui. Je suis descendu de la voiture sans un mot. J'étais sonné. Je titubais. J'allais partir lorsque Francis Mével a ouvert sa vitre.

— On a un petit secret maintenant, toi et moi.

« *Un secret a toujours la forme d'une oreille.* »

J'ai eu envie de hurler. Tout ça pour en arriver là.

— Et comme tu aimes bien ma sœur, on va tout faire pour qu'il ne lui arrive rien, non ?

J'ai hoché la tête.

— C'est le Rouge qui va payer, d'accord ?

Il attendait un regard.

— Et tu vas m'aider.

Ce n'était pas une question.

Je regardais le talus, le tournant de campagne, les nuages qui s'étiraient.

— Tu n'as pas le choix.

La pluie. J'ai relevé mon col de veste.

— Ce sera mieux pour ma sœur et pour toi.

Ses yeux me fouillaient.

— Tu rêvais de t'évader, tu te souviens ? Eh bien, je t'offre ça !

Le vent menaçait. Je connaissais le bruit de sa colère. Il a suivi mon regard, en surface de l'océan qui se formait.

— Je suis comme Moïse. Je peux t'ouvrir la mer.

J'ai tourné le dos à la voiture.

— Ne t'inquiète pas. Tu seras à Quiberon avant la fin du mois.

*

Le frère qui démarre, s'éloigne. Le bruit de la voiture qui fait place au silence de la mer. J'ai hurlé. Hurlé comme je le faisais au cachot en frappant les murs de mes poings. Et j'ai couru vers la maison. J'ai glissé sur l'herbe mouillée. Je suis tombé. Je suis reparti à quatre pattes avant de me relever en boitant. Un loup-garou après son forfait. La pluie giflait mes larmes. Je frappais mes tempes à deux poings. En arrivant au Rocher des grottes, j'ai compris pourquoi les deux frères s'étaient jetés à l'eau. Ils avaient ouvert grand leurs bras pour tromper le vent. Pour lui faire croire à des oiseaux. J'ai vu ces épuisés quitter le chemin de terre pour le ciel. Ces fous, qui s'étaient crus plus légers que les feuilles d'automne. Ces enfants qui me ressemblaient peur pour peur. J'ai vu le gouffre noir. La Bouche du diable ne parlait pas de malheur. Des bras de mères se tendaient vers moi. Des mains amies se dressaient au milieu de l'écume blanche. Le bouillonnement creusait des visages apaisés. Je suis resté comme ça, debout au-dessus de la mort. Ou de la délivrance. Mes jambes tremblaient. Alors j'ai reculé d'un pas, de deux. Le vent me repoussait violemment vers la route.

Et puis je me suis remis à courir.

Une automobile inconnue était garée devant la maison. Avant même d'arriver au chemin de graviers, j'ai entendu les plaintes d'une fille. Je me suis figé. Mon cœur n'était pas prêt pour un autre drame.

— Ça va aller, Madame !

La voix de Sophie.

— Mais non merde ! Vous voyez bien que ça ne va pas !

Et celle d'une troisième femme, qui couvrait les plaintes.

J'ai couru les derniers mètres. Une jeune fille était assise sur le perron, une couverture brune autour des épaules. Sa robe grise était déchirée. J'ai aperçu ses pieds nus, le haut de ses cuisses. Elle saignait. Partout, du sang. Son front maculé, ses joues, ses bras. La blouse blanche de Sophie était ensanglantée. Elle relevait la blessée pour la mettre dans la voiture. Je courais, je me suis arrêté net. J'ai dérapé sur le gravier. Tous les regards sur moi.

— C'est qui celui-là ? a grogné la femme.

Sophie, le visage désolé.

— C'est mon neveu. Il vit ici.

L'autre a agité brutalement ses mains.

— Alors viens nous aider au lieu de rêvasser !

Le ton, la voix, l'attitude du donneur d'ordres.

J'ai interrogé Sophie du regard. Elle a hoché la tête.

Je n'avais pas vu le sang sur le perron, le carrelage de l'entrée. La jeune fille était pâle, les yeux cernés de bleu. Elle ne criait plus, elle pleurait. Elle devait avoir mon âge. Entre ses mains, elle tenait une poupée de celluloïd. La femme m'a regardé, l'air mauvais.

— Prenez-la sous les épaules !

J'ai passé mes mains sous ses bras.

— Non !

La femme a foncé sur moi.

— Ne touchez pas ma fille !

J'ai levé les mains, comme face à la police.

— Mais vous m'avez dit…

— Rien ! Je ne t'ai rien dit !

Elle m'a repoussé avec force.

— Je ne veux plus une main d'homme sur mon enfant.

J'étais toujours les bras levés.

— Plus jamais, c'est compris ?

J'ai hoché la tête. Je me suis senti coupable.

Sophie a pris ma place derrière la jeune fille. Elle l'a soulevée. Sa mère l'a portée par les jambes. Elles avaient du mal sur le gravier.

— La portière !

J'ai couru. J'ai ouvert la porte côté passager.

— La portière arrière, idiot !

Je me suis retenu.

J'aurais pu lui briser le cou avec deux doigts.

Sophie dans un souffle, en arrivant à ma hauteur :

— Reste calme, Jules.

L'autre l'a entendue. Elle a croisé mon regard. Elle a lu ma colère. Elle a blêmi.

La poupée était tombée sur le gravier. Je l'ai ramassée. C'était un jouet de riche, comme ceux que les frères Rolin dérobaient dans les maisons de Mayenne. Et revendaient sous le manteau, à la foire aux voleurs de Laval. Ses cheveux étaient moulés et peints, ses lèvres maquillées de corail. La poupée avait de longs cils. Ses paupières se fermaient.

Je l'ai portée à la cuisine. Il y avait du sang sur sa robe de tulle rose, son manteau, jusque sur ses socquettes blanches et ses bottines à lacets. Avec un torchon et de l'eau, j'ai frotté les éclaboussures. Le sang était frais. J'entendais Sophie par la porte ouverte. Elle disait à la femme de ne pas s'en faire, l'hémorragie s'était arrêtée. Il fallait maintenant que sa fille se repose. Non, il n'y aurait pas de bateau à vapeur avant demain matin. Et encore, en espérant qu'il resterait une place pour leur voiture. En attendant de retourner à Vannes, il faudrait que la mère et la fille passent une nuit dans un autre hôtel. Non, elles ne pouvaient pas dormir ici. Beaucoup trop dangereux. Sophie lui a donné l'adresse d'un garni, à Palais. Et aussi le nom de celle qui lui ouvrirait sa porte de service, en pleine nuit. C'était une amie. Il a fallu qu'elle rassure la mère et la fille, sous la pluie qui tombait de nouveau. C'était la propriétaire du logement. Si elle en répondait ? Comme d'elle-même. Les deux femmes avaient été à l'école ensemble et ne s'étaient jamais plus quittées.

— Et elle a toujours été là en cas de coup dur.

« Coup dur ». Le mot de Sophie.

J'ai repensé au jour de mon arrivée. Ma présence dérangeait l'infirmière. Son mari lui avait dit que si j'étais pris, j'étais bon pour le bagne. Elle avait répondu que me cacher ici l'enverrait en prison. Maintenant je le savais, ces deux-là avaient un secret.

Après les rouleaux de billets, il y avait du sang dans la maison.

La voiture a démarré. J'ai essuyé la poupée, son visage ridicule de petite Mademoiselle, ses yeux riboulants, ses paupières battantes, son sourire ravi à tout jamais. J'ai failli laisser un peu de sang dans ses cheveux moulés, à l'arrière de sa tête. Une trace des tragédies qu'elle vivrait désormais. Et puis non. Soigneusement, j'ai fait disparaître les dernières gouttes du drame.

J'ai ouvert mon couteau et coupé le ruban de ma mère. Comme ça, sans même y penser. Les yeux de la poupée étaient de même couleur que la soie. Un gris argent, usé de larmes. J'ai noué la moitié du galon autour du cou de la poupée. Et glissé l'autre dans ma poche.

Lorsque je suis arrivé à la porte, l'automobile roulait. J'ai couru derrière, coupé par le jardin, traversé une haie de ronces.

— Jules !

Sophie. Son cri affolé. Elle n'avait pas vu la poupée que je brandissais. Seulement le mousse, comme fou, qui sortait de la maison en hurlant et en faisant de grands gestes. J'ai escaladé le muret, j'ai sauté, je suis retombé sur la route, devant la voiture, éclaboussé par ses phares de nuit. J'ai levé mes bras en croix, jambes écartées.

La mère a freiné. J'ai vu dans l'habitacle son visage effrayé. Je me suis approché, tenant la poupée à deux mains devant moi. Doucement. Un pas, un autre. J'avais peur que la femme redémarre, qu'elle me percute, mais elle ne l'a pas fait. Sa fille était assise à l'arrière, la couverture remontée en châle sur sa tête. J'ai tapoté sa vitre avec le doigt, en agitant sa poupée comme un pantin. Elle l'a regardée, bouche ouverte. Elle a observé ses mains, ses genoux, elle a secoué la couverture. Sa poupée n'était plus avec elle. Elle venait de le réaliser.

— Mon bébé !

Ses bras tendus. Ses yeux ronds. Sa mère s'est penchée. Elle a actionné la manivelle pour descendre la vitre.

J'ai tendu la poupée à la jeune femme. Elle me l'a arrachée puis l'a serrée contre elle.

— Dis merci à ce monsieur, a commandé la mère.

La jeune fille a battu des cils et baissé les yeux. C'était tout. Manivelle, vitre.

Les riches me congédiaient.

*

Partout le sang. Il poissait le couloir jusqu'à la porte bleue. Le cabinet d'infirmière était maculé. Le lit de consultation, le sol carrelé. Il y avait même des éclaboussures sur les murs. D'abord j'ai cru à une scène de crime. De ceux qu'on lit dans les journaux. Le père, le mari, un salaud qui avait poignardé la fille, et sa mère qui l'avait conduite ici en urgence. Les deux femmes se ressemblaient cruellement. Une même masse de cheveux blonds, un visage gris, de grosses lunettes rondes. La blessée était désespérée. J'ai aussi pensé à une tentative de suicide. Elle s'était tailladé les veines, elle voulait mourir de chagrin. Ou bien c'était la mère. La mère, c'est ça. Elle avait essayé de tuer son enfant et maintenant, elle regrettait son geste. Après avoir fait couler le sang de son sang, elle avait eu peur. Elle savait qu'une infirmière veillait sur la route de Port-Belloc. Elle était arrivée en hurlant, portant sa toute petite, son amour, sa gisante.

— Aide-moi, Jules.

Sophie a rempli deux seaux d'eau et nous avons frotté, au balai, à la brosse de fer. Tordant sans un mot les serpillières rougies au-dessus de l'évier. Je n'avais jamais vu autant de sang. Une lèvre coupée par une gifle, un genou griffé, un front matraqué, mais pas ça. Même au pire moment de l'émeute. Jamais je n'avais marché dans du sang humain.

J'étais en train d'arroser le gravier à grandes bassines lorsque Sophie s'est assise sur l'escalier de pierre. Elle a sorti un paquet de cigarettes de sa poche. M'en a tendu une.

— C'était un accident.

Son filet de voix.

La fille était venue hier avec sa mère. Elle avait opéré comme il fallait mais, au lieu de rentrer à Vannes, les deux étaient restées à Palais pour la nuit.

— Les douleurs se sont déclenchées à l'hôtel du Phare.

J'écoutais l'infirmière. Elle avait relevé ses cheveux roux sur sa tête.

— Cela n'aurait jamais dû arriver.

Elle a secoué la tête.

— D'ailleurs, ça n'arrive jamais.

J'ai regardé ma cigarette, ses yeux baissés. Ma voix, sans souffle.

— Qu'est-ce qui n'arrive jamais ?

Elle m'a dévisagé.

— Mais ça, cet accident ! Jamais ça n'arrive !

Elle a tiré sur sa cigarette.

— Il faut huit jours, dix jours avant le sang.

Elle avait mis la tête dans ses mains.

— Il y avait trop d'ergots de seigle ?

De quoi parlait-elle ?

Les yeux clos, elle cherchait une réponse.

— L'eau boratée !

Ella a sursauté.

— C'est ça !

Elle me prenait à témoin.

— Je l'ai mal dosée.

Une autre Sophie. Son visage s'était allongé, ses yeux ne me répondaient pas, elle n'avait plus de lèvres, ses mèches échappées lui donnaient l'air d'une folle.

— Je ne comprends rien, Sophie.

Ce même étonnement sur le visage. Elle me scrutait.

— Tu ne comprends rien à quoi ?

Je me suis tassé.

— À tout. À tout ce que tu dis.

Elle s'est penchée.

— Que je n'aurais pas dû mettre toute cette teinture d'iode ?

J'ai secoué la tête.

— Mais quelle teinture d'iode ? De quoi parles-tu ?

Elle a ouvert grand les yeux. Stupéfaite. Et puis elle a plaqué ses mains sur sa bouche.

— Mon Dieu, Jules !

Trois fois elle a répété cette phrase à travers ses doigts.

— Mon Dieu !

Elle a hoché la tête, accablée.

— Tu ne comprends rien.

J'ai souri faiblement.

— Je te l'ai dit.

Elle s'est levée, mains jointes, les yeux vers le gros temps qui menaçait.

— Tu ne comprends vraiment pas de quoi je parle ?

Geste d'impuissance.

— J'aide des femmes en souffrance, Jules.

Silence.

— Tu saisis, maintenant ?

Je n'étais pas certain.

— Des filles qui ont été attrapées et qui ne le voulaient pas.

Je n'ai rien demandé, pas bougé.

— Je fais des anges, Jules.

La nuit s'est déchirée. À la réunion des Croix-de-Feu, l'oratrice avait dénoncé les avorteuses qui dépeuplaient notre pays. Je ne pensais pas que cela pouvait exister. Lorsqu'elle avait demandé que soient punies *« ces ruines de femmes salies par le déshonneur »*, j'avais applaudi plus fort que les autres. Je ne comprenais rien à Hitler, aux communistes, aux Croix-de-Feu non plus. Je me fichais pas mal qu'Alain haïsse Francis ou que Francis déteste Alain. Je ne comprenais pas non plus les gars qui enveloppaient leurs bombes dans un drapeau breton. Tout ça c'était de la politique. Des gens qui nous roulaient avec de belles phrases, des discours, des promesses. Ils volaient des millions ? On les voyait en photo dans le journal, habillés comme des princes. On volait un pain ? On se retrouvait en cellule, cognés par trois gardiens. Alors tout ce que ces gens pouvaient scander, dans un camp comme dans l'autre, je m'en foutais. C'est pour ça que je laissais dire Alain, et son Lénine. Ou Pantxo, qui détestait qu'on le confonde avec un Espagnol. Ou Ronan, qui était quand même un patron. C'est pour ça aussi que j'avais bâillé deux fois à la réunion. Des mots, des mots, toujours les mêmes, tricolores ou rouges, ils me fatiguaient.

Mais lorsque la femme nous a parlé des faiseuses d'anges, je me suis figé. Ma mère m'avait abandonné lorsque j'avais 5 ans. D'elle, je n'avais gardé que l'odeur humide de son cou et le ruban qu'elle m'avait attaché au poignet. J'étais un orphelin. C'était écrit sur ma gueule, c'était enfoui dans mon cœur, serré dans mes poings. Ma mère s'était enfuie. C'était dégueulasse, mais au moins, elle m'avait laissé la vie. Elle m'avait épargné. Comment une mère pouvait-elle tuer son enfant ? Je ne comprenais pas. Je ne voulais pas comprendre. Devant mes yeux, la poupée en celluloïd se balançait doucement. J'ai imaginé que dans le ventre des mères, les bébés étaient déjà habillés.

Sophie est rentrée dans la maison. Je me suis assis sur le gravier. J'irai dormir lorsqu'elle sera montée dans sa chambre. Je ne voulais pas la croiser, je n'avais rien à lui dire. Sophie tuait les enfants des autres. Jamais plus je ne pourrais la regarder en face.

*

Ronan est rentré à l'aube. Toute la nuit, il avait travaillé avec ses hommes au calfatage et à l'étanchéité de la chaloupe, qui avait heurté un caillou. La prochaine semaine serait chômée. Pantxo avait préparé un ragoût. Alain était venu avec du chouchen.

— Le nectar des dieux ? Tu parles ! La boisson des touristes, oui !

Disait le patron en riant.

C'est sa voix qui m'a réveillé. Elle résonnait dans le salon, grave et lourde. Lorsque je suis arrivé, Sophie et Ronan étaient à table. Le couple occupait toujours les mêmes places. Elle, assise le dos à la porte. Lui bien en face, prêt à affronter celui qui l'enfoncerait. Lorsqu'elle m'a vu dans l'encoignure, Sophie a mis du café à chauffer.

— Sans Jules, je n'y serais pas arrivée.

Ronan m'a regardé.

— Merci de l'avoir aidée.

J'étais en colère. Contre eux, contre moi. Je venais d'être témoin et complice d'un crime. Je me suis souvenu de Sophie le premier jour, inquiète de ma présence.

— Il risque le bagne ! lui avait dit Ronan.

— Et moi je risque la prison, avait-elle répondu.

Je venais de comprendre. Faire des anges, le voilà leur mystère. C'est pour ça que l'infirmière avait peur que je reste : ma présence pouvait lui attirer des ennuis.

Les deux me regardaient, mais rien n'était plus pareil. Quelque chose s'était cassé. Ces gens-là portaient un secret beaucoup trop lourd pour moi.

— Dis quelque chose, m'a demandé Ronan.

Dire quoi ?

J'ai allumé la cigarette que Sophie m'avait donnée.

— Si tu ne poses pas de questions, tu resteras toujours sans réponse.

Je n'avais pas tremblé comme ça depuis mon séjour dans l'eau du port.

— Pourquoi vous tuez des enfants ?

Sophie a expiré. Elle a baissé la tête.

— Ce ne sont pas des enfants, Jules.

Mon rire mauvais.

— Et c'est quoi, alors ? Des rats ?

La Teigne venait d'entrer. Elle sommeillait depuis des jours.

— Ce sont des fœtus de six semaines.

Elle essayait de m'endormir.

— Au-delà, je refuse.

— Et c'est quoi, un fœtus ? Ce n'est pas comme un début d'enfant ?

Sophie, les mains jointes sur la table.

— C'est une graine de dix millimètres, Jules.

Il restait du sang sur mon pantalon.

— Et pourquoi tu les tues, ces graines ?

J'étais resté debout devant la table.

— Qu'est-ce qu'elles t'ont fait ?

Ronan a tiré une chaise.

— Assieds-toi, le mousse. Ton café va refroidir.

J'ai hésité. Je me suis assis.

— La jeune fille de tout à l'heure, elle s'appelle Garance.

Sophie évitait mon regard.

— Elle a été violée par son frère. Lorsqu'elle a compris qu'elle était enceinte, elle a tenté de se suicider.

Je me taisais.

— Garance a dit à sa mère qu'elle préférait mourir. Alors elles sont venues me voir.

Le café était brûlant. Je tenais ma tasse à deux mains, les yeux dans ceux de Sophie. Elle m'a raconté les filles, les femmes, la peur, la honte. Un soir, c'est une gamine de 14 ans qui est venue la supplier. Depuis la mort de sa mère, son père l'avait prise dans son lit.

— Et moi, je fais quoi de tout ça, Jules ?

J'ai regardé mon bol.

— Réponds-moi, s'il te plaît.

Ronan a ajouté une goutte de gnôle dans sa tasse.

— Vous ne parlez que de viols, c'est trop facile.

Elle a souri. Une ombre légère.

— Tu as raison. Il n'y a pas que ça. Ce serait trop simple.

Alors elle a fait entrer les pauvresses dans la maison. La fourbue, dix enfants accrochés à ses jambes, et ce onzième qu'elle décide de ne pas accueillir. La trahie, enjôlée par une rose, une promesse, une belle chanson d'amour, qui se retrouve matin, seule et le ventre plein. La battue, que son bourreau féconde, l'exigeant ensuite à lui seul. La miséreuse, obligée de compter les bouches à nourrir. La vierge, que personne jamais n'avait mise en garde et qui n'a pas compris pourquoi son ventre s'était un jour arrêté de saigner.

Ma tête bourdonnait. Je revoyais la militante de l'Alliance nationale.

« Notre mission, c'est la riposte sacrée des Repopulateurs ! »

— Ces femmes-là, tu sais ce qu'elles font quand personne ne les aide ?

Je ne savais pas, non.

— Elles s'empoisonnent pour le faire passer. Elles boivent de la sabine. Elles mélangent de l'armoise et du quinquina. Elles se font des tisanes à l'arsenic et au plomb. Elles se provoquent des congestions sanguines, des contractions utérines, elles vomissent, elles se purgent, elles se chient dessus.

Ronan s'était levé. Il a ouvert la porte pour accueillir le matin.

— Et si ça ne marche pas, elles se perforent avec une plume, une aiguille à tricoter, une épingle à chapeau, du fil de cuivre, tout ce que ces malheureuses ont sous la main.

Elle s'est tue.

— Elles meurent. C'est une boucherie.

— C'était une boucherie, ici aussi, tout à l'heure.

Sophie a hoché la tête. La jeune femme était venue la veille. L'infirmière avait utilisé une poire à injection pour décoller l'œuf. Un mélange d'eau boratée, de savon noir, de teinture d'iode, de seigle et de vinaigre. Avant la dilatation du col et l'hémorragie, ses patientes avaient quelques jours devant elles. Mais pas cette fois. Après les premiers saignements, elles ont quitté l'hôtel du Phare en pleine nuit, et accouru chez Sophie pour demander de l'aide.

— Et ça te rapporte quoi de faire ça ?

Petit geste d'agacement.

Cette fois, c'est Ronan qui m'a répondu.

— Si tu parles d'argent, rien. Il y a des médecins qui réclament jusqu'à 500 francs pour faire ça illégalement. Mais Sophie ne demande que 20 francs. Pour le risque, le temps passé et les serviettes éponges.

— Quel risque ?

Il s'est penché vers moi.

— La prison.

L'infirmière était ailleurs, un voile triste sur le visage.

— Lorsque j'ai appris que les gendarmes donnaient la même pièce d'argent pour chaque colon repris, j'ai pleuré. Vivant ou mort, 20 francs, c'était le prix d'un enfant.

Sophie a rapproché sa chaise de celle de Ronan, puis elle a posé la tête sur l'épaule de son mari. Je n'avais plus que des plaintes en tête. Des visages de femmes martyrisées. Sophie racontait bien. Je me suis excusé. J'avais mal dormi. Je voulais me reposer jusqu'au déjeuner.

— Pareil, a souri Sophie.

Une fois encore, elle avait renvoyé La Teigne à sa niche.

Et m'avait appris que l'avortement n'était pas un caprice, mais une preuve de malheur.

Lorsque je suis rentré, j'étais prêt à tout dire. Raconter à Sophie que son frère m'avait démasqué. Qu'il m'avait proposé un marché. Je revoyais ses yeux, dans la voiture : *« C'est le Rouge qui va payer, d'accord ? »*

Il me tenait. J'étais son arme contre l'homme qu'il voulait éloigner de sa sœur. *« La délivrer de lui »*, disait-il. Leur mère était morte en essayant de la raisonner. Et le voilà qui prenait sa suite. Il voulait la persuader de quitter cette île, de le suivre à Lorient. De refaire sa vie avec un Français honnête. Cesser de lui faire honte, en mémoire de leur mère. Et de leur père aussi, ce petit homme qu'elle avait brisé.

Mais je n'ai rien dit à Sophie.

Il y avait eu trop de cris et de pleurs pour qu'elle entende mon effroi.

Trop de sang sur ses mains pour agiter les miennes.

14.

Une Citroën jaune sang

11 septembre 1934

Le capitaine Mével est venu me chercher le lendemain soir. Il devait guetter le départ du patron. Il a attendu que le vieux mousse et sa charrette emmènent Ronan à la cale sèche. Il a garé sa voiture jaune sur le terre-plein. Il s'est adossé à sa portière et a attendu.

— Ton nouveau copain !

La voix rieuse de Sophie, dans les escaliers.

J'ai regardé par la fenêtre, il fumait une cigarette en observant le ciel. Je suis descendu.

— Tu sais ce qu'il te veut ?

J'ai menti.

— Il a dit qu'il m'apporterait un ou deux livres sur son association.

Sa sœur a eu un geste énervé.

— Ce n'est pas une association, Jules. C'est un gang !

Je n'ai pas répondu. J'allais ouvrir la porte, elle m'a pris le bras.

— Pas un mot à Ronan, ils se détestent.

— Et donc ?

Petit défi ridicule. Elle a soupiré.

— Il n'y a pas que les idées, Jules. Il est jaloux, Ronan.

— Jaloux ?

Elle a tapoté mon cœur avec son doigt.

— Tu crois quoi, toi ? Il l'aime bien, son mousse. Il n'a pas trop envie de le partager.

J'ai ouvert la porte. Elle l'a refermé du pied.

— Surtout quand c'est un ennemi qui lui tourne autour.

Sophie s'est écartée de la porte.

— Et pas un mot sur hier. Cela m'enverrait en prison.

Elle a passé deux doigts sur ma joue.

— Ne te fais pas embrigader, c'est tout ce que je te demande.

J'ai ouvert la porte en grand. Le frère avait tout vu. Sourcils froncés, il avançait lentement vers la rue. J'ai levé une main. Lui faire signe que tout allait bien.

Il a fait démarrer la voiture à la manivelle, sans me quitter des yeux.

Toux d'acier. Crachotement du moteur.

— Tu es passé d'une colonie pénitentiaire à une autre prison ?

Il a ri.

— Monte.

Je n'ai pas bougé.

— Pour aller où ?

Il a ouvert les mains.

— À la gendarmerie pour te dénoncer ou aller acheter ton billet pour Quiberon.

Il s'est installé au volant.

— C'est toi qui vois.

Sophie avait refermé la porte. Elle m'observait, par la fenêtre. En riant, elle a levé le poing gauche, comme Alain l'avait fait devant le cercueil de la vieille.

Son frère l'avait vu.

— Tu ne réponds pas à ma chère sœur ?

Lui l'a fait. En soldat, main portée à la tempe.

— Un mois de plus ici et tu aurais été irrécupérable.

La voiture a démarré.

— Heureusement que je veille au grain.

— Où va-t-on ?

Geste vague.

— Dans un endroit tranquille, pour discuter de tout et de rien.

Je me suis enfoncé dans le siège. Il allait faire beau, le frère avait baissé la capote.

*

La blanchisseuse de l'hôtel du Phare était une amie de Francis Mével. On murmurait à Sauzon qu'ils se connaissaient très bien. Et même, qu'elle avait hébergé plusieurs fois le divorcé, alors qu'il avait bêtement raté le dernier vapeur pour le continent. Je l'avais remarquée à la réunion publique des Croix-de-Feu, rectifiant discrètement le baudrier du capitaine qui vrillait dans son dos. Le lendemain, la femme de ménage de l'hôtel avait appelé à l'aide la blanchisseuse. Une mère et sa fille, qui étaient descendues là pour la nuit, avaient quitté leur chambre avant l'aube. Elles avaient laissé le montant de la note sur le comptoir avec une courte lettre d'excuses. La gamine avait eu

« une violente indisposition ». Elles avaient préféré finir la nuit dans leur voiture en attendant le premier bateau pour Quiberon. Cela ne tenait pas debout. La mère s'excusait aussi de *« l'embarras »* causé à l'établissement. Elle avait rajouté un peu d'argent pour le dommage. Sa fille avait perdu du sang.

Dans la poubelle, la femme de ménage avait retrouvé quatre serviettes éponges et du linge imbibé. La bonne était jeune, elle a eu peur. Elle a même pensé à un crime. C'est pour cela qu'elle a appelé la blanchisseuse. Qui a prévenu son ami Croix-de-Feu. Ce n'était pas des traces de règles. Plus gluant, plus gras, c'était du sang de couches. Alors le capitaine Mével a joué au soldat, au policier, à l'inquisiteur. Il est allé cueillir la mère et la fille à l'embarcadère. Tandis que leur voiture était hissée à bord, il s'est présenté comme *« un patriote »*. Il ne leur voulait aucun mal. La preuve ? Il était venu seul. La veille encore, il commandait une escouade de Croix-de-Feu prête à en découdre avec les communistes, les natalistes, tous ces salauds qui voulaient dépeupler la France. Il aurait pu venir avec ses hommes, brassard au bras et sifflet à la bouche, mais il était seul et les mains nues.

Il conduisait, il racontait. Parfois, il tournait la tête pour voir ma réaction.

Le capitaine avait emmené les femmes à l'écart. Elles l'avaient suivi, tête basse. Avec son béret, son insigne à tête de mort, ses bottes de cavalerie, son long imperméable beige et sa canne de bagarre, il imposait le respect. Il n'avait pas même eu besoin d'élever la voix. D'un geste théâtral, il avait déplié une couche sanglante, enveloppée dans de la toile. Il avait appelé les femmes par leur nom. S'inscrivant à l'hôtel, elles n'avaient pas menti.

— Je vous laisse repartir tranquilles si vous me donnez l'avorteuse.

Sourire.

— Tu aurais vu comme elles étaient soulagées.

Bref coup d'œil.

— La suite, tu la connais, non ?

Je n'ai pas répondu.

— Lorsque je leur ai demandé si le mari avait aidé l'infirmière, elles m'ont répondu : non, c'était son neveu.

Nouveau regard du capitaine.

— Colon évadé et avorteur, ça fait beaucoup, non ?

Nous sommes arrivés à la Pointe du Vieux Château. Il a garé sa voiture au bord de chemin. Au milieu de la lande, on ne voyait qu'elle, jaune comme un ajonc de printemps.

— On continue à pied, a commandé le capitaine.

Je me suis laissé faire. Nous avons pris un sentier côtier, sans un mot.

— Marche plus vite, la nuit tombe rapidement dans le coin.

Il me traînait en laisse.

Nous avons pris un sentier vers les rochers et les falaises.

Je me suis arrêté.

— Qu'est-ce qu'on fait ?

— Je te l'ai dit, tu vas acheter ton billet pour Quiberon.

Il a enfoui les mains dans ses poches.

— Ou pour le bagne. Cela ne dépend que de toi.

Il y avait une grotte, dans le creux d'une arche de roche, juste avant le piton abrupt. Un abri comme ceux qui avaient caché les évadés. Il est entré le premier, je l'ai suivi. Il s'est assis sur un rocher, avec les vagues qui frappaient la pierre.

— Assieds-toi.

Il a allumé une cigarette, protégeant la flamme au creux de sa paume.

— Qu'est-ce qu'on fait ici ?

— Rien. On attend la nuit.

J'allais me lever.

— Assis !

Autre regard, autre ton, autre visage.

Il a fouillé sa poche d'imperméable. En a sorti deux billes en terre. Une noire et une rouge. Il me les a montrées, comme pour un tour de magie, puis les a jetées dans le sable.

— Dans une heure il fera nuit. La nuit, c'est quand tu ne pourras plus faire la différence entre la bille rouge et la bille noire. Jusque-là, réfléchis bien. Et lorsqu'il sera l'heure, je te demanderai de répondre à ma question.

J'ai regardé le frère, les billes, l'océan qui bouillonnait. La scène était ridicule. Deux gamins sur un rocher de vacances, qui s'inventent une histoire d'espions.

Machinalement, j'ai sorti le demi-ruban de ma poche. Je l'ai caressé comme un rosaire. Ce type était fou. Et il pouvait me faire du mal.

— Es-tu prêt à donner Ronan Kadarn pour sauver ta vie ?

— Oui.

Sorti comme ça. Haut, clair, comme sans l'ombre d'une hésitation.

Flottement. Francis m'a observé. Son front, son regard, ses lèvres doutaient.

— Prends ton temps, tu as jusqu'à la nuit.

Le rouge, le noir, les couleurs résistaient encore aux ténèbres.

Une fraîcheur humide. Il a remonté le col de son imperméable.

J'ai soupiré :

— Je n'ai plus le temps.

Je l'ai supplié.

— Je ne veux pas retourner en cellule.

Son regard sur mes mains nerveuses.

— Ils vont me transférer à Eysses. C'est encore pire, Eysses !

Je grattais ma paume.

— Et après, ils vont m'envoyer à Cayenne.

Je lui ai dit que je ne supporterais pas un mur de plus, pas une nouvelle brimade, plus aucun coup. J'étais fatigué de me cacher. Épuisé de jouer un rôle. Il fallait que je quitte cette île, pour toujours et à tout jamais. Que je lui tourne le dos, quel qu'en soit le prix.

— Quel qu'en soit le prix ?

— Quel qu'en soit le prix.

L'étourdir, endormir sa méfiance. Plus tard, je verrai. Je trouverai un moyen d'éteindre ce brasier. Mais d'abord, il fallait que je quitte ce trou d'eau, que nous remontions dans la voiture. Partir vers la lumière. Cette grotte me mettait mal à l'aise, sa présence, son regard. Je ne comprenais pas ce que ce gars me voulait. Pour la première fois depuis longtemps, j'ai eu peur. J'ai voulu me réfugier dans les bras de Sophie, de Ronan. Qu'ils puissent m'aider, que nous combattions ensemble. Ce salaud nous tenait prisonniers entre ses mains.

Brusquement, il a soupiré. Il a donné un coup de pied dans les billes.

— Alors on fait comme ça.

Il s'est levé. J'ai voulu l'imiter.

— Reste assis, je t'explique.

Il a parlé. Il a déroulé un plan de bataille. Je devrais cacher des documents dans la maison de Ronan, et sur le bateau. Des journaux anarchistes, des tracts communistes. Et aussi un mode d'emploi pour fabriquer une bombe, des projets d'attentats contre la cathédrale de Rennes, l'arsenal de Lorient, l'association des Croix-de-Feu. Un plan d'évasion de la prison criminelle de Vannes. Les noms de policiers avec leurs adresses.

Il s'est accroupi devant moi.

— Il y aura aussi deux pistolets et une grenade allemande.

Il s'est assis.

— C'est tout, a-t-il ajouté.

Le patron irait en prison. Et Alain, Pantxo. Peut-être même Perig. Aucun d'eux n'avait une chance de s'en sortir. Ils auraient beau hurler au complot, protester, jurer, il n'y aurait que des ricaneurs en face. Police, Justice, journaux. Je voyais déjà le titre de *L'Ouest Républicain* : « *LES CONJURÉS DE La Sainte-Sophie* ».

Sur le sable, les deux billes étaient noires.

La capitaine, dans l'obscurité.

— Et ma sœur s'en tire à bon compte.

Sa voix seulement, sa présence, sa menace.

— Et moi ?

Son rire.

— Toi ? Mais tu es loin, toi. Tu n'entendras même pas parler de cette affaire.

— Et je partirais avec quel argent ?

Même petit air, arrogant et satisfait.

— Mais le tien ! La recette de votre collecte bidon.

Il a claqué dans ses mains.

— Il te revient. Près de 10 000 francs pour se lancer dans la vie, c'est pas mal, non ?

Il s'est relevé, mains sur les cuisses.

— On y va.

J'ai eu du mal. Mes jambes étaient lourdes, douloureuses. Ma tête broyée à deux mains. Mon ventre plein de pierres. Une lune laiteuse montait dans le ciel. J'ai trébuché.

— Ce n'est pas le moment de tomber à l'eau, j'ai besoin de toi, moi.

— Vous avez eu ça où ?

Il a tourné la tête.

— Ça quoi ?

— Les tracts, les plans, les armes ?

Il a pris un air important.

— Pas mal de scellés rassemblés par des policiers amis, quelques fabrications maison, comme la cathédrale de Rennes. L'imagination, quoi.

— Et les armes ?

Le capitaine, plus sombre.

— Je me suis débrouillé.

— Et si les Croix-de-Feu apprennent que vous jouez dans votre coin ?

Son regard brillant dans l'obscurité.

— Et qui va les rancarder ? Toi l'évadé ?

La voiture luisait faiblement au loin.

— Ils repartent en pêche quel jour, tes camarades ?

Le capitaine ne me regardait plus. Il était au poste de commandement.

— Lundi prochain.

Il m'a regardé.

— Dimanche je te file le matériel. Et tu planques moitié-moitié. Chaloupe, maison.

Il a levé le doigt. Quelque chose lui revenait.

— Et tu noteras bien toutes les cachettes, pour que les gendarmes y filent directement.

J'ai imaginé l'armoire en fer de Ronan. Je pourrais rouler des tracts à l'intérieur de la vieille carte marine, cacher la grenade sur l'armoire, avec les liasses de billets. Le tiroir de l'horloge pouvait dissimuler les noms des policiers à abattre. Je me suis même vu en mer, glisser les revolvers sous l'amas des drisses.

— C'est vous qui allez les dénoncer ?

— Ah ben non ! C'est toi, gamin ! Une belle lettre bien tournée, postée juste après ta fuite.

Il a ri.

— Plus aucun flic ne te cherchera des noises.

Nous étions à quelques mètres de la voiture. Il s'est retourné, face à l'océan.

— C'est paisible, hein ?

Il a ouvert la portière pour se glisser au volant.

— Et puis tu vois, passer de petit délinquant véreux à patriote, ce n'est finalement pas très compliqué.

J'avais mon couteau en main, serré comme un poignard. Depuis que nous avions quitté la grotte, j'étais prêt à frapper. Mais je voulais choisir le moment. Il allait cesser de marcher, de parler, de rire, de respirer bruyamment. Et moi seul déciderais de l'instant. C'était vertigineux.

— *C'est paisible, hein ?*

Le mot de trop.

Non, ça ne l'était pas.

Jamais rien n'avait été paisible dans ma vie.

Je l'ai frappé dans le dos. Le couteau jusqu'à la garde. À travers le coton de l'imperméable, la veste, la chemise. J'ai senti céder la peau. Une fois, deux fois. Des coups bas, bras le long du corps, à l'Apache de faubourg. Il s'est retourné les mains levées pour riposter. Je n'ai pas vu ses yeux, il faisait trop sombre. Ça m'allait. Je tuais un homme sans regard. Rien d'humain ne pourrait hanter mes nuits.

Je l'ai poignardé à la gorge. Deux fois. Couteau haut, bras levé. Une attaque de tranchée, lorsque l'ennemi sommeille. Il est tombé à genoux, puis à plat ventre, sans un mot. Même pas eu le temps d'un cri. Je me suis laissé tomber sur lui, de tout mon poids, un genou dans ses reins. Je l'ai troué à deux mains, je le terrassais. Son cou, sa nuque, le coup de grâce.

J'avais mal au bras, à l'épaule. Je ne rêvais pas. C'était pour de vrai. La voiture jaune était tachée de sang. Il coulait en rigoles sur la famille heureuse. Le père à moustache, la mère au joli foulard, leur enfant qui s'étouffait à l'arrière, le visage barbouillé de gelée de groseille.

J'ai essuyé calmement mon couteau sur sa manche d'imperméable. Je ne tremblais pas. Ma colère était retombée avec son dernier souffle. Je ne me suis pas retourné. J'ai marché dans la lande noire en me demandant si la pluie allait laver tout ce sang. Je ne me suis inquiété de rien. Ni d'être croisé dans la nuit, ni même d'avoir été vu. Je venais de me débarrasser d'un fardeau. En descendant de voiture, j'étais un homme mort, en revenant sur mes pas j'étais un assassin. Sans honte ni conscience torturée. Lui ou moi. Je n'avais pas eu le choix. J'allais vivre avec ce crime. Et cela m'allait.

15.

Agent trouble

Le corps de Francis Mével a été retrouvé au petit jour, par un pêcheur de crevettes. Selon *L'Ouest-Éclair*, la police avait écarté la thèse du suicide comme celle de l'accident. De son côté, *L'Ouest Républicain* mentionnait le *« probable meurtre »* d'un *« agent d'assurances lorientais honorablement connu »*. Les deux journaux citaient un témoin, qui avait aperçu de loin *« le sang, sur la carrosserie de la Citroën jaune »*. Il a fallu presque une semaine aux journaux régionaux pour écrire que la victime appartenait aux « dispos », le bras armé des Croix-de-Feu. Et qu'il s'agissait certainement d'une embuscade. Un mois après sa mort, la photo du capitaine était publiée en première page du *Flambeau*, sous le titre « *LÂCHEMENT ASSASSINÉ* ». Le journal de l'association évoquait *« deux balles dans le dos tirées à bout touchant »*, en dénonçant *« la canaille communiste et anarchiste »* avant de faire silence. Pas une ligne dans l'édition suivante, plus un mot les mois suivants. Le doute s'était installé.

Lors d'une perquisition à son domicile de Palais, les enquêteurs avaient retrouvé les noms de nombreux policiers du Morbihan, avec leurs adresses. La victime conservait aussi des notes manuscrites sur leurs habitudes, les plaques d'immatriculation de leurs voitures et les écoles de leurs enfants. Les gendarmes avaient aussi saisi les plans préparatoires de plusieurs attentats, dont un à la cathédrale Saint-Pierre de Rennes. Dans les documents saisis, il était même précisé que *« deux machines infernales »* seraient déposées à l'intérieur de l'église, la première contre le retable flamand, l'autre dissimulée dans le buffet en chêne des grandes orgues. L'action aurait lieu de nuit, pour ne pas faire de victimes civiles. Les militaires avaient aussi découvert une recette pour fabriquer des bombes, avec du chlorate de potasse, de l'engrais agricole et du sucre. Elle était dissimulée dans un sac contenant des boulons et des clous de charpentier. Dans son appartement lorientais, la police avait aussi mis la main sur une importante documentation anarchiste, communiste et antifasciste. Des livres, des tracts, des affiches, 6 000 francs en liquide. Mais surtout, deux pistolets, des munitions et une grenade allemande en état de fonctionner.

« Agent d'assurances ou agent provocateur ? », avait écrit *L'Action française* dans un article en bas de page. La question était restée sans réponse. Et puis la mort de Raymond Poincaré, *« ancien président de la République qui a bien mérité de la patrie »*, avait balayé tout cela.

— Conneries de journalistes ou il cachait bien son jeu ?

L'épitaphe d'Alain. Un sourire, une phrase et un haussement d'épaules.

— Non. Conneries de journalistes, a tranché Ronan d'une voix grave.

Sophie était bouleversée. Elle savait. Elle était la seule à savoir.

Cette nuit-là, j'étais rentré à pied, du sang sur ma marinière, que j'avais frotté à grande eau. Je lui ai avoué dans l'escalier, derrière la porte close. Son frère avait tout découvert. Il voulait me faire chanter. Je compromettais Ronan ou il dénonçait sa sœur. Sophie m'a fait taire d'un geste.

— Je t'en supplie, dis-moi que tu ne l'as pas tué de sang-froid !

Elle m'avait pris par les épaules. Je ne comprenais pas sa question.

— Dis-moi qu'il s'est jeté sur toi !

J'ai baissé les yeux. Elle m'a secoué à deux mains.

— Mais dis-moi quelque chose ! Tu t'es défendu, c'était un accident, dis-le !

Elle pleurait. Je ne l'avais jamais vue pleurer. Une enfant terrifiée.

— Mais dis la vérité, merde !

Mon regard dans le sien.

— Je t'ai dit la vérité, Sophie.

Ton frère avait compris que j'étais un évadé. Il me tenait. Il en a profité. Il voulait se débarrasser de Ronan. Il m'avait demandé de mettre des armes sur le bateau, de cacher une grenade dans votre maison, des projets d'attentats, le mode d'emploi d'une bombe, des revues interdites. Pour faire tomber le patron et son équipage de Rouges. Il voulait te récupérer, Sophie. Sauver sa sœur des griffes d'un homme qui l'avait entraînée dans une mauvaise vie. Il te voulait chez lui et avec lui. La mère et sa fille lui avaient parlé de toi, Sophie. Elles avaient tout avoué. Le cabinet, les visites.

Alors, j'acceptais d'entrer dans son jeu ou il nous dénonçait. Moi le fuyard, toi l'avorteuse. Il préférait te savoir en prison qu'entre les mains d'un pirate. La vérité, Sophie ? Je n'en ai pas d'autre.

Elle ne l'avait pas accepté. Elle ne m'avait pas cru. Elle était en colère. Pendant des semaines, elle m'a à peine adressé la parole.

— Elle te fait la gueule ou bien ? M'avait demandé Ronan en riant.

Je ne suis pas allé à l'enterrement du capitaine. Lorsqu'il a été mis en terre, la perquisition n'avait pas encore eu lieu. Ses amis étaient là, ses camarades et sa réputation intacte.

— Aux morts !

Répondant à la sonnerie, tous les drapeaux s'étaient inclinés en bord de tombe.

Sophie était en demi-deuil. Un ensemble bleu nuit suffisait.

Et puis, un matin, une amie lui avait apporté le journal. On y parlait de son frère. Ces *« conneries de journalistes »* en faisaient *« un agent trouble »*, dévoilaient *« le complot »* et *« la double vie du Croix-de-Feu »*. Elle seule a compris que *« les éléments de sa duplicité »*, dont s'étaient régalées les gazettes, avaient été fabriqués par son frère pour perdre son mari.

Ce jour-là, j'étais rentré du port à vélo, Ronan était resté à la criée. Sophie m'attendait dans la cour, assise sur le banc de pierre, le journal ouvert sur ses cuisses. Elle était défaite. Elle savait. J'ai compris. J'ai ouvert les bras pour qu'elle s'y réfugie. Elle sanglotait.

— Pardonne-moi, Jules.

Elle pleurait la trahison de son frère. Elle pleurait d'avoir douté de moi.

Elle pleurait de tristesse et de rancœur.

16.

Guernica

26 avril 1937

Après trois ans, mon visage, mon nom, mon existence même avaient été oubliés. La fable de l'évadé introuvable n'avait duré que le temps du papier journal. Cette fois j'étais vraiment libre. Les gens allaient sans yeux pour moi le jour durant. J'avais retrouvé mes cheveux, probablement les boucles brunes de ma mère. Et aussi l'apaisement. Dans la rue, on m'appelait Kadarn ou « le neveu ». La boulangère m'offrait du « Monsieur Jules ». Au port, j'étais le mousse de *La Sainte-Sophie*. J'allais rarement à Palais. Moins par peur d'une mauvaise rencontre que par superstition. Lorsque mon regard se heurtait au mur ou à la citadelle, je baissais les yeux. J'avais croisé Le Goff à la criée, avec une grosse dame qui devait être sa femme. Même habillé en dimanche, il portait ses décorations. Un matin, j'ai salué l'abbé Bricout sur le port de Sauzon. J'avais une casquette, je me suis décoiffé.

— Bonne journée, mon père.

Il s'est incliné légèrement, regard inquiet, comme toujours. J'ai senti qu'il s'était retourné dans mon dos. J'étais habillé en retour de pêche, un filet à ramender sur l'épaule.

Je ne ressemblais à rien ni à personne, à tout le monde, donc. Une autre fois, c'est Chautemps que j'ai remarqué près de l'embarcadère. Il prenait le bateau, accompagné d'une jeune fille sans sourire. J'ai voulu jouer. Je me suis approché, lui demandant très poliment s'il connaissait l'heure du prochain départ pour Quiberon. Il m'a dévisagé. Un éclat méfiant au fond du regard, les sourcils froncés, une ombre légère sur son front. Et puis non. Il a consulté sa montre à gousset. Il restait exactement vingt-trois minutes avant la sirène du bateau et la levée de la passerelle. Une voix civile, mélodieuse. Aucune trace du dogue. J'ai remercié. Souri à la jeune femme qui ne m'a pas répondu, et j'ai repris ma route de garçon honnête.

Au coin de la rue, j'ai tapé dans mes mains en riant. Moi, Jules Bonneau, évadé de la Colonie pénitentiaire de Belle-Île, je venais de demander l'heure du prochain bateau pour le continent au gardien-chef de ma prison. J'étais fou.

Une autre fois, j'ai eu le cœur serré. Un dimanche. J'étais à vélo, lorsque j'ai entendu les premières notes de l'Harmonie. Je me suis arrêté sur un talus. Ni pour saluer Camille, ni pour l'emmener, simplement l'apercevoir en secret. J'ai enfoncé ma casquette sur les yeux. J'étais méfiant. Les enfants sont plus malins que les hommes au ton rogue.

Ils sont arrivés au pas, cinquante malheureux déguisés en mousses de la Navale. Marinières repassées, vareuses d'équipage, bonnets à pompon, jugulaires, clairons, flûtes, tambours militaires, ils cognaient le sol de leurs galoches comme s'ils se vengeaient de lui. Une larme m'a surpris. J'ai failli me retourner contre le mur. Brillat L'Andouille et Petit Malo étaient toujours là, en rang, dévorant des yeux les enfants qui les regardaient passer. Une fois encore, j'ai cherché Camille. Pour rien. Son crâne d'œuf, ses jambes grêles, ses yeux d'animal inquiet, sa façon de souffler gravement dans son instrument, tout me manquait. Lorsque Jesson est arrivé à ma hauteur, j'ai craqué. Bêtise, bravade, farce potache, je ne saurai jamais. J'ai actionné la languette de ma sonnette de vélo. Trois pressions du pouce. Un salut métallique. Il frappait son tambour militaire. Il a levé les yeux. Ouvert la bouche en grand. Sourire immense. Je lui ai fait un clin d'œil en remontant en selle. Et il s'est retourné, inutile folie. Napoléon arrivait à sa hauteur.

— On regarde devant soi ! a aboyé l'Empereur.

Jesson a rectifié la position. Et il a battu comme jamais, faisant tournoyer ses maillets, jeune tambour montant à l'assaut entouré de grognards. Il se tairait. Mais je savais aussi qu'à l'extinction des feux, bien caché derrière ses paupières lourdes, La Teigne serait là. Habillé en dimanche, sur son vélo Gitane, qui avait fait tinter pour lui une clochette d'argent. Qui lui avait appris, en un clin d'œil, qu'on pouvait s'évader de cette maudite prison.

Pendant plusieurs mois, j'avais songé à quitter l'île. Ronan me l'avait proposé. Et puis quoi ? Personne ne m'attendait. Ni la Mayenne, ni Paris trop grand pour moi, ni aucune ville, aucun village, aucune famille. J'étais Jules Tout-seul. Alors, peu à peu, j'ai compris qu'elle était là, ma maison. Là où il y avait du travail. Je ne mendiais pas ma vie, je la gagnais. Chaque mois, je payais ma chambre au patron. J'avais l'empreinte de mes bottes dans mon coin de chaloupe, mon assiette à la table familiale, mon ballon de gnôle dans l'angle d'un bar. Partout, j'étais légitime. J'avais arraché ma liberté, je me forgeais peu à peu une dignité. Deux fois, deux nuits de fièvre, je suis retourné tuer dans la grotte. Dans ces cauchemars, le capitaine Mével avait mon regard. Il mourait avec mes yeux et je tuais avec les siens.

*

Ronan avait mis trois ans pour m'adopter tout à fait. De colon évadé qui défendait sa peau aux poings et au couteau, j'étais devenu un pêcheur comme les autres. Un vrai mousse. Et un membre de son équipage à part entière, avec la paye chaque vendredi et son verre aux Frères. Mieux que ça. Lorsque la pêche avait été bonne, il m'appelait *« fils »*.

Pour Sophie, cela avait été plus difficile. Avec la disparition de Francis, quelque chose s'était cassé. Pas entre nous, en elle. J'avais fait cela pour nous protéger, elle le savait, mais je restais l'homme qui avait tué son grand frère. Bien après sa mort, le magazine *Détective* avait donné les détails de l'assassinat. *« Trente et un coups de couteau »*, avait écrit le journaliste. Le médecin légiste avait témoigné d'une *« véritable boucherie »* une *« folie meurtrière »*. Trente et une blessures. Après tout, pourquoi pas. J'avais fermé les yeux. Poignardé comme on se soulage. Puis j'avais oublié. Déconstruit le chaos et façonné un crime acceptable. Une perce ici, deux autres là. Des frappes chirurgicales. Faux, probablement. Selon les médecins, je l'avais déchiqueté. C'était un dépeceur que Sophie avait en face d'elle dans le salon, sur le port, au café du dimanche matin. Le gamin qu'elle avait soigné à la Colonie pénitentiaire était devenu l'homme qui avait mis son frère en lambeaux. Chaque fois que je dînais à sa table, je sentais son regard posé sur ma main. Celle qui tenait le couteau.

Pantxo, lui, avait perdu le goût de vivre. Au moment de trinquer, il levait son verre avec tristesse et goûtait à peine la cotriade grasse. À bord, il boudait la remonte des filets, il ramait sans cœur. À terre, il nous évitait. Même moi, qu'il appelait affectueusement le brigand.

Un jour, en rentrant au port, Ronan lui avait soufflé :

— Tu fais chier, le Basque !

Le patron était triste pour lui, pour nous tous.

Depuis presque un an, l'équipage vivait avec lui les heures sombres de son pays.

Un matin de juillet 1936, il avait embarqué avec sa colère. C'était la première fois qu'il montait à bord sans sourire ni nous serrer la main. Des militaires espagnols s'étaient mutinés au Maroc. Il disait que cela ne s'arrêterait pas là, et il avait raison. Lorsque les premières casernes se sont soulevées contre le Frente Popular, le Basque nous a pris à partie.

— Vous ne pensez qu'à la sardine !

Ronan lui avait rappelé que notre vie dépendait de ce travail.

— Mais je me fous de votre travail, avait grimacé Pantxo.

Au foulard rouge d'Alain, le Basque répondait par un foulard noir. Il était anarchiste. *« Libertaire »*, disait-il. Il avait acheté une vieille TSF Manufrance à Quiberon, l'avait réparée et programmée sur les ondes courtes pour capter la radio officielle du gouvernement républicain. Chaque soir, à 21 h 20, il s'installait devant le poste et cherchait La Voix de Madrid sur 30,43 mètres. Et chaque matin en embarquant, il était plus défait que la veille.

Mais, ce 29 avril 1937, le Basque était resté prostré sur le banc de nage. Il avait pleuré. Son visage était blanc d'une nuit sans sommeil. Et c'était moi qui avais descendu la rame.

Trois jours plus tôt, des avions hitlériens et fascistes avaient détruit une ville de son pays. C'était un lieu sans importance stratégique. Selon la radio loyaliste, les bombardiers allemands et les chasseurs italiens avaient eu l'ordre de terroriser la population. Pantxo ne comprenait pas comment un homme avait pu lâcher ses bombes sur des enfants. C'était la première fois que je l'entendais cracher le nom de Franco. Cracher vraiment, par-dessus bord, avec sa cigarette éteinte.

Sur le port, avant de monter à bord, Alain nous avait discrètement montré la première page de *L'Humanité*. Le numéro était daté de la veille. *« MILLE BOMBES INCENDIAIRES RÉDUISENT EN CENDRES LA VILLE DE GUERNICA. »*

— Pauvre gars, ça va l'achever, avait grogné Alain.

— Et moi je dis qu'on va le perdre, a ajouté le patron.

*

C'est la première fois que nous nous sommes assis aux Frères. À part le jour où nous avions rencontré le poète, jamais l'équipage n'avait pris place à table. Notre territoire, c'était l'angle du bar, sous le narguilé en verre bleu rapporté du nord de l'Afrique. Sans un mot, Gothias nous a apporté une bouteille de lambig et quatre petits verres pour la faire durer.

— Je t'écoute, Pantxo.

Son regard clair, sa voix tranquille. En mer, sur terre, Ronan était le patron.

Le Basque a ouvert les bras.

— Tu veux entendre quoi ?

— Ce que tu as à me dire.

Il a bu son verre d'un trait. Ce qu'il avait à dire ?

— Merci.

Merci à Ronan, à Alain, aux braves gens qui l'avaient accueilli comme l'un des leurs. Merci à Sophie, qui lui avait laissé l'appartement de pêcheur d'un oncle disparu en mer. Une grande pièce en rez-de-chaussée, un coin-cuisine, une chambrette avec un lit clos. Merci à la chaloupe de l'avoir accueilli et à la mer de l'avoir épargné. Merci pour ces dix ans passés à Sauzon. Merci aussi à moi, le petit brigand pour avoir supporté ses sautes d'humeur.

— Ça pue l'épitaphe ton truc, a grogné Alain.

Pantxo ne connaissait pas le terme.

— Le mot de la fin, a traduit le Rouge.

Je refusais de comprendre.

Ronan s'est penché vers son pêcheur.

— Ta décision est vraiment prise ?

— Depuis Guernica.

Ronan a hoché la tête.

— Guernica, bien sûr.

Alain a grimacé.

— Salauds de Boches !

Il a vidé son verre, tête en arrière, l'a claqué sur la table.

Et puis le silence. Celui des mots trop usés pour servir encore. Le silence des fins de phrases, des fins de regard. Le silence des adieux.

Brusquement, Ronan a frappé des deux poings sur la table.

Nous avons sursauté.

Il s'est dressé.

— Debout le rameur !

Pantxo a hésité. Il s'est levé.

— Te laisser filer, c'est un peu comme aider ta République, non ?

Le Basque a souri. Pour la première fois depuis des mois.

Il a tendu la main à Ronan.

— *Milesker.*

— C'est ça, continue de baragouiner, camarade, a bredouillé le patron.

Il était très ému.

Il s'est essuyé les yeux d'un revers de manche.

Et puis il a plongé sa main dans la main de Pantxo.

17.

Camille Loiseau

2 mai 1937

Un tapotement contre la porte de ma chambre, un chuchotement.

— Jules ?

J'avais veillé tard. Je dormais. Je me suis assis.

Sophie est entrée, un imperméable passé sur sa blouse d'infirmière. Elle revenait de la colonie. Elle a hésité, traversé la pièce, s'est assise sur le bord de mon lit. Elle avait pleuré. Une griffure de mascara perlait sur sa joue.

J'ai manqué d'air.

— Qu'est-ce qui se passe ?

Elle a baissé les yeux, pris ma main dans la sienne.

— C'est Camille Loiseau.

Je lui ai broyé les doigts.

— Quoi, Camille ?

Elle a arraché sa main.

— Qu'est-ce qui lui est arrivé, à Camille ?

— Il s'est pendu.

Elle a dit ça comme ça, dans un souffle.

Je me suis levé brusquement. Je dormais nu.

Sophie a détourné le regard et quitté la chambre.

J'ai fermé la porte à clef.

Je me suis assis sur le bord du lit, bras croisés, ma jambe gauche devenue folle.

J'ai fermé les yeux.

Il fallait que je quitte cette pièce.

*

Je m'habille de colère. Je barbouille mon corps de boue. Je cours jusqu'à la colonie. C'est Colmont qui ouvre la porte, protégeant les autres de ses bras en croix. Chautemps, Le Goff, Toupet, l'Empereur. Je me jette sur eux. Je les déchire à pleines dents.

Me voilà remontant la cour de garde, arrachant les portes des ateliers. Menuiserie, corderie, ébénisterie, brisant les fenêtres, enfonçant les képis galonnés. Me voilà dansant avec Satan, traversant la chapelle, renversant les bancs, éparpillant les livres de prière. Me voilà courant à travers les jardins, rugissant comme un fauve. Me voilà dans la grande cour, lacérant les voiles du bateau-école. Me voilà au 2e quartier, devant l'escalier de bois qui mène au dortoir, suivi par la multitude des colons.

Tu pends dans l'angle de la pièce, Camille Loiseau. Tête basse, les bras le long du corps. La drisse de marine dérobée à la corderie t'a brisé le cou. Tu es pieds nus, visage gris, les yeux grands ouverts. Ta langue sort en coin. Une tête de brebis à l'étal du boucher. Je desserre le nœud. Tu tombes dans mes bras. Je t'emmène, comme on porte un enfant malade, une main sous tes épaules et l'autre sous tes genoux. Les prisonniers s'écartent, puis ils nous font cortège. L'Harmonie de Haute-Boulogne ouvre notre procession. Jesson frappe son tambour devenu tocsin. Petit Malo, Brillat L'Andouille, tous marchent au pas de tristesse. Ce n'est pas pour le bagne que la fanfare joue. Ni pour la fierté de François-Donatien de Colmont, ni pour le plaisir frissonnant des familles d'après messe. Leur musique te pleure, Camille. Toi, l'orphelin abandonné à 12 jours, enveloppé de langes et oublié sur les marches d'une église. Toi, le chétif, abîmé par les gardiens, sali par les caïds. Toi, l'enfant de la honte, caché par la Justice aux yeux des braves gens, par lâcheté, par paresse, par bêtise. Toi, l'évadé joyeux, dénoncé par les sœurs Derrien pour une pièce d'argent.

Nous sortons de la prison par la grande porte, les enfants à notre suite. Tous cognant violemment le sol de leurs souliers. C'est une procession guerrière, regards noirs, lèvres closes. Une marche funèbre vers le Rocher des grottes, là où les frères s'étaient jetés.

Je traverse la ville aux volets clos. Les rues désertées. Le port mort. Je crève d'envie de réveiller des gens, t'inventer une famille, juste pour ton enterrement. Mais il n'y a que nous, ton poids dans mes bras et le ciel qui porte l'orage.

Les autres me laissent avancer seul jusqu'à La Bouche du diable. Je leur ai inventé des flambeaux pour écarter la nuit. L'eau bat la roche noire. Je te lève au-dessus de ma tête, à deux bras, ton corps cassé entre mes mains. Je te jette dans le tumulte.

Et je hurle à ta mort.

*

— Ouvre cette porte, Jules !

Des coups sur le bois. La voix de Ronan, celle de Sophie.

— Tu ouvres, oui ?

J'étais nu au milieu de la pièce, la chaise à la main. Je l'ai reposée, j'ai tourné la clef dans la serrure. J'ai ouvert la porte. Sophie a détourné la tête.

— Habille-toi, merde ! a grogné Ronan.

Il est resté avec moi dans la chambre. Le temps que j'enfile un pantalon, une chemise, ma vareuse marine. Il me surveillait.

— Pourquoi as-tu crié ? Tu nous as fait peur.

Mon lit était défait, les draps lacérés, les coussins éventrés. J'avais cassé un pied de la table, brisé le tabouret, renversé la lampe de chevet et jeté les deux petits soldats. Ronan s'est baissé. Il a ramassé le Poilu en étain, qui chargeait à la baïonnette. Et aussi l'Allemand au casque à pointe, qui sommeillait dans la position du tireur couché. Il les a posés sur la table.

— Tu es dans la chambre d'Alexandre.

J'ai regardé le patron. J'étais parti trop loin. Je m'en voulais.

— Ce sont ses jouets que tu as balancés par terre.

Je ne savais pas quoi dire. J'ai relevé la lampe, repoussé la table, ramassé les draps.

— Tu ne me demandes pas qui est Alexandre ?

Je m'en suis douté.

— Ton fils ?

— Notre fils, oui. Il est mort à 6 ans.

J'ai posé les oreillers sur le traversin. Il ne m'aidait pas. Il m'observait.

La voix faible de Sophie.

— Je peux entrer ?

Ronan a dit oui. Elle est apparue dans le chambranle.

— Je lui ai dit pour Alex.

J'avais cassé un vase. Sa fleur en papier coloré avait roulé sous l'armoire. Je me suis baissé pour la ramasser.

Sophie suivait mes gestes.

— Tu sais, Jules, c'est toi que Ronan a recueilli et que j'ai accueilli.

J'ai ramassé les éclats de terre, la fleur.

— Pourquoi dis-tu ça ?

— Pour que tu le saches. Ce n'est pas en mémoire de notre fils qu'on t'a ouvert sa porte.

— Ni pour que tu prennes sa place, a ajouté Ronan.

J'avais renversé mon pot de chambre sous le lit.

J'étais désolé. Je n'avais pas de mots.

*

Pantxo partait le lendemain. Ronan avait proposé de l'accompagner jusqu'à Quiberon. Personne ne prendrait sa place d'homme mais il faudrait qu'un rameur le remplace. Alain avait fait le tour des ports. Il avait déjà deux ou trois idées. Des gens de mer avec lesquels il s'entendait, aussi bien devant une chope de bière qu'au banc de nage.

— Les syndiqués costauds sont plutôt rares dans le coin. Faut les choyer, patron.

— S'ils sont loyaux, avait répondu Ronan.

Alain s'en portait garant.

Nous étions autour de la table de la salle à manger. Ma jambe s'était calmée, mais ni mon cœur ni ma tête.

— Il est mort comment, Alexandre ?

Ronan reprisait le coude de son pull. Courbé sur la grosse laine, il n'a pas levé les yeux.

— D'une méningite, a répondu Sophie.

Je jouais nerveusement avec le ruban de ma mère.

— Vraiment, je suis désolé pour sa chambre.

Ronan a levé les yeux en souriant.

— C'est la tienne, maintenant.

*

Alain est revenu de Palais avec un nom. Il pensait avoir trouvé un nouveau membre d'équipage, mais Ronan se méfiait. Il a tout voulu savoir sur le gars.

— Il est à la CGT depuis l'âge de 21 ans, lui a répondu fièrement son rameur.

— Ce n'est pas ce que je te demande.

Le garçon était originaire de Nantes. Fils d'un pêcheur de civelles et d'une mère ouvrière chez Lefèvre-Utile. Il avait travaillé deux ans sur *La Cornouaille,* une chaloupe sardinière de Quimper. Premier rameur pendant les saisons d'abondance, il passait ses hivers comme compagnon menuisier dans un petit chantier naval de Camaret.

— Et un syndicaliste hors pair, a encore insisté Alain.

Ronan a souri.

— Deux Rouges à bord ? C'est plus *La Sainte-Sophie*, c'est le cuirassé *Potemkine* !

Alain fouillait dans son sac. Il a ri.

— Tiens le mousse, c'est pour toi.

Il a jeté *Paris-Soir* sur la table, et un papier plié. Je l'ai ouvert. C'était un tract rouge corail du *Comité de défense sociale de Paris*. Ronan a sorti une bouteille de cidre.

— Tu lis, le mousse ?

J'ai regardé Alain.

— Je suis en train.

— Non ! À voix haute, qu'on en profite.

Sophie s'est assise.

L'image de Camille pendu ne me quittait pas.

Tout le monde avait fait silence.

— *« Les bagnes d'enfants, antichambre des bagnes d'Afrique et des maisons centrales ».*

Alain a tapé du poing sur la table. Ses yeux sur moi.

— C'est bien envoyé, non ?

Je n'ai pas répondu. Il m'a arraché la feuille des mains.

— Mais merde, Jules. Réagis, quand même !

Il a lu avec une voix forte, un ton de tribun. Il nous observait.

— *« Hommes et femmes de cœur qui avez des enfants, vous qui êtes atterrés, inquiets aux moindres plaintes formulées par eux, vous ne restez pas insensibles à notre appel… »*

Il avait levé le doigt.

— Écoute le mousse : *« Des gosses sont torturés tous les jours dans des maisons de correction où ils sont détenus pour des peccadilles ! »*

— C'est pour toi, le mousse ! *« Ils crient au secours, répondez à leur appel de désespoir, en assistant nombreux au meeting qui aura lieu… »*

Il nous a montré la feuille, les lignes à remplir.

— Au bas de la page, chaque comité complète. Le nom de la ville, de la salle, l'heure de la réunion. Et ici, tu ajoutes les noms des personnalités qui prendront la parole.

J'étais glacé. Il était déçu. Presque en colère.

— Mais réagis, bon sang ! Ce n'est pas ça que tu voulais ?

Il a plaqué la feuille sur la table. Il était immense, au milieu de la pièce.

— Tu te rends compte qu'il va y avoir une manifestation à Paris pour abolir ces saloperies de maisons de correction ?

Une manifestation à Paris. Oui, j'entendais.

— Tu voulais qu'on sache tout ça, non ?

Je le fixais sans un mot.

— Eh bien c'est fait. On le sait, mousse ! Ce n'est pas une colonie de vacances, c'est un bagne ! Tu t'es évadé du bagne, gamin !

Sophie était assise en face de moi. Elle s'est levée pour venir à mes côtés.

— L'un de ses amis s'est pendu cette nuit, a lâché Ronan.

Alain s'est affaissé.

— C'est Sophie qui s'est occupée du corps.

Non. C'est moi. Moi seul qui en prends soin. Qui le porte en majesté sur la lande. Qui ouvre le cortège de nos musiciens. C'est moi qui le couvre de lumière, qui lui parle, qui le rassure, qui lui donne rendez-vous pour bientôt.

Alain, embarrassé.

— Pardon, mousse. Je peux être lourd, parfois.

Je lui ai souri.

L'infirmière a posé sa main sur la mienne. Elle a attiré ma tête sur son épaule.

— Il serait fier ton Camille, s'il savait ça.

— Oh putain, oui ! a glissé Alain.

Machinalement, il a ouvert *Paris-Soir*.

— Et attends, ce n'est pas tout.

Alexis Danan, un journaliste parisien, traitait lui aussi la colonie de *bagne*. Il avait enquêté. Nous n'étions pas seulement des détenus mais aussi des esclaves. Charpentiers, chaudronniers, cordiers, ferblantiers, pêcheurs, usineurs de boîtes de sardine, nos ateliers produisaient pour le reste de la population. Les colons paysans de Bruté nourrissaient les gens honnêtes. Les plus sages des détenus étaient loués aux fermes alentour, aux commerces, à des particuliers et c'est la colonie qui touchait leurs salaires. Haute-Boulogne avait pour ambition de vivre en autarcie, mais c'est Belle-Île tout entière qui en profitait.

— *Paris-Soir*, tu te rends compte ? a souri Alain.

Plus d'un million d'exemplaires. *Le Petit Parisien* ? Enfoncé. Nos journaux locaux ? Ridicules.

— Mais ce n'est pas tout.

Il a sorti un mince livret de son sac. Il s'est levé.

— Mesdames, Messieurs, je réclame toute votre attention.

Un chansonnier qui entrait en scène.

Ronan a sifflé entre ses dents, Sophie l'a applaudi. Le communiste faisait ce qu'il pouvait pour me divertir. Les deux riaient de ses efforts.

— Oui, un discours !

— Non, un poème, a répondu Alain d'une voix grave.

Sourires.

Il s'est tourné vers moi.

— Tu te souviens de Jacques, le Parisien ?

J'ai hoché la tête.

— Le flic en civil ?

Le rameur a ri.

— Voilà. Le poulet qui n'en était pas un.

Il a ouvert le petit fascicule.

— Il nous avait dit qu'il écrirait un poème.

Je me souvenais.

— Au début, j'ai cru que c'était bidon. Comme tous ces touristes qui croient nous éblouir avec leurs histoires à la con.

— Sauf que c'était vrai, a soufflé Sophie.

Alain, comme sidéré.

— Oui, patronne. Vrai de vrai. Il l'a écrit. Et c'est publié dans une revue.

Alain a pris la pause. Il a commencé à lire. Voix ampoulée de comique troupier.

— *« La chasse à l'enfant*
Bandit ! Voyou ! Voleur ! Chenapan !
Au-dessus… »

Il a froncé les sourcils et s'est arrêté, bouche ouverte.

— Non, merde, ça ne va pas !

— Continue, s'il te plaît, a murmuré Ronan.

Geste énervé.

— Avec ma voix de crécelle, on dirait des vers de mirliton.

Il a tendu le poème à Sophie.

— Tiens, lis, toi. Moi, je suis juste bon à gueuler des slogans.

Alors Sophie s'est levée. Elle a pris le poème et passé l'autre main sous le bras du marin. Ils se sont mis face à moi, l'un contre l'autre, deux acteurs tragiques. J'ai pensé à Alexandre. Alain avait été son parrain. Ronan et Sophie me regardaient comme un fils.

— « ... *Bandit ! Voyou ! Voleur ! Chenapan !*
C'est la meute des honnêtes gens
Qui fait la chasse à l'enfant.
Il avait dit j'en ai assez des maisons de redressement
Et les gardiens à coups de clefs lui avaient brisé les dents
Et puis l'avaient laissé étendu sur le ciment.
Bandit ! Vo... »

Je me suis levé. Sophie a cessé de lire. Doucement, je lui ai enlevé le poème des mains. Elle n'a pas été surprise. Alain non plus. Ronan savait. Tout cela était brutal pour moi.

— Je le lirai seul, merci, Alain.

J'étais trop triste pour rester dans la salle commune. Pourtant, nos verres étaient pleins. Le patron avait levé des filets de bar pour les jeter dans la cocotte, avec des endives et des carottes. Alain restait déjeuner.

— Merci à tous, vraiment.

J'ai serré le livret contre moi.

18.

Le Châtiment

3 mai 1937,
2 heures du matin

J'ai lu le poème de Jacques Prévert. Il était limpide, virevoltant, comme une chanson d'enfants tristes.

« ... *Pour chasser les enfants pas besoin de permis*
Tous les braves gens s'y sont mis... »

J'ai dormi jusqu'à la nuit. Un sommeil de journée blanche, d'un vin mauvais que je n'avais pas bu. Un sommeil empêché par le matelas qui grince, les conversations étouffées, une porte qui claque, le gémissement du vent dans la cheminée. Je m'étais couché tout habillé. Enroulé dans la couverture, avec mes bottes et mon bonnet.

Et puis j'ai attendu.

Les odeurs du dîner, Ronan qui se racle la gorge, un crachotement de radio, le rire de Sophie, la soirée qui paresse. J'ai ouvert légèrement les volets. Je voulais assister à la fin du jour. Accueillir les premières gouttes de nuit. Observer les nuages blancs, les dernières ombres.

J'ai attendu.

Les pas traînés dans le couloir, la montée des marches vers leur chambre, la cérémonie du coucher. Sophie légère, sur la pointe des pieds, puis Ronan. J'ai attendu qu'ils ouvrent le lit, qu'ils se couchent, qu'ils éteignent, qu'ils chuchotent, qu'ils s'endorment.

J'avais décidé de ne pas prendre mon couteau. Il resterait là, à côté du sac que j'avais préparé. À la boussole de Camille, sa gourde, sa carte marine, son briquet, le gobelet argenté et l'assiette à fleurs bleues, j'ai ajouté quelques vêtements, une paire de chaussures et mes économies. Ronan payait ses pêcheurs en honnête homme. Il rajoutait un billet ici ou là.

— C'est le clin d'œil de l'océan, disait-il, si l'un de nous recomptait.

J'ai descendu les escaliers mes chaussures à la main, éclairé par la lampe de poche. Ouvrir la porte de l'escalier, ne faire aucun bruit. J'ai refermé la porte d'entrée. Mes chaussettes sur le gravier. Je ne suis pas monté sur le vélo de Ronan. Je l'ai porté jusqu'au chemin de terre. Là seulement, caché par les haies et le souffle du vent, j'ai mis mes chaussures et pris la direction de Kerzo en coupant par la lande. Il y avait deux bonbonnes d'essence dans la remise. J'en ai ficelé une sur mon porte-bagages.

Une fois de plus, le moulin de Mathias était désert. À l'étage, un volet battait sous le vent. Je me suis caché dans son ombre contre sa pierre glacée.

— Je fais quoi, moi ?

— Tu restes près du moulin. Tu attends, m'avait dit Loiseau.

C'était il y a presque trois ans. Jamais je n'aurais dû le laisser seul. Depuis, j'entends ses cris, ses suppliques, le bruit sourd de son ombre jetée comme un sac à l'arrière du fourgon. Depuis cette nuit, j'ai attendu le moment de remonter le chemin de Kerzo, d'arriver dans le jardinet, de renverser les vélos des sœurs et de frapper leur porte à coups de pied.

J'ai patienté.

La dernière lumière s'est éteinte à l'étage. J'ai frappé du poing contre la porte. La plus jeune des Derrien, dans l'embrasure de la fenêtre, enveloppée dans un grand châle noir. J'étais certain qu'elles l'ouvriraient et se pencheraient dans l'obscurité. L'une, l'autre, les deux à la fois. J'ai noué mon écharpe noire sur mon visage, mon menton, ma bouche, mon nez. Je n'offrais que mes yeux en colère.

— C'est qui ?

— Le Châtiment !

J'avais cent fois rejoué la scène. Leurs yeux effrayés, leurs cris. J'avais cent fois entendu leurs pas affolés dans l'escalier. Mais l'une d'elles m'a simplement ouvert. Sans regarder, sans mettre le loquet, sans aucune précaution. Lorsqu'elle m'a vu, la femme a violemment repoussé la porte. Je l'ai enfoncée d'un coup d'épaule. Elle a hurlé.

— Émilienne, un rôdeur !

Un cri d'épouvante. Un râle mauvais. J'ai reconnu cette sale voix.

Et en plus, Messieurs, ce voyou est un pédéraste !

C'est elle qui avait demandé aux gendarmes comment faire pour toucher sa pièce.

J'ai frappé. Dans sa gorge. Un coup de coude. Et elle s'est effondrée. Puis je suis monté en courant à l'étage. Le plafonnier de leur chambre était allumé. La sœur hurlait.

— Assassin !

Elle s'est jetée sur moi, les bras ouverts, les doigts en serres d'oiseau de proie. Ni peur ni douleur. Ses traits n'étaient que haine et colère. Elle m'a giflé, mordu la main. Je lui ai écrasé la mâchoire. Et puis je l'ai traînée dans les escaliers par les cheveux. Je l'ai empoignée, comme Camille avait été maltraité.

Je l'ai couchée sur le côté, en travers de la porte. La sœur tenait sa gorge à deux mains, respirait par sa bouche grande ouverte en sifflant. J'ai jeté l'autre sur elle. Mêmes cheveux gris en désordre, ternes, emmêlés, tombés jusqu'à la taille, même robe de chambre à fleurs violettes, mêmes pantoufles usées. Deux poupées de vieux chiffons. J'avais assez de corde pour les attacher. Pour les saisir d'effroi. Pour glacer leur vie à tout jamais. Je les ai tirées dans le jardin, une à une. La plus jeune par les jambes, l'autre par le col. Je les ai assises dos à dos, ligotées ensemble. Les yeux horrifiés de la plus jeune, le regard tueur de l'autre. La vieille me crachait dessus. Chaque fois que j'étais à sa portée, elle raclait sa gorge et visait mon visage.

— Fumier !

Sa sœur geignait, elle insultait. Une injure, un crachat. Ses armes de défense. Les deux femmes étaient pieds nus. Elles étaient sales. Pas de la terre grasse ou de l'herbe boueuse dans laquelle je les avais traînées, sales par manque de soin. Elles étaient négligées. Les mains rougies, les pieds gris, les ongles noirs. Elles ressemblaient au colon sortant de cellule, après des jours sans eau et sans savon. La plus jeune était abandonnée, le menton sur sa poitrine. Elle respirait à petits cris, en piaillant comme un animal. L'autre s'était fabriqué un visage de Gorgone, les mèches grises en serpents, les yeux fous, la bouche tordue.

J'ai failli renoncer. Une immense fatigue. Trop de pleurs. Trop de terreur pour rien. Et puis j'ai vu Camille au bout de sa corde. Ses yeux blancs. Sa langue grise.

J'avais emporté deux pièces de 20 francs. Je n'allais pas leur voler de l'argent, j'allais leur en laisser. J'ai plongé la première pièce dans la bouche de la plus jeune, emprisonnant ses lèvres au ruban adhésif. Une longue bande de cellulose, enroulée trois fois autour de sa tête. La sœur a essayé de me mordre. Lèvres retroussées, narines dilatées. Elle agitait la tête pour m'échapper. Je l'ai maintenue par les cheveux. Elle a recraché la pièce. Un fauve. Je lui ai enfourné dans la gorge. Je l'ai bâillonnée, collant le ruban serré sur sa bouche. Il s'est mis à pleuvoir, quelques gouttes. Il me fallait prendre le temps de court.

Je suis rentré dans la maison, j'ai monté en courant dans les étages et commencé à verser l'essence. Sur leur lit, les rideaux, les napperons, les piles de draps que lavait et repassait mon petit frère de bagne. J'ai imbibé les livres, les chaises en paille, les vêtements dans l'armoire, leurs chapeaux, les chaussures de toile et de cuir, les livres de comptes ouverts sur la table, le grand canapé d'angle. J'ai décroché le crucifix au-dessus de l'entrée. Et puis j'ai mis le feu en courant, du grenier jusqu'au meuble en osier, près de la porte, pour ranger les parapluies. Dans leur chambre, quelque chose a brisé les fenêtres. Un souffle puissant. Les flammes avaient rencontré leurs collections de dentelles. J'ai été surpris par l'explosion. J'ai jeté leurs vélos dans le feu. Et aussi la brouette en bois chargée de bûches.

Les sœurs ne bougeaient plus, ne protestaient pas. Assises dans l'herbe humide, comme deux punies, elles observaient les lueurs de l'incendie. Leurs photos, leur vaisselle, leurs robes de printemps, leur bout du monde à elles qui crépitait. C'était sinistre. L'une des choses les plus déchirantes de ma vie. Une épouvante et un bonheur. Le feu purifiait le quartier général de la Trahison.

Je me suis avancé vers les sœurs. La plus jeune avait fermé les yeux. L'autre était noyée de larmes. Je me suis accroupi. Regard sans éclat, voix calme.

— Il y a trois ans, Camille Loiseau s'était réfugié chez vous.

La jeune m'a regardé.

— Oui, Madame Derrien. Le petit Camille, celui qui s'éreintait au lavoir sur ton linge.

Les flammes dansaient dans les yeux de sa sœur.

— Eh bien Camille, il s'est pendu.

Pas un mot de plus. L'essentiel. Après tout, à quoi bon ?

Je suis monté en selle, j'ai pédalé quelques mètres, j'ai freiné. Crissements sur le gravier.

Je suis revenu à leur hauteur.

— Moi, c'est La Teigne.

Au-dessus de la maison, le ciel était rouge.

— Dites-leur ça : La Teigne. Je vous jure qu'ils comprendront.

Et j'ai jeté le crucifix à leurs pieds.

19.

Irréparable

3 mai 1937,
5 heures du matin

— Tu as fait une connerie ?

Sophie, dans ma chambre en chemise. Lorsqu'elle est entrée, je glissais le couteau dans ma ceinture. Elle était pâle de nuit, inquiète. Sa voix terrifiée.

— Mon Dieu, tu sens l'essence, Jules !

Ronan avait passé un pantalon sur son pyjama.

— Quelle connerie, le mousse ?

Je refermais mon sac.

— Les femmes Derrien. Elles avaient livré Camille.

Sophie, les yeux immenses.

— Tu n'as pas fait ça, Jules ?

Ronan m'a regardé.

— Fais quoi, putain ! Réponds, le mousse.

J'ai inspiré en grand.

— J'ai brûlé leur maison, c'est tout.

— C'est tout ?

Ronan s'est rué sur moi. Il m'a pris violemment par les épaules.

— C'est tout ? Leur maison ?

J'ai hoché la tête. Je me suis dégagé.

— Je pars avec Pantxo.

Sophie, sidérée.

Ronan m'a barré la porte.

— Mais tu te rends compte, si on sait que c'est toi ?

J'étais figé.

— Toi, Jules Bonneau, l'évadé que tout le monde croyait mort ?

Sophie s'était effondrée sur le lit. Elle pleurait.

— Le neveu de Ronan Kadarn ?

Il m'a pris par le col.

— Le fameux neveu de Ronan Kadarn ?

Sophie tremblait.

— Tu nous tues, Jules.

Elle tordait un mouchoir.

— Tout va nous retomber dessus, tout !

Ronan, toujours en travers de la porte.

— Tu les entends, le mousse ? Les Kadarn ? Des menteurs et une faiseuse d'anges !

J'avais baissé la tête. Il avait raison. Mais le cou brisé de Camille avait tout emporté.

Sophie, le mouchoir sur le nez.

— Elles t'ont reconnu ?

— J'ai dit que j'étais La Teigne.

C'était de l'orgueil.

L'infirmière a baissé la tête.

— Tu es fichu, on est foutus.

— Non. J'avais le visage masqué.

Ronan, son mauvais rire.

— Masqué, la belle affaire !

— Et puis vous n'y êtes pour rien.

Ronan a hurlé :

— Pour rien ? Et grâce à qui ta liberté, hein ? Grâce à nous ! Grâce aux idiots utiles !

Il s'est accroupi. Il s'est laissé glisser le long du mur et s'est assis devant la porte.

Voix lasse.

— Tu as raison. File, le mousse. Va rejoindre Pantxo.

Il a levé la tête vers moi.

— C'est fini pour toi, ici.

Je regardais mon sac à bout de bras.

— Je perds un rameur, un mousse, un ami et un enfant.

Sophie a regardé son mari, sans un mot. Elle est venue le rejoindre, assise sur le sol de la chambre. Et je me suis affaissé. Les trois, devant la porte close.

— Nous, on se débrouillera, a murmuré Sophie.

Elle avait pris la grosse main de son mari.

— Ces pestes ne le connaissent pas. Elles n'ont pas vu son visage. Personne ne devrait faire le lien entre lui et nous.

Ronan, ses doigts noués dans ceux de sa femme.

— C'est ça, et le lendemain de l'incendie, voilà le neveu qui disparaît ?

— Non. Pantxo et lui, deux marins. Ils ont trouvé un meilleur patron de pêche.

Sourire de Ronan.

— C'est bon pour ma réputation, ça.

— Ou tiens, ils sont partis se battre en Espagne ! Tu n'as pas pu les retenir.

— Ou pas voulu, a murmuré Ronan.

La tension était retombée. Oui, la partie était jouable. Un matin, Jules Bonneau, l'évadé de Haute-Boulogne, avait appris la mort de son ami Loiseau et était revenu sur l'île pour le venger. Il n'avait pas pu vivre trois ans caché dans une grotte. Il avait réussi à prendre le large et était revenu le temps de son forfait. C'était la seule explication. Mieux, les sœurs dénoncent cette « Teigne » à la police mais personne ne fait le lien. Qui l'appelait *La Teigne*, à part quelques colons et trois gardiens du 2e quartier ? Trois ans ? C'est long, trois ans ! Et puis quel échec, quel aveu ! La gendarmerie, la justice, l'Administration pénitentiaire ont juré à tout le monde que les évadés avaient été repris jusqu'au dernier et voilà que non ? C'était un mensonge ? La Teigne, un caïd, le pire de tous, avait échappé aux recherches et on nous l'avait caché ? Il avait écumé la région en toute impunité et était revenu commettre un crime sans que personne l'en empêche ? Impensable. Les sœurs auront mal compris. D'ailleurs, la pluie a vite arrêté l'incendie. Les dégâts sont importants mais pas considérables. La municipalité devrait être très généreuse pour ces femmes, qui ont bien mérité. Et leurs parents avant elles, des agriculteurs travailleurs et patriotes. Allons, cette histoire de Teigne n'était qu'un malentendu. Un coup de téléphone au journal local, une visite de courtoisie à son rédacteur en chef et quelques réclames payantes dans ses pages régionales devraient vite gommer ce fait divers. Et d'ailleurs, le fameux terrain agricole appartenant au vieux Rolland, que les sœurs convoitaient depuis des années, ne vient-il pas justement d'être préempté par la commune ? Et ne sont-elles pas les mieux placées pour l'acquérir ?

— Tout ça, c'est politique et compagnie, avait l'habitude de dire la vieille Derrien.

Comme ça, elle le répétera une fois encore, et puis l'histoire s'arrêtera là.

20.

La traversée

3 mai 1937,
7 heures du matin

Pantxo m'a ouvert la porte sans un mot, comme un ami.

Ronan m'avait dit un jour :

— L'ami, c'est celui qui t'ouvre sa porte au milieu de la nuit sans te poser de questions.

Le Basque était comme ça. Je n'étais ni de sa terre ni de sa mer, mais il avait reconnu en moi un copain de tire-bouchon. Je passais souvent chez lui lorsque nous étions au port. Pour un verre de cidre, de vin, une halte ou une question. Assis à cette table, je lui avais parlé de ma mère enfuie, mon père absent, les terreurs de l'enfance, les violences de la colonie. J'avais imité pour lui les matons un à un. Le Goff et son bras manquant, Toupet sans ses cheveux, la morgue du directeur. J'avais mimé le supplice de la planche, nous pieds nus, claudiquant sur la piste du Grand Bal jusqu'à en crever. Je lui avais avoué l'incendie de Bruté. Dix fois, il m'avait fait raconter la révolte, notre grande évasion. Mais de lui, il ne me disait pas grand-chose. Il y a dix ans, son bateau avait fait naufrage, dans le golfe de Gascogne. Des huit pêcheurs à bord, lui seul avait survécu, secouru par une goélette de Palais. Pendant quelques semaines, un peu comme moi, il s'était demandé comment rentrer au pays. Et puis il avait rencontré Ronan. Le patron l'avait pris à son bord. Et il s'y est senti chez lui.

Jamais je n'avais frappé à la porte de Pantxo aussi tôt.

Il m'a vu, s'est effacé.

— Un café ?

J'ai dit oui, en tombant sur une chaise.

Il a remarqué mon sac.

— Tu pars aussi ?

Oui. Deux mots, un hochement de tête.

— Le patron le sait ?

— Il le sait, oui.

Le Basque nous a servi deux tasses brûlantes.

— S'il le sait, c'est bien.

Il s'est assis en face de moi. Il a versé deux gouttes de gnôle dans nos gobelets.

Et puis il a regardé sa chambre. Les dizaines de photos sur la porte, la carte de sa province, même le grand blason coloré de la Gipuzkoa, deux géants armés de gourdin qui protègent trois ifs, avaient été retirés avec soin. Il avait lessivé les murs, le sol, lavé les carreaux de la petite fenêtre, fait les poussières jusque sur les plinthes, tout remis en ordre comme il y a dix ans, lorsque Sophie lui avait confié la clef de ce logement, pour rien.

Sa vie tenait dans une grande valise et un sac de marine. Il les avait rangés près de la porte. Depuis plus d'une semaine, avant même notre dernière campagne de pêche et qu'il en parle à Ronan, il était prêt à partir. Il avait vidé son armoire, sa penderie. Il vivait avec deux changes qu'il avait posés sur la table. Pantalon, maillot, vareuse. Le reste était plié, rangé, enfermé, et il s'était juré de ne pas y toucher. Défaire son sac, c'était renoncer. Et abandonner ses camarades, qui reculaient partout sous les balles.

Pantxo a regardé sa montre.

— Tu as pris tes affaires ?

Toutes. J'étais prêt.

Il m'a demandé de partir le premier. Seul Ronan ferait la traversée avec nous. Sophie devait être à l'infirmerie de la colonie à 9 heures, et Alain n'aimait pas les adieux.

Le vapeur *Émile Solacroup* quittait Belle-Île à 7 h 50. Nous avions rendez-vous avec Ronan sur la rampe de l'embarcadère. Je n'avais rien dit au Basque sur l'incendie. Comme j'avais caché à Ronan la mort de son beau-frère. Depuis l'enfance, ne pas parler des choses était une façon pour moi de ne plus les faire exister. Je les taisais, elles s'effaçaient d'elles-mêmes. J'étais un voyageur en partance pour le continent. Rien de plus.

D'abord, j'ai vu Alain. Il était sur le quai, au milieu de la foule, assis sur une charrette. Il fumait une cigarette, son béret posé sur un genou. Il m'a fait un signe de la main. Il n'a pas bougé. Je lui ai rendu son adieu, main levée. Alors il a fermé la sienne en poing et l'a plaqué sur sa tempe en souriant. J'aurais aimé le serrer dans mes bras. Je n'ai pas pu. Quelques gendarmes patrouillaient sur le quai, entre les malles, les valises et les paniers d'osier. Ils dévisageaient chaque personne croisée. Posaient une question à l'une, deux questions à l'autre. Les passagers commençaient à descendre doucement sur le quai.

Un gamin à casquette hurlait à la criée le gros titre du *Populaire.*

— *« La France et l'Angleterre vont évacuer la population civile de Bilbao ! »*

Pantxo était arrivé sur le port. Il lui en avait acheté deux exemplaires et m'en a tendu un.

— Pour un flic, le type qui lit son journal est moins suspect que celui qui lui sourit.

Sophie était mêlée aux autres, chapeau de paille et foulard bleu. D'un revers de main, elle a essuyé une tache sur mon front. Elle a boutonné mon col de chemise jusqu'en haut, et passé trois doigts dans mes cheveux pour les aplatir. Puis elle m'a tenu à bout de bras, et a reculé, tête penchée sur le côté.

— Bon. Ça ira pour cette fois, Monsieur Bonneau.

Ensuite, elle m'a enlacé comme une mère sur un quai. Et puis elle s'est sauvée.

Elle pleurait.

Ronan patientait entre deux maraîchers. Il s'est dirigé vers Pantxo, l'a bousculé légèrement, lui glissant quelque chose dans la poche. Il est venu vers moi. J'étais dans la cohue, au milieu de l'embarcadère en pente qui conduisait à la coupée. Un peu plus de deux cents personnes. Le patron s'est faufilé et m'a glissé dans la main le ticket orange et gris de la Compagnie morbihannaise de navigation.

Nous étions convenus de voyager séparément. Je serais en poupe, à l'arrière sur les bancs, avec une bande de rigolos en canotier. Pantxo monterait à l'étage, sous le dais en toile. Il ne pleuvrait pas. Il serait au grand air. Ronan, lui, s'était décidé pour l'avant. Deuxième rangée, en bout de banc. Il serait le premier à voir la terre. Le bateau a hurlé. La sirène du phare lui a répondu. Nous étions serrés les uns contre les autres. Tout le monde piaillait. Je n'étais plus habitué au tumulte de la foule.

Et puis nous nous sommes mis en marche. La pente était raide. Le béton glissant de la dernière marée. Trois gendarmes étaient postés de chaque côté de la passerelle. J'ai baissé la tête, mon sac en bandoulière.

J'avais le cœur serré et le ventre vide.

Je m'évadais.

Des centaines de fois j'avais rêvé à l'odeur de cette fumée noire et grise, aux grains de charbon qui crissent sous la dent, au hurlement de la sirène, aux haussières, soulevées les unes après les autres des crochets de quai. Aux curieux, massés sur la rive, qui saluent les mains tendues et les chapeaux levés.

Le bateau a bougé. J'ai regardé la citadelle, les bâtiments de la colonie, au loin la criée, les entrepôts, les maisons des pêcheurs. Dix ans. Du 16 mai 1927 au 3 mai 1937, presque dix ans jour pour jour cerné par l'océan. Dont sept années emmuré.

Ma jambe gauche s'est mise à trembler. Je ne perdais pas un détail de rocher, pas l'ombre d'une grotte, pas un grain de ce sable si lourd à porter. Lorsque nous avons passé le môle et la capitainerie, la mer est devenue grosse. Sauvage comme je l'aimais. Les vagues se jouaient de nous. Le bateau tanguait. C'était bien. Pour apprécier la terre ferme il faut goûter de la mer molle. Cet infini qui nous échappe, se dérobe sous la quille, se rue sur l'étrave comme un taureau furieux. Tout ce temps, j'ai espéré affronter ce vent-là, ce courant-là, cette violence-là. Pas ce que nous imaginions de l'océan derrière le haut mur, mais lui en face, en personne. Cette immensité bruyante, qui pourrait étouffer notre bateau entre ses bras de mer. Le rompre, en faire du petit bois, alimenter le bûcher de nos vanités.

Et puis je me suis levé. Je me suis accoudé au bastingage arrière. J'ai regardé la côte s'éloigner. Puis s'enfoncer dans les vagues. Puis disparaître. Plus que l'eau. Partout. Tout autour. Ni terre, ni mur, rien. Plus que le ciel immense et l'océan gris.

J'ai fermé les yeux. J'étais heureux, fier, malheureux et triste, tout cela à la fois. Je n'avais pu sauver ni Camille, ni aucun de mes camarades de captivité.

Au fond de mon ventre, j'ai senti la colère.

21.

Le Poilu d'Alexandre

Aucun gendarme ne guettait l'arrivée de notre bateau à port-Haliguen. Un phare blanc, une jetée de grosses pierres, une volée de marches. Ni policier, ni juge, ni maton.

Rien que des passants.

Alain m'avait prévenu.

— C'est là qu'a été débarqué le capitaine Dreyfus à son retour de l'île du Diable.

Je lui avais répondu :

— Et c'est là où sera débarqué Jules Bonneau à son retour de la Colonie pénitentiaire.

Il avait grimacé.

Un jour, je lui avais reproché de vivre entouré de personnages trop immenses.

— Ça m'élève, m'avait-il répondu.

— Et ça nous rabaisse.

Un petit homme attendait Pantxo.

Le Basque lui a serré la main, sans un mot, avant de venir vers moi.

— C'est l'heure des adieux, brigand.

Ses yeux mouillés, son béret immense. Il a ouvert les bras. Je m'y suis réfugié.

Il m'a repoussé doucement.

— Tu vas à Barcelone ?

Son rire.

— Secret militaire.

Et puis il a secoué la tête.

— À Barcelone, les Staliniens nous tirent dans le dos.

J'ai posé ma main sur son épaule.

— Alors viens avec moi à Paris !

Il a souri.

— Je suis un combattant, un *gudari*, pas un danseur de claquettes.

Il a ouvert les bras, joint ses doigts et frappé quelques pas sur le sol avec ses souliers ferrés. Il dansait bien. Il a ri. Il m'a fait un clin d'œil.

— C'est les phalangistes que je vais faire valser.

Et puis il m'a tendu la main. Ses yeux dans les miens. Il a enlevé son foulard noir, me l'a noué autour du cou. Je l'ai trouvé très beau, très pur. Je l'ai trouvé fragile aussi. Son sourire était celui d'un enfant. Ceux qui hurlaient *« Viva la muerte ! »* allaient le dévorer.

Ronan m'a accompagné à la gare. C'est même lui qui a porté mon sac, pour y glisser un rouleau de billets de mille francs. Comme s'il avait voulu me faire regretter le travail de la mer, ou m'offrir une dernière fois l'océan, il m'a fait passer par la plage. Le goémon récolté à pleines fourches, les chevaux dociles, les charrettes d'algues marines.

— Tu sens, le mousse ? Ce n'est pas à Paris que tu auras cette odeur, hein ?

Nous avions décidé de nous séparer rue de la gare, à mi-chemin. Au milieu des carrioles bruyantes, des femmes en tablier, juste là, à l'angle de cette lourde maison de granit. Sur le trottoir, à côté de la vannière et de ses paniers en osier tressé. Lui et moi n'avions rien voulu de tragique. Rien non plus de théâtral. Cette rue de Quiberon nous allait bien. Elle allait chahuter notre tristesse, comme la pluie noie les larmes. Ronan savait que je rêvais cette rue depuis dix ans. Je l'avais imaginée, les yeux fermés dans une cellule close. Il voulait que je la remonte seul, en homme libre.

— Voilà, c'est maintenant.

Il m'a pris dans ses bras. Longtemps.

— Tu sais pourquoi je t'ai tendu la main, le premier jour ?

Non, je ne savais pas.

— Pour que tu desserres le poing.

J'ai souri.

Il m'a dévisagé en silence. Comme sur le bateau la première nuit, après m'avoir désarmé. Il m'a tourné le dos, s'est mis en marche, a hésité, s'est arrêté, a fouillé dans la poche de sa veste. Il est revenu vers moi, le petit soldat en étain bleu-gris au creux de sa main. Le Poilu d'Alexandre, casque sur la tête, qui montait à l'assaut baïonnette au canon.

Il me l'a tendu.

— Tiens, fils, il est à toi.

Une larme idiote brûlait ma paupière.

22

Lettre au Boche qui va me fusiller

Dimanche 13 décembre 1942

Tu vois, le Boche, aujourd'hui, tu ne vas tuer personne, parce que personne ne va me pleurer.

Ma mère m'a abandonné, mon père m'a fait enfermer dans un bagne pour enfants.

Mon seul ami s'appelait Camille et la France l'a pendu à 18 ans.

En me fusillant, tu ne fais aucun mal à la France.

Elle s'en fout de moi, la France.

Ce n'est pas pour elle que je me suis battu, c'est contre toi. Parce que tu es le pire des salauds.

Ma France, tu vois, c'est un pêcheur breton, une infirmière, un communiste, un frère basque et un garde champêtre de Mayenne.

Ce sont eux, mon pays. Ils m'ont entendu, secouru et protégé.

L'autre France, celle des braves gens, un jour elle te foutra dehors.

Mais qu'est-ce que je serais devenu moi, le jour de la victoire ?

Pas de place pour La Teigne au grand bal tricolore.

Alors tu sais quoi, le Boche ? Cette France te dit merci.

C'est toi qui vas faire son sale boulot.

Tu ne lui fabriques pas un héros, tu la débarrasses d'un vaurien.

Et moi, le Boche, je te botte le cul !

Jules Bonneau, à la Prison de Rennes.

Épilogue

Jules Bonneau a été arrêté en janvier 1942 par une patrouille de l'armée allemande, rue de Robien, à Rennes, surpris en train de sectionner des câbles téléphoniques militaires.

Torturé par la Gestapo, il avouera deux tentatives d'incendies (contre le Comité d'action antibolchevique de la rue Chalotais et le bureau de recrutement de la Waffen-SS, boulevard de la Liberté) ainsi qu'un attentat contre un pylône à haute tension de Chavagne.

Il a déclaré avoir agi seul, sans lien avec la Résistance locale.

Il a été fusillé le 14 décembre 1942, à Saint-Jacques-de-la-Lande, au lieu-dit La Maltière.

Il avait 28 ans.

Remerciements

Merci à Sophie et Ronan, propriétaires de *La Longue-Vue*, librairie de Palais.

Merci à Alain et Pantxo, frères d'Irlande et d'Euskal Herria.

Milesker à Sandra, sœur d'*irrintzina*, ce cri basque de joie féroce.

Composition et mise en pages
Nord Compo à Villeneuve-d'Ascq

Cet ouvrage a été imprimé
par CPI Brodard & Taupin
pour le compte des éditions Grasset
à La Flèche (Sarthe)
en août 2023

Grasset s'engage pour l'environnement en réduisant l'empreinte carbone de ses livres. Celle de cet exemplaire est de
600 g éq. CO_2
Rendez-vous sur www.grasset-durable.fr

PAPIER À BASE DE FIBRES CERTIFIÉES

N° d'édition : 22947 – N° d'impression : 3054425
Dépôt légal : août 2023
Imprimé en France